王水照文集

宋人所撰三蘇年譜彙刊

歷代文話提要選刊

第六卷

2002 年攝于書房

《歷代文話》獲教育部高等學校科研優秀成果一等獎頒獎大會留影

2009 年，人民大會堂金色大廳

上海古籍出版社，1989 年

中華書局，2015 年

《宋人所撰三蘇年譜彙刊》書影

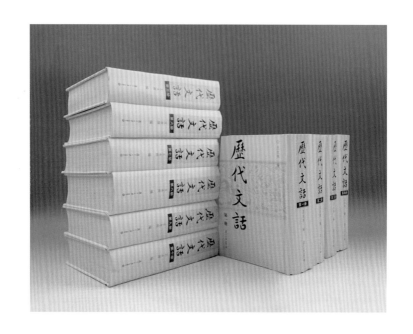

王水照先生編《歷代文話》書影

復旦大學出版社，2007 年

第六卷　整理説明

　　《宋人所撰三蘇年譜彙刊》收録宋人所作蘇《譜》五種，已囊括現存宋人蘇《譜》的全部。此書原由上海古籍出版社於 1989 年出版。其中何掄《眉陽三蘇先生年譜》和施宿《東坡先生年譜》兩種中土久佚，均爲《彙刊》首次在國内發佈；因二《譜》價值獨特，故出版時除影印搜得之日本藏本外，同時收入作者的輯録、標校本。後中華書局 2015 年重印該書時，作者對所收之其他三《譜》，亦予校補標點。今據中華書局本收録，惟删略原譜之影印部分。

　　《歷代文話》十册是作者所編文章學資料集成，復旦大學出版社 2007 年出版。今將其中作者所撰文話提要纂輯而成《歷代文話提要選刊》印行。

　　本卷所收兩種均近乎古籍整理性質，故保持繁體排版。

第六卷目次

宋人所撰三蘇年譜彙刊

歷代文話提要選刊

宋人所撰三蘇年譜彙刊

前　言

　　蘇軾與其父蘇洵、弟蘇轍世稱“三蘇”。宋時已出現有關三蘇的年譜。明萬曆時康丕揚所刊《東坡先生外集》卷首末云：“譜先生（蘇軾）出處歲月者幾十家，如汴陽段仲謀、清源黄德粹、五羊王宗稷、仙溪傅薦可，蓋特詳者，然皆不免差誤。”則知明萬曆以前爲蘇軾作譜者已近十家。今可考知有關三蘇年譜的編者、書名的共有十種：程子益《東坡詩譜》（見魏了翁《鶴山先生大全文集》卷五一《程氏東坡詩譜序》云：“公〔蘇軾〕之里人程子益以謙既爲之譜，又舉其一時之唱和，與公之追和前人、後人之追和於公者，皆參列而互陳之。”）、段仲謀《（東坡）行紀》、黄德粹《（東坡）系譜》（以上兩種見傅藻《東坡紀年録·跋》）、羅良弼《歐陽三蘇年譜》（見胡銓《會昌縣東尉羅迪功墓誌銘》，《胡澹庵先生文集》卷二六）、程洵《三蘇紀年》十卷（見周必大《程洵尊德性齋小集序》，《文忠集》卷五四）、何掄《眉陽三蘇先生年譜》、孫汝聽《三蘇年表》、王宗稷《東坡先生年譜》、傅藻《東坡紀年録》、施宿《東坡先生年譜》。但國内長期流傳者僅王宗稷、傅藻兩種。近年來，我從日本搜集到何掄、施宿兩種（何《譜》系殘本）。至於孫汝聽《三蘇年表》三卷，日本所藏《永樂大典》之中僅有《蘇潁濱年表》一卷，此表清末曾予刊刻，惜未據原本影印，今亦得大典影印本。王宗稷、傅藻兩種亦據最早宋、明刊本影印。以上五種，是迄今留存的宋人所撰三蘇年譜的全部，内容豐贍，保留了傳主的原始資料，不少引書今已亡佚，價值甚高，特予彙集印行，以供研究者參考。以下分别介紹各譜的情況。

3

一、何掄《眉陽三蘇先生年譜》

宋《郡齋讀書志》卷五上趙希弁《附志》云："《三蘇先生年譜》一卷，左朝請大夫權發遣成都府路提點刑獄公事何掄編。"但"掄"應作"掄"。郎曄《經進東坡文集事略》卷一《後杞菊賦序》注文亦引"何掄《年譜》"云云。這是此書最早見於著録、引用的情況。

但此書國內久佚。日本名古屋市蓬左文庫藏有舊鈔本施宿《東坡先生年譜附眉陽三蘇先生年譜》一册（原件誤題《東坡紀年録》，致使長期沉晦無聞）。此即本書影印的第一種。

這一鈔本系"駿河御讓本"，有"御本"圖印。江户時代德川幕府第一代將軍德川家康在駿府（今靜岡市）設有藏書庫，稱爲駿河文庫。他於元和二年（1616）去世時，遺命將藏書分讓給在尾張等地的三個兒子，尾張的德川義直得到一百七十七部，建立尾張文庫。今蓬左文庫就是尾張文庫的後身。這些圖書即稱爲"駿河御讓本"，屬於蓬左文庫的貴重書。

此本爲線裝，共 127 頁，書高 26.8 釐米，寬 18.1 釐米，以茶色紙爲裱褙紙，裝訂完好。鈔本最後有題款云："應永二十七年歲次庚子春三月於龍阜之萬秀山下書了。"後人於"應永二十七年"處，批注云"離慶長七年一百八十二年"；於"龍阜"處，批注云"南禪寺"。按，應永二十七年，爲 1420 年；慶長七年，爲 1602 年，相隔正好一百八十二年。故知鈔本年代爲 1420 年，相當於中國明永樂十八年，而爲日本室町時代足利四代將軍義持當政之時。

這一鈔本由五個部分構成：（一）施宿《東坡先生年譜》（全帙，並附陸游序、施宿序、跋等三文）；（二）何掄《眉陽三蘇先生年譜》（殘本）；（三）王宗稷《東坡先生年譜》（十條左右，散見各處）；（四）傅藻（應作"藻"）《東坡紀年録》的序傳部分（約七百多字）；（五）蘇軾簡明年表五頁,當係日本室町時代成書的《四河入海》末尾所附《紀行之圖》的節本。要之,這一鈔本以施《譜》爲主體,何《譜》亦極重要,故擬定名爲《東坡先生年譜附眉陽三蘇先生年譜》,簡稱爲《東坡先生年譜(外一種)》。以下行文則逕稱蓬左本。

蓬左本中的何《譜》文字,一部分抄在書眉(書眉中又有王宗稷《東坡先生年譜》的部分文字),一部分混入施《譜》的"紀年"、"時事"、"出處"、"詩"四欄。我從中輯得何《譜》文字四五千字左右。至於輯録的依據,詳見拙作《記蓬左文庫舊鈔本〈東坡先生年譜(外一種)〉》一文(載《中華文史論叢》1986 年第 2 輯)。此外,《四河入海》中引用何掄《年譜》達五十多處,與蓬左本相同者二十條左右,可補其缺者三十條左右。《經進東坡文集事略》亦有何《譜》材料。因成《眉陽三蘇先生年譜》輯本,約七八千字,置於各本之前。其輯録凡例如下:

一、以蓬左文庫舊鈔本《東坡先生年譜(外一種)》爲基礎,書寫格式亦依此蓬左本。凡輯自此本者,一般不再注明。

二、日本室町時代僧人笑雲清三所編《四河入海》,用 1970 年東京勉誠堂影印古活字本(原藏日本國會圖書館)。

三、南宋郎曄編注的《經進東坡文集事略》,用 1957 年文學古籍刊行社本。此書注文引及《年譜》者凡五處,除一處注明"何掄《年譜》"外,其他四處皆泛稱《年譜》,但與蓬左本等文字雷同,是知郎氏所引蘇軾年譜,僅只何掄所編者一種。故全部逐録,以作參考。

四、個別字句有奪訛處,均以( )號標出,校正改字以〔 〕標出。

何掄,《宋史》無傳。陳騤《南宋館閣録》卷七,在秘書省"少監"條云:"何掄,字掄仲,青城人。何渙榜上舍及第。(紹興)八年八月自著作郎除。是月知邛州。"洪邁《容齋隨筆·三筆》卷八《四六名對》:"何掄除秘書少監,未幾,以口語出守邛,謝啓曰:'雲外三山,風引舟而莫近;海濱八月,槎犯斗以空還。'"據《宋歷科狀元録》,何渙爲宣和三年進士，則知何掄亦同年中進士。何掄《三蘇年譜》卷首有"左朝請大夫權發遣成都府路提點刑獄公事何掄"的署名，當是他作此譜時之官職，時在紹興十年至十三年之間（按，宋代之提刑官一般是三年一任）。今存三蘇年譜的宋代編者，其生平大都不能詳知，但作譜年代似都比何掄、王宗稷要晚。王宗稷《東坡先生年譜》作於紹興十年（1140）之後（據其《自記》，見下文），施宿更是孝宗、寧宗時人。傅藻生活時期不詳。《三蘇年表》的編者孫汝聽曾任"奉議郎"，"當是蜀人，叙蜀甚詳"（《直齋書録解題》卷一七），何掄亦蜀人，而在此譜跋文中不提及孫《表》，何可能亦早于孫。故知此五種年譜中以何、王兩《譜》爲先。至於何、王兩《譜》孰前孰後，現尚難確斷。

二、施宿《東坡先生年譜》

陳振孫《直齋書録解題》卷二〇云："《注東坡集》四十二卷，《年譜》、《目録》各一卷。司諫吳興施元之德初與吳郡顧景蕃共爲之，元之子宿從而推廣，且爲《年譜》，以傳於世。"（又見《文獻通考》卷二四四《經籍考》，書名"集"改作"詩"，是。餘全同。）可知施宿此譜原附《施顧注東坡先生詩》卷首以行。

但此譜國内亦久佚。康熙時見到宋刊《施顧注蘇詩》的邵長蘅已云"施氏譜無考"（《施注蘇詩》卷首《注蘇姓氏》），馮應榴亦云"施武子所爲《年譜》已不傳"（《蘇文忠公詩合注》卷首《年譜》案語）。今存《施顧注蘇詩》本，僅有宋嘉定初刻本、景定補刻本共四個殘帙，皆無施《譜》。

日本已故學者倉田淳之助先生於1963年在京都舊書肆發現此譜鈔本，原爲富岡鐵齋舊藏，即予購藏，並在1965年影印於《蘇詩佚注》（與小川環樹氏合編）一書，始得公之於世。

此鈔本分卷上、卷下兩册，共114頁。書高27.3釐米，寬22.2釐米。書前有陸游序、施宿序，後有施宿跋、日僧末雲叟跋。但正文部分有缺頁（熙寧六、七年之間缺四頁，紹聖元年缺兩頁），而上述蓬左本則完整無損。據初步研究，此本與蓬左本從内容上看，乃同出一源，所據乃同一祖本；從筆迹上看，竟是同一鈔手。故知此鈔本年代亦當在 1420 年左右，與蓬左本時代相近。關於此譜的評介，詳見拙作《評久佚重見的施宿〈東坡先生年譜〉》一文（載《中華文史論叢》1983 年第 3 輯）。

根據《蘇詩佚注》本、蓬左本及其他材料，我整理出施宿《東坡先生年譜》的完本，列爲本書的第二種。其整理的凡例如下：

一、蓬左本書寫比較草率，《蘇詩佚注》本則是認眞書寫的正式鈔本。故整理本以《佚注》本爲底本，蓬左本爲主要校本，并以蘇軾詩文集、史書等參校，作《校補記》附於文末。

二、陸游序以《渭南文集》卷一五《施司諫注東坡詩序》參校。

三、施宿序爲研究《施顧注蘇詩》的重要材料，以《佚注》本、蓬左本互相對勘外，仍有個别字句奪訛，則用日本宫内廳書陵部所藏《王狀元集百家注分類東坡先生詩》卷之九前頁所鈔之施宿序校補，此序得以完璧。

施宿，字武子，吴興人。據陳乃乾先生《宋長興施氏父子事蹟考》（載《學林》第 6 輯，1941 年 4 月），生年爲隆興二年（1164），惜未注明所據；卒於嘉定六年（1213），則余嘉錫先生《四庫提要辨證》卷七有考證。曾官紹興府通判，編撰《嘉泰會稽志》。嘉定時以朝散大夫提舉淮東常平倉，始刻印《注東坡先生詩》。此譜施宿自序末署嘉定二年（1209），則此譜當完成於此之前。

三、孫汝聽《蘇潁濱年表》

陳振孫《直齋書録解題》卷一七云："《三蘇年表》三卷，右奉議郎孫汝聽撰。汝聽當是蜀人，敘蜀甚詳。"此爲最早著録，但"右奉議郎孫汝聽撰"，今存《永樂大典》本作"左奉議郎賜緋魚袋孫汝聽編"。

《四庫全書總目》卷五九云："《三蘇年表》二卷，《永樂大典》本。宋孫汝聽撰。陳振孫《書録解題》載'《三蘇年表》三卷，右奉議郎孫汝聽編'，即此本也。然《永樂大典》所載，惟存蘇洵一卷，蘇轍一卷，蘇軾則別收王宗稷《年譜》，而汝聽之本遂佚，蓋當時編録，不出一手，故去取互異如是。今仍以《三蘇年表》著録，從其本名也。"是知此書在清修《四庫全書》時，《永樂大典》中尚存蘇洵、蘇轍年表各一卷。但今又佚蘇洵年表，僅存《蘇潁濱年表》一卷，見《永樂大典》卷二三九九。此册《永樂大典》原爲富岡謙藏所藏，現歸日本天理圖書館。1909年，繆荃孫曾以鈔録本刻入《藕香零拾》叢書，國内始得流傳。1960年，中華書局《永樂大典》影印本亦收此卷，則據攝影本印行（又有1986年重印本）。1980年，此册《永樂大典》作爲《天理圖書館善本叢書》之一，由八本書店精印出版，字迹明晰，本書即據天理圖書館本整理。

繆荃孫在《藕香零拾》本跋文中云："此書記載翔實，究勝於後代所編者。惟轉輾鈔訛，再取《潁濱遺老傳》及詩文集較之，十得八九矣。"評語中肯，值得重視。

四、王宗稷《東坡先生年譜》

《四庫全書總目》卷五九云："《東坡年譜》一卷，《永樂大典》本。宋王宗稷撰。宗稷字伯言，五羊人。自記稱'紹興庚申隨外祖守黄州，到郡首訪東坡先生遺蹟，甲子一周矣。思諸家詩文皆有年譜，獨此尚闕，謹編次先生出處大略，敘其歲月先後爲年譜'云云。今刻於《東坡集》首者，即此本也。"但此册《永樂大典》今亦佚。現存此譜最早見於明成化四年（1468）程宗所刻《蘇文忠公全集》（即七集本）之卷首,明嘉靖十三年(1534)江西布政司重刻此本。但此兩種明本均無《永樂大典》本之"自記"云云一段文字。據這段"自記",可知此譜作於紹興十年庚申(1140)之後,且編者自認爲首創之作。又據《宋史・藝文志七》"蘇軾《前後集》七十卷"後云:"《年譜》一卷,王宗稷編。"則知此譜在宋時已附蘇集而行。

據成化本李紹序文,此本乃據宋本刻印,故此譜提及宋帝皆空格;嘉靖本以"異代尊稱皆不題空"義例,取消空格,逕直刊刻。成化本亦有個別誤字,如至和元年"按先生作王氏墓誌云'生十有九歲'","九"應作"六";熙寧七年"爲錢公轉作哀辭","轉"應作"輔";元豐二年"王子立子欽皆館","欽"應作"敏";元豐五年"皆是以供先生","是"應作"足"等,嘉靖本悉已改正。本書力求保留原始資料,選取最早版本,故仍以成化本爲底本。

五、傅藻《東坡紀年録》

傅藻,字薦可,仙溪人。其《東坡紀年録》,今知首見於南宋時《百家注分類東坡先生詩》(黃善夫家塾本),本書即據以整理。

傅藻,南宋黃善夫本作傅藻,元明時《增刊校正王狀元集注分類東坡先生詩》(建安虞平齋務本堂本,《四部叢刊》本據此影印),改爲傅藻,似是。因傅字薦可,《詩經・召南・采蘋》:"于以采藻,于彼行潦","于以奠之,宗室牖下"。《左傳・隱公三年》:"苟有明信,澗溪沼沚之毛,蘋蘩蘊藻之菜,筐筥錡釜之器,潢汙行潦之水,可薦於鬼神,可羞於王公。"後有"藻薦"一詞,如張九齡《洪州西山祈雨是日輒應因賦詩言事》"遲明申藻薦,先夕旅巖扉"。

從《東坡紀年録》本文來看,南宋黃善夫本和元明時務本堂本文字互有小異。如元豐元年條"十一月八日作雲龍山放鶴亭記","山"字務本堂本擠刻作"山人";元豐三年條"二十六日雨中熟睡雨晴後步雨中看牡丹”，“步”字後務本堂本多“至四望亭”四字；元祐四年條“冬至日作書文登石澗遺垂堂老人詩”，“垂”字務本堂本擠刻作“垂慈”等，大抵以務本堂本爲勝，書名“增刊校正”，尚屬不誣。本書爲求最早版本，且《四部叢刊》本經見，故仍採南宋黃善夫家塾本整理。

傅《錄》有跋，自稱其書是在段仲謀《行紀》、黃德粹《系譜》兩書基礎上編撰而成，但未提及上述四種年譜。本書所收五種年譜皆不互相提及，看來是各自成書的。

王水照
1987 年 4 月撰稿
2014 年 7 月改定

眉陽三蘇先生年譜

〔宋〕何　掄　編撰　王水照　輯録

東坡先生年譜	紀年　時事	出處	詩
	景祐三年 丙子 仁宗在位 乙五年	先生以是年十二月十 九日卯時生於眉山 為身宮而僕以磨蝎 賦約穀行私茅	又按起梅云退之磨蝎 九日卯時生 為命推之則為卯時生 識者以先生十二月 辛丑十九日為癸亥日 丙子癸亥為水向東流 故才汗漫而澄清子 卯相刑晚心多難 廖蝸立宫巴

老蘇年九八袭　四年丁巳　乙丑年

兄希由

考蘇聖摧氏生　寶元年　戊寅冬十一

三子長曰景先

早夭戊寅之年月六日陡先

（宋）施宿、（宋）何掄編撰《東坡先生年譜附眉陽三蘇先生年譜》

（日本名古屋蓬左文庫藏舊抄本）書影一

老蘇年三十七歲字

四歲東坡十歲志

慕范滂之為人

見子由作□墓

誌云

五年丁酉	六年丙戌	七年丁亥

（宋）施宿、（宋）何掄編撰《東坡先生年譜附眉陽三蘇先生年譜》
（日本名古屋蓬左文庫藏舊抄本）書影二

真宗皇帝大中祥符二年己酉

老蘇先生生於是年。按，歐陽文忠公作公《墓誌》云：“以病卒，實治平三年，(亨)〔享〕年五十有八。”今以年數考之，則知公爲己酉生也。公諱洵，字明允。

大中祥符都九年。

天禧元年丁巳　都五年

乾興元年壬戌

仁宗皇帝天聖元年癸亥　都九年

七年己巳

老蘇年二十一，始娶眉山程氏，大理寺丞文應之女，後封武陽縣君。按，司馬温公作《蘇主簿夫人墓誌》云：“生年十八，歸蘇氏，以嘉祐二年終於鄉里，享年四十有八。”以程氏年數考之，則知公以是年娶。

明道元年壬申　都二年

元年壬申

老蘇丁母蓬萊縣君史氏憂。按，公作《極樂院六菩薩記》云：“丁母夫人之憂，蓋年廿有四矣。”

景祐元年甲戌

二年乙亥

老蘇年廿七，始志於學。按，司馬温公作《蘇主簿夫人墓誌》云：“府君年二十七，猶不學。一旦慨然謂夫人曰：‘我自視今猶可學。’”又歐陽文忠作公《墓(誌)》云：“年廿七，始大發憤，謝其素所往來少年，閉户讀書爲文辭。歲餘舉進士，再不中；又舉茂材異等，不中。退

15

而益閉戶讀書五六年,乃究六經百家之説,下筆頃刻數千言。"是歲生幼女,長而適其母兄程濬之子,見公《自尤》篇。

三年丙子

老蘇年二十八,生仲子軾(《四河入海》卷一八之四《生日王郎以詩見慶,次其韻并寄茶二十一片》詩注)。冬十二月十九日先生(蘇軾)生,卯時也(同書卷二五之四《眉山先生紀年之歌》注)。

四年丁丑

老蘇年廿(八)〔九〕,喪兄希白。

寶元元年戊寅

老蘇娶程氏生三子,長曰景先,早喪戊寅之年。

二年己卯

穎濱先生生於是年二月二十日亥時,諱轍,字子由,又字同叔(《四河入海》卷二二之四《子由生日以檀香觀音像及新合印香銀篆盤爲壽》詩注)。按,《東坡詩評》云:"蘇黃門以己卯生,故東坡詩多有卯君之句。"(同書卷六之四《中秋見月寄子瞻》詩注)

《極樂院六菩薩記》云:"丁母夫人之憂,蓋廿有四矣。其後五年而喪兄希白,又一年而長子死,又四年而幼(娣)〔姊〕亡,又五年而次女卒。至於丁亥之歲,先君去世,又六年而失其幼女,服未既而有長姊之喪云云,年四十有九而喪妻焉。"

老蘇年三十一。

康定元年庚辰

慶曆元年辛巳

二年壬午

老蘇年三十四,有幼姊之戚。

先生(蘇軾)上韓魏公及梅直講書云:"某七八歲知讀書。"又祭歐公曰:"某自齠亂,以學爲嬉。童子何知,惟公我師。書誦(某)〔其〕

文,夜夢見之。"(《四河入海》卷二五之四《眉山先生紀年之歌》注)

三年癸未

先生(蘇軾)作《范文正公文集序》云:"慶曆三年,某始入鄉校。"又《志林》云:"吾八歲入小學。"(《四河入海》卷二五之四《眉山先生紀年之歌》注)

四年甲申

先生(蘇軾)母眉山程文應之女,後封武陽縣君。又爲成國太夫人。夫人曾讀《漢書·范滂傳》,有與先生問答,見於《言行錄》(《四河入海》卷二五之四《眉山先生紀年之歌》注)。

五年乙酉

老蘇年三十七,學四方。

先生(蘇軾)十歲,能語古今成敗(《四河入海》卷二五之四《眉山先生紀年之歌》注)。

六年丙戌

七年丁亥

老蘇年三十九,歸自江南,道過江州,游廬山圓通禪院。是歲丁父憂。按,東坡作《鍾子翼哀詞》云:"軾年十二,先君宮師歸自江南。"《題天竺樂天石刻》云:"余年幼時,先君自虔州歸,言天竺有樂天詩。"子由《贈景福順長老詩序》云:"轍幼侍先君,〔聞嘗〕游廬山,過圓通〔寺〕,見訥禪師。"子由九歲(據蓬左本,又據《四河入海》卷二之四《天竺寺》詩注校改)。

先生(蘇軾)之祖父蘇序卒,字仲先(《四河入海》卷二五之四《眉山先生紀年之歌》注)。

八年戊子

皇祐元年己丑

二年庚寅

17

三年辛卯

四年壬辰

老蘇四十四,有幼女之戚。

先生(蘇軾)十七,與劉仲達往來於眉山,見《滿庭芳詞序》(蓬左本。又見《四河入海》卷二五之四《眉山先生紀年之歌》注)。

五年癸巳

至和元年甲午

(蘇軾)十九,始娶眉之鄉貢進士王方之女,諱弗,後封通義郡君(《四河入海》卷二五之四《眉山先生紀年之歌》注)。

二年乙未

潁濱年十七,娶史氏,後封德陽郡夫人。

先生(蘇軾)廿歲,游成都,謁張安道,見公作《樂全先生文集序》(蓬左本。又見《四河入海》卷二五之四《眉山先生紀年之歌》注)。

嘉祐元年丙申

老蘇歲四十八,與二子至京師。始至京師,見知於歐陽公。坡年二十一,子由年十八。

二年丁酉

潁濱年十九,章衡榜中第,五甲及第。老蘇與二子聞訃歸蜀。館於興國寺浴室院,見先生作《興國六祖畫贊》。(此條《四河入海》卷二五之四《眉山先生紀年之歌》注作:"〔蘇軾〕二十二,春,禮部試,歐陽修、王珪、范鎮、韓絳、梅摯知舉。歐公奏先生名居第二。夏四月,奔母喪歸蜀。")

三年戊戌

老蘇年五十,天子召試紫微閣,辭以疾不就,因上皇帝萬言書。

四年己亥

老蘇舟行適楚,二子皆侍行。按,東坡《南行前集序》云:"己亥之

18

歲,侍行適楚,舟中無事,雜然有觸於中,發於咏嘆,蓋家君之作,與弟
轍之文皆在焉,謂之《南行集》。"(蓬左本。又見《四河入海》卷七之一
《九月二十日微雪懷子由弟二首》注,參見《經進東坡文集事略》卷五
六《江行唱和集叙》注)

五年庚子

老蘇年五十二,除試秘書省校書郎。東坡年廿五,授河南府福昌
縣主簿。是歲正月過唐州,有《新渠詩》一首。子由始以選人授澠池
縣主簿。

六年辛丑

(老蘇)爲霸州文安縣主簿,使食其禄。辛丑老蘇被命修禮書,兼
編定謚法,與姚辟同修禮書。潁濱二十三,應中制科,除商州軍事推
官。是時老蘇修禮而兄子瞻出簽書鳳翔,傍無侍子,乃奏乞養親。
按,《感舊詩序》有曰:"嘉祐六年,予與子由同舉制策,寓懷遠驛。"

冬十二月,先生(蘇軾)赴鳳翔任(《四河入海》卷一〇之一《和子
由記園中草木十一首》詩注)。

七年壬寅

子由侍老蘇在京師。子瞻二十七。

八年癸卯

子由侍老蘇於京。

治平元年甲辰

老蘇年五十六,修禮書,又《進所編定六家謚法表》云:"謹成謚法
(二)〔三〕卷,才力短陋,無以發揚聖人□遺而稱先帝之明命。"子由侍
老蘇在京。

(蘇軾)年廿九。

二年乙巳

子由年二十七,授大名府路安撫總(官)〔管〕司機宜文字。

東坡年三十,在鳳翔任,罷還(《四河入海》卷一六之一《華陰寄子由》詩注)。

三年丙午

老蘇年五十八,禮書成,奏未報,四月二十五日戊申以病卒於京,後贈光禄丞。英宗皇帝聞而傷之,命有司具舟載其喪歸葬於蜀(蓬左本。又見《四河入海》卷五之三《圓通禪院,先君舊遊也……》詩注)。

四年丁未

以十月壬申葬老蘇於(皷)〔彭〕山之安鎮鄉可龍里。

熙寧元年戊申

二年己酉

按,公(蘇轍)作《潁濱遺老傳》云:"神宗嗣位,既(二)〔三〕年,某以書言事,即日(即)〔召〕對(政)〔延〕和殿,時介甫新得幸,以執政領三司條例,上以某爲之屬,不敢辭云。以書抵介甫,介甫怒,將加以罪,陽叔止之,奏除河南推官。"

三年庚戌

(蘇轍)又以張文定辟爲陳州教授。

四年辛亥

子由年三十三,熙寧四年在陳州。十月至潁州,與子瞻相別(《四河入海》卷二〇之三《潁州初別子由二首》詩注)。

先生(蘇軾)三十六,赴杭州通判。十月始渡淮,經行濠、楚、揚、潤諸郡,此時游金山、甘露等,十一月始到杭州也(《四河入海》卷五之二《遊金山寺》詩注)。

五年壬子

潁濱年三十四,在陳州任。是年科舉,差公考試,公有《八月於洛陽妙覺寺考舉人,及還,道出嵩少,至許昌,共得詩廿六首》。集中有《洛陽試院樓上新晴》詩(《四河入海》卷七之一《追和子由去歲試舉人洛下所寄詩五首》詩注，又見蓬左本）。

六年癸丑

子由在陳，三十五。按，東坡《烏臺詩話》曰："熙寧六年，有《戲子由》詩云'勸農冠蓋鬧如雲，送老虀鹽甘似蜜'，以譏諷朝廷新差提舉官所至苛細生事，發謫官（史）〔吏〕，惟學官無吏責也。弟轍爲學官，故有是句。"

七年甲寅

子由年三十六，授齊州書記。

八年乙卯

（蘇軾）四十。子由在齊州任。

東坡年四十，在密州任。按，公《後杞菊賦叙》云："余仕宦十有九年，家日益貧，衣食之奉殆不如昔者，及移守膠西。"公以丁酉年登第，至乙卯恰十九年矣（《經進東坡文集事略》卷一《後杞菊賦》注）。

九年丙辰

子由解齊州任。

潁濱熙寧七年授齊州掌書記。九年在齊州任，是歲解去（《四河入海》卷一之二《將至筠先寄遲適遠三猶子》詩注）。

十年丁巳

（蘇軾）就差知河中府。

熙寧九年，先生（蘇軾）在密州任。十年在密州任，就差知河中府，未到，改知徐州。四月赴徐州任（《四河入海》卷八之二《留別雩泉》詩注）。

子由年三十九。改著作佐郎，復從張文定簽書南京判官，秋末到任。按，公《逍遙堂會宿序》云："熙寧十年二月，與子瞻會於澶濮之間，相從來徐，留百餘日。"以初秋自徐赴南京，至秋末始到任（蓬左本。又見《四河入海》卷一之二《將至筠先寄遲適遠三猶子》、卷一六之四《子由將赴南都與余會宿……》、卷一八之一《次韻答邦直子由四首》詩注）。

元豐元年戊午

子由在南京任。

二年己未

（蘇軾是年四月）二十一到湖州（《四河入海》卷一六之二《罷徐州往南京馬上走筆寄子由五首》詩注，又見同書卷二三之二《遊惠山》詩注）。

二月二十八日，皇甫遵到湖州，追攝（蘇軾）過南京。

子由在南京任，聞子瞻下獄，上書乞以見任官職贖子瞻罪，責筠州酒官。

十二月二十九日責授檢校尚書水部員外郎（《四河入海》卷二五之四《十二月二十八日蒙恩責授檢校水部員外郎黃州團練副使，復用前韻》詩注，又見同書卷二二之三《子由自南都來陳三日而別》詩注）。

三年庚申

子由謫高安。高安，筠州（懸）〔縣〕名也。

四年辛酉

子由在筠。

五年壬戌

公（蘇軾）贈孔毅甫詩云：“去年東坡拾瓦礫”、“今年刈草蓋雪堂”。乃知公之以壬戌歲築雪堂。元豐五年壬戌，先生四十七，及雪堂成，乃遷居之。按，長短句《擬斜川》云：“元豐壬戌之春，余躬耕東坡，築雪堂以居之。”（《四河入海》卷四之一《東坡八首》詩注）

元豐六年癸亥

（蘇軾）四十八。子由在筠，四十五。

七年甲子

先生（蘇軾）年四十九。三月量移汝州，舟自富川陸走高安別子由。

五月九日過新吳。七月舟行至當塗（《四河入海》卷一之二《別黃州》詩注，又見同書卷二一之二《送沈逵赴廣南》、卷一九之一《和王斿二首》詩注）。

十二月朔日，過臨淮，謁普昭王塔（同上書卷一九之一《和王斿二首》詩注）。

子由在筠，有命移績溪令。按，公有《題壁詩序》云："留高安四年有餘，忽得信，聞當除官真（場）〔揚〕間，偶成小詩。"又有詩云："坐看酒壚今五年，恩移嚴邑稍西還。"（蓬左本。又《四河入海》卷一之二《自興國往筠宿石田驛南二十五里野人舍》詩注云："是時子由四十六，在筠州酒稅官。是年十一月自筠州移績溪令。詳見〔何掄〕《三蘇年譜》。"）

八年乙丑

三月，哲宗皇帝即位（《四河入海》卷二五之四《眉山先生紀年之歌》注）。

（十一月，蘇軾）到任（登州）五日，召爲禮部員外郎。到省半月，除起居舍人，遷中書舍人（《四河入海》卷二五之四《眉山先生紀年之歌》注）。

元祐元年丙寅

先生（蘇軾）年五十一，以七品服入侍延和，即改賜銀緋。尋遷中書舍人，復除翰林學〔士〕知制誥（蓬左本。又見《四河入海》卷二五之四《眉山先生紀年之歌》注）。

子由自績溪召至京師。是歲秋，除起居郎。冬，遷中書舍人。按子由（元祐二年）丁卯歲有追記當時所見詩四絕序云："去年冬，某以起居郎入侍邇英講，不逾時，遷中書舍人。"（《四河入海》卷二之一《軾以去歲春夏侍立邇英……》詩注）

二年丁卯

三年戊辰

（蘇軾）任翰林學士。禮部試進士，差公知貢舉。七月又差館伴北使。公以翰林學士兼侍讀，文定以戶部侍郎同對。先是公發策試廖正一館職，問王莽、曹操事，侍御史王〔巖〕叟、〔王〕覿奏論以爲非是，韓川、趙挺之亦攻之，公數疏離去，宣仁面喻曰："豈以臺諫有言故耶？兄弟孤立，不因他人，今但安心，不用更入文字。"

子由任戶部侍郎。

四年己巳

先生（蘇軾）五十四，任翰林學士，言事忤時宰意，奏（補乞）〔乞補〕外。（蓬左本。又參見《經進東坡文集事略》卷二六《杭州謝表》注引："《年譜》云：'元祐四年，東坡年五十四，任翰林學士，言事忤時宰意，奏乞外補，遂有杭州之命。'"同書卷三四《乞開西湖狀》注引："以《年譜》考之，熙寧四年，東坡年三十六，判官誥院、兼判尚書祠部，以論議與時宰不合，命攝開封府推官，尋乞除外任，差通判杭州，以十一月到任，見公《墓誌》。至哲宗元祐四年，年五十四，任翰林學士，以臺諫屢見攻，加以臂疾，力請補外，遂除龍學、知杭州。是年七月二日到任，見《謝表》。"）

潁濱年五十一，代子瞻爲翰林學士，尋兼權吏部尚書，未幾出使契丹，作《王子立文集序》云：元祐四年秋，予奉使契丹，明年奉還。又有《將使契丹九日懷子瞻》詩。由此推之，又知公以秋末出使也。元祐五年春自契丹還。（《四河入海》卷一九之二《次韻子由使契丹至涿州見寄四首》詩注。又參見蓬左本。）

五年庚午

子由奉使還朝。（蓬左本。又參見《四河入海》卷二一之四《送子由使契丹》詩注："子由元祐四年八月奉使契丹，明年春自契丹還朝，除御史中丞。詳見《三蘇年譜》。"）

六年辛未

子由詔除尚書右丞。先生（蘇軾）之去杭也，林子中復來替先生。

三月（蘇軾）被召除翰林承旨，復侍邇英。公《別天竺觀音詩叙》

云“以三月九日被旨赴闕”云云（《四河入海》卷二五之四《眉山先生紀年之歌》注）。

先生（蘇軾）年五十六，在杭州任。三月被召除翰林承旨，復侍邇英。供職數月，以弟嫌請郡，復以舊職知潁州云云（《四河入海》卷一七之一《感舊》詩注）。

子由五十三，春，詔除尚書右丞。子由《欒城後集序》云“元祐六年，年五十有三，始以空疏備位政府”云云（《四河入海》卷一九之三《次韻答黃安中兼簡林子中》詩注）。

七年壬申

先生（蘇軾）年五十七。

潁濱年五十四，除門下侍郎，復蒙郊恩特加護軍進封開國伯，食邑五百戶，實封二百戶（此條蓬左本兩見）。

正月，東坡在汝陰（潁州）作《減字木蘭花》（歌詞）。又公《和趙德麟詩引》云：“僕在潁州，與德麟同治西湖，未成，改揚州。三月十六日湖成，德麟有詩見懷，次韻。”以此推之，乃知公於三月間已在揚州矣。（《四河入海》卷六之四《趙德麟餞飲湖上舟中對月》詩注。又參見《經進東坡文集事略》卷二六《揚州謝表》注：“公在哲宗朝，先知登州，後入朝爲翰林學士，奏乞補外，遂知杭州。被召除翰林承旨，供職數月，以弟嫌請郡，知潁州。在任就差知揚州，時元祐七年也。事見《年譜》。”）

八年癸酉

是年（蘇軾）繼室同安郡君王氏諱潤芝卒於京。子由門下侍郎。

是年（蘇軾）授定州路安撫使。按公《九月十四日雨中示子由》詩云：“去年秋雨時，我自廬山歸；今年中山去，白首歸無期。”以此推之，則公之出守定州，必是九月。是月王氏卒（《四河入海》卷二五之四《眉山先生紀年之歌》注，又見同書卷六之一《次韻秦少游、王仲至元日立春》詩注）。

25

紹聖元年甲戌

子由年五十六,爲門下侍郎,因言事得罪,以本官出知汝州。居數月,元豐諸人皆會於朝,再謫知袁州。未至,降授朝議大夫,分(同)〔司〕南京,筠州居住。公以一年,凡經三謫(又見《四河入海》卷一六之三《寄餾合刷餅與子由》詩注)。

(蘇軾)十月三日至惠州(《四河入海》卷一之三《十月二日初到惠州》詩注,又見同書卷十四之四《十一月二十六日松風亭下梅花盛開》、卷九之二《寓居合江樓》、卷五之四《遊博羅香積寺》詩注)。

(蘇軾)就嘉祐寺所居立思無邪齋,有《贊》,乃紹聖元年十月二十日所作也。

二年乙亥

子由在筠。

三年丙子

四年丁丑

東坡年六十二,在惠州。五月再貶瓊州別駕,昌化軍安置。是歲子由亦貶雷州。五月相遇於藤,同行至雷。六月相別渡海。七月十三日至貶所,見公《和淵明止酒詩序》、《夜夢詩序》及子由作公《墓誌》(《四河入海》卷六之三《夜夢》詩注,又見同書卷一四之四《次韻子由月季花再生》、卷二五之四《眉山先生紀年之歌》注)。

子由年五十九,責授化州別駕、雷州安置(《四河入海》卷一之三《吾謫海南、子由雷州……》詩注,又見蓬左本)。

元符元年戊寅

子由復移循州。

二年己卯

子由《書白樂天集後》云"元符二年夏六月,余自海康再謫龍川,秋八月而至"云云。(《四河入海》卷十六之三《十二月十七日

夜坐達曉寄子由》詩注。蓬左本云："子由至循,再謫龍（州）
〔川〕。"可參酌。）

三年庚辰

先生（蘇軾）在儋州。五月,會徽宗登極（《四河入海》卷二五之四
《眉山先生紀年之歌》注）。

穎濱年六十二,在循州。會徽宗即位,大臣猶不悦,徙居永州。
皇子生,復徙岳州。已乃復舊官,提舉鳳翔府上清太平宫,有田在穎,
乃即居焉。

建中靖國元年辛巳

先生（蘇軾）年六十六。子由年六十三,提舉鳳翔府上清宫,居
穎川。

六月（蘇軾）請老,以本官致仕。七月丁亥卒於常（《四河入海》卷
五之一《答徑山長老》詩注）。

崇寧元年壬午

穎濱年六十四,居穎川,是年十一月十三日《雪詩》云云。

二年癸未

穎濱寄家穎川,與長子遷居汝南。是歲會朝廷易相,降授朝請大
夫、罷祠宫。

三年甲申

復還穎川,有《正月五日還穎川》詩云。

四年乙酉

居穎川,編近所爲文得二十四卷,目《欒城後集》。

五年丙戌

始營新居,公有《築室示三子》詩。是歲有旨奪公墳上刹。

大觀元年丁亥

是歲將築南屋,有《初築南齋》詩。遺老齋、待月軒、藏書室初成。

二年戊子

年七十，復中奉大夫及蒙還畀墳刹。

政和元年辛卯

五年乙未

按公《欒城第三集序》云："當政和〔五〕〔元〕年，復收拾遺藁以類相從，謂之《欒城第三集》。"

八年戊戌

年八十，以病卒於潁川（蓬左本。又見《四河入海》卷二一之一《和子由送將官梁左藏仲通》、同書卷六之四《中秋見月寄子瞻》詩注）。

嗚呼！公以弱冠之年，登進士第，仕至太中大夫、門下侍郎，勳到護軍，爵至欒城縣開國伯，食邑至五百户，食實封至二百户，亦可謂得君矣。惜其自紹聖以來，以言事得罪，一遭屏棄，遂不復用。徽宗即位，雖蒙恩復舊官，亦不過提宮而已。居二年，會朝廷易相，又降朝請大夫。公自廢棄以來，不得參與國政者，凡二十有五年，此有識之士猶以用公未盡爲嘆。

文有年譜，猶史之有年表，蓋不可以闕。蘇氏父子俱以文章顯，其〔集〕雖盛行而年譜不傳，使士大夫無以考信其事業之出處，良可嘆惜。余頃官成都，行部至眉，訪諸故老，得其家傳，三復玩味，喜其所載事跡，皆有歲月可知，廼類而編之，爲《三蘇年譜》。凡所記事，必廣援引以爲之證，非惟有益於其文，至於忠義慷慨之節，終始出處之致，歷歷可見，如以燈取影，以鏡求形，有不容遁匿者。昔唐杜工部、韓吏部與本朝王荆公，皆有年譜之編，流傳人間，至今不泯，蓋取其記事之詳耳，非以矜夸其所長也。今吾於蘇氏亦然。萬一公之英靈不泯，當有以德於我，必有以報於我，否則，姑任之而已，吾又何求焉。永康〔軍〕何掄書。

28

東坡先生年譜

〔宋〕施　宿　編撰　　王水照　整理

紀年	時事	出處	詩
景祐三年 丙子 仁宗在位 〈二十五年		先生以是年十二 月十九日卯時生於 山縣紗縠行私第、	
寶元二年 戊寅冬十 一月十八 日改元			
二年己卯			
康定 〈定元年		子由以是年二月 二十日生	

（宋）施宿編撰《東坡先生年譜》（日本倉田淳之助、
小川環樹編《蘇詩佚注》本）書影一

五年壬子　二月以檢正中書

先生在杭是年七

吏房公事殿中丞
盧秉為兩浙提刑
專提舉鹽事允源
鹽地皆什伍其民
使相訾察又嚴捕
盜敗父私置煮為
者鹽法不厭密笑
七月知諫院唐坰
以杭疏論王安石
照
八月放方田均稅
除約弁武枕天下
先自京東行以

月循行屬縣
八月監試進士
十二月以轉運司
檄監視湖運鹽河
之湖州相度捍堤
又自湖之秀張
中舍詩樂瑩
三月吉祥寺賞
牡丹

以月次句揚褒甲
春
二月送蔡翔鄉和
饒州

蓋皆用盧秉之說戲子由
次句子由柳湖父
潤齒水閣元山
茶盛開
望湖樓醉書
兩中遊天竺觀音
院
和蔡准郎中邀遊

（宋）施宿編撰《東坡先生年譜》（日本倉田淳之助、
小川環樹編《蘇詩佚注》本）書影二

注東坡先生詩序

　　古詩唐虞賡歌，夏述禹戒作歌。及商周之詩[1]，皆以列於經，故有訓釋。漢以後詩，見于蕭統《文選》者，及高帝、項羽、韋孟、楊惲、梁鴻、趙壹之流歌詩見於史者，亦皆有注。唐詩人最盛，名家者以百數，惟杜詩注者數家，然概不爲識者所取[2]。近世有蜀人任淵，嘗注宋子京、黃魯直、陳無己三家詩，頗稱詳贍；若東坡先生之詩，則援據閎博，指趣深遠，淵獨不敢爲之説。游頃與范公至能會於蜀，因相與論東坡詩，慨然謂游：“足下當作一書，發明東坡之意，以遺學者。”游謝不能。他日又言之。因舉二三事以質之曰：“‘五畝漸成終老計，九重新掃舊巢痕’，‘遙知叔孫子，已致魯諸生’，當若爲解？”至能曰：“東坡竄黃州，自度不復收用，故曰‘新掃舊巢痕’，建中初復召元祐諸人，故曰‘已致魯諸生’，恐不過如此耳。”游曰：“此游之所以不敢承命也。昔祖宗以三館養士，儲將相材，及官制行，罷三館。而東坡蓋嘗直史館，然自謫爲散官，削去史館之職久矣，至是史館亦廢，故云‘新掃舊巢痕’[3]，其用字之嚴如此。而‘鳳巢西隔九重門’，則又李義山詩也。建中初，韓、曾二相得政，盡收用元祐人，其不召者亦補大藩，惟東坡兄弟猶領宮祠。此句蓋寓所謂不能致者二人，意深語緩，尤未易窺測。至如‘車中有布乎[4]’，指當時用事者[5]，則猶近而易見。‘白首沉下吏，綠衣有公言’，乃以侍妾朝雲嘗嘆黃師是仕不進，故此句之意，戲言其上僭。則非得於故老，殆不可知。必皆能知此[6]，然後無憾。”至能亦太息曰：“如此，誠難矣！”後二十五六年[7]，游告老居山陰

33

澤中,吳興施宿武子出其先人司諫公所注數十大編[8],屬游作序。司諫公以絕識博學名天下,且用工深,歷歲久,又助之以顧君景蕃之該洽,則於東坡之意,蓋幾可以無憾矣。游雖不能如至能所託[9],而得序斯文,豈非幸哉!嘉泰二年正月五日[10],山陰老民陸游序。

東坡先生詩[11]，有蜀人所注八家，行於世已久。先君司諫病其缺略未究，遂因閑居，隨事詮釋，歲久成書。然當亡恙時，未嘗出以視人。後二十餘年，宿佐郡會稽[12]，始請待制陸公爲之序。而序文所載在蜀與石湖范公往復語，謂坡公旨趣未易盡觀邃識，若有所謹重不敢者。宿退而念先君於此書用力既久，獨不輕爲人出，意或有近於陸公之説；而先君末年所得，未及筆之書者，亦尚多有，故止於今所傳。宿因陸公之説，拊卷流涕，欲有以廣之而未暇。自頃奉祠數年，舊春蒙召，未幾汰去，杜門無事，始得從容放意其間。蓋熙寧變法之初，當國者勢傾天下，一時在廷，雖耆老大臣、累朝之舊，有不能與之力爭。獨先生立朝之日未久，數上書言其不便，幾感悟主意；而小人嫉之，擯使居外。至其忠誠憤鬱不得發，始托於詩以規諷，大抵斥新法之不爲民便、而小人之罔上者，蓋凛凛也。既謫黃岡，躬耕東坡之下，若將終焉。遇其興逸，絶江弔古，狎於魚龍風濤之怪，放浪無涯涘，蓋莫得以窺其際。元祐來歸，所挾益大[13]，議論終不爲苟同。宣仁聖后察見神宗皇帝末年之意，親加擢用；然周旋禁近，不過四年，迄以不容而去。迨紹述事起，嶺海萬里，瀕於九死，而皓首煙瘴，歸然獨存，爲時天人[14]。和陶之作，出騷入雅，深涉道德性命之境，落筆脱手，人争傳誦，愈不可禁。蓋先生之出處進退，天也。神宗皇帝知之而不及用，宣仁聖后用之而不能盡[15]，與夫一時用事者能擠之死地而不能使之必死，能奪其官爵、困戹僇辱其身而不能使其言語文字不傳於世，豈非天哉！故宿因先君遺緒，及有感於陸公之説，反覆先生出處，攷其所與酬答贋倡之人，言論風旨足以相發，與夫得之耆舊長老之傳，有所援據，足裨隱軼者，各附見篇目之左；而又采之國史以譜其年，取新法罷行之目[16]，列於其上，而系以詩之先後，庶幾觀者知先生自始出仕[17]，至於告老，無一念不惓惓國家，而此身不與。讀其詩，論其所遭之難，可以油然寡怨，而篤於君臣之大義矣。雖然，宿之區區，豈以爲有補於先生哉！蓋先君之志在焉，不敢使之泯没不見於世，如斯而已矣。嘉定二年中秋日。吳興施宿書。

東坡先生年譜上

紀　年	時　事	出　處	詩
景祐三年丙子(仁宗在位之十五年)		先生以是年十二月十九日卯時生於眉山縣[18]紗縠行私第。	
四年丁丑[19]			
寶元元年戊寅(冬十一月十八日改元)			
二年己卯		子由以是年二月二十日亥時生。[20]	
康定元年庚辰(春二月二十日改元)			
慶曆元年辛巳(冬十一月二十日改元)			
二年壬午			
三年癸未		是年先生入鄉校。	
四年甲申			

36

紀　年	時　事	出　　處	詩
五年乙酉			
六年丙戌			
七年丁亥			
八年戊子			
皇祐元年己丑			
二年庚寅			
三年辛卯			
四年壬辰			
五年癸巳			
至和元年甲午		是歲娶通義郡君眉人王氏諱弗，鄉貢進士方之女。	
二年乙未			
嘉祐元年丙申		是歲先生始舉進士，至京師。秋，請開封府解。	
二年丁酉	春，禮部試。知舉歐陽修、王珪、范鎮、韓絳、梅摯。	禮部奏名居第二。三月，御試中乙科。夏四月，奔蜀國夫人程氏喪還蜀。	
三年戊戌	六月，富弼昭文相，韓琦集賢相。	先生居憂。	

紀　年	時　　事	出　　處	詩
四年己亥		秋七月，免喪。九月，侍宮師如京師。歲除，至長安。	《初發嘉州》、《過宜賓》、《泊牛口》、《望夫〔臺〕》、《仙都觀》、《入峽》、《出峽》、《渼陽早發》、《留尉氏》、《漢水》、《竹葉酒》、《阮籍嘯臺》[21]、《許州西湖》。
五年庚子		春正月，至京師，歐陽文忠公舉先生應材識兼茂明於體用科。	
六年辛丑	秋八月，試賢良方正之士，考官吳奎、（孫）〔楊〕畋、王安石。閏八月，韓琦昭文相，曾公亮集賢相。九月，御試，考官胡宿、沈遘、范鎮、司馬光、蔡襄。	先生試秘閣六論合格；御試策入三等，授大理評事簽書鳳翔府節度判官廳公事[22]。國朝試科目常在八月中旬，時子由將就試，忽感疾臥病，自料不能及矣。韓忠獻知之，爲奏曰：“今歲制科之士，惟蘇軾、蘇轍最有聲望，今聞蘇轍偶疾未可試，如此人兄弟中一人不得就試，甚非衆望，欲展限以俟。”上許之。及子由全安方引試，比常例展二十日。自後試科目皆以九月，蓋始於此。冬十一月，先生之官鳳翔。是年五月，宮師始以歐公薦授官。	《鄭州西門外別子由》、《和子由澠池懷舊》、《過長安和劉京兆石林亭》、《鳳翔八觀》。

續　表

紀　年	時　　事	出　　處	詩
七年壬寅		先生在鳳翔。春二月，以府檄往寶鷄、郿、虢、盩厔四縣決囚，時太守陳希亮公弼也。秋，希亮命公兼府學教授。	《石鼻城》、《磻谿》、《郿塢》、《書崇壽院壁》、《樓觀》、《題延生觀後小堂》、《留題中興寺》、《是月二十日返至府、有記所經歷寄子由》、《微雪懷子由》、《記歲暮鄉俗》三首[23]、《病中聞子由不赴商幕》、《病中大雪次韻答趙薦》。
八年癸卯（三月二十九日英宗皇帝即位）		先生在鳳翔，以覃恩轉大理寺丞。秋，禱雨磻溪，考試永興軍。冬，出游樓觀、五郡、司竹監。	《和子由寒食》、《和子由蠶市》、《踏青》、《和子由苦寒見寄》、《懷趙薦》、《至磻溪有猿字韻》《翠麓亭》、《宿磻龍寺》、《懷賢閣》、《和子由園中草木》、《題南溪竹上》、《和劉長安題薛周逸老亭》、《王氏中隱堂》、《和子由聞予將如終南太平宮讀書》、《將往終南和子由見寄》、《周公廟》、《避世堂》、《自清平鎮游樓觀五郡等處寄子由》、《凌虛臺》、《竹𥱻》、《渼陂魚》、《讀道藏》、《司竹監會獵》、《和子由論書》、《記吳道子開元寺畫》。[24]

紀　年	時　　事	出　　處	詩
治平元年甲辰		十二月，先生自鳳翔代還。	《和董傳留別》。
二年乙巳		二月，至京師，磨勘轉殿中丞除判登聞鼓院，尋召試館職，除直史館。英宗自在藩邸聞公名，欲以唐故事召入翰林，[25]宰相限以近制不可，故有此命。夏，通義郡君卒。	《過華陰寄子由》。
三年丙午		夏四月，宫師卒於京師，先生護喪歸蜀。	春有《次韻柳子玉見寄》。
四年丁未（正月神宗皇帝即位）	六月，始下詔議役法。九月，韓琦免。	先生居憂。	
熙寧元年戊申	三月，新除翰林學士王安石始入對，勸上以更法度。	秋七月，除宫師喪；冬，出蜀。	
二年己酉	二月，富弼召拜昭文相，王安石參知政事，尋命知樞密院陳升之同安石制置三司條例。三月，詔內外官以財用利害聞奏。四月，詔議改貢舉法。是月，始分遣劉彝等八人相度農田水利賦税徭役利害，	春，至京師，除判官告院兼判尚書祠部。時王安石方用事，議改法度，以變風俗，知先生素不同己，故置之是官。五月，以論貢舉法不當輕改召對，又爲安石所不樂。未幾，上欲用先生修《中書條例》，安石	《送錢顗安道》、《送曾子固》、《送王頤》、《静照堂》、《醉墨堂》、《送任伋通判黃州》。

續　表

紀　年	時　　事	出　　處	詩
二年己酉	自此察訪常平,體量義勇,制置市易,經畫夷洞及排保甲、括沙田之類,遣使無虛日矣。五月,御史中丞呂誨論王安石奸詐不可任,出知鄧州。六月,詔以京東錢帛貸貧民,歲終取息,青苗法始此。七月,始行均輸法,詔令淮浙江湖六路發運使薛向領之。九月,置諸路常平廣惠倉提舉官,頒農田水利約束。十月,富弼以安石專政議論不合免,曾公亮昭文相,陳升之集賢相。十一月,命樞密副使韓絳同制置三司條例。陳升之始附安石得相位,既相,遂言條例司難以簽書,他日又以爲不可置此司,安石不可,故有是命。明年卒罷之。十二月,翰林學士司馬光與呂惠卿爭變法,且言青苗不便。	沮之。秋,爲國子監考試官,以發策爲安石所怒。冬,上欲用先生修《起居注》,安石又言不可,且誣先生遭喪販蘇木入川事,遂罷不用。安石欲以吏事困先生,使權開封府判官。先生決斷精敏,聲問益振,上疏論買燈事,上嘉納之。又上疏論事,慷慨不屈。子由春以上書言事,除三司條例司檢詳文字。	

紀　年	時　　事	出　　處	詩
三年庚戌	二月，判大名府韓琦言青苗之害，王安石怒，稱疾不出，青苗法幾罷。命司馬光爲樞密副使。光自以與王安石議政不合，力辭不就。安石奏疏排光，復累奏辭位不出，上詔諭，始視事如故，行新法益堅。光與李常、曾公亮、陳升之共爭青苗法不便，乞罷之，不可。俄收還光樞副告勑，仍舊職，於是臺諫范鎮、孫覺、李常、呂公著、張戩等皆論青苗不便，未幾皆貶黜。四月，參知政事趙抃以爭新法免。韓絳參知政事，李定太子中允、監察御史裏行，知制誥宋敏求等封還。八月，御史劉述、錢顗以論王安石責官。九月，曾公亮免。十月，陳升之丁母憂。十二月，韓絳昭文相。時用兵西夏，絳爲陝西河東宣撫使，即軍中拜焉。王安石拜監修國史相。王珪參知政事。定畿縣保甲條例。按：	春，差充殿試編排官。時御試始用策。上議差先生爲考官，安石言先生所學乖異，不可考策，乃以爲編排官。先生擬對以奏。八月，詔江淮湖北運司體量蘇軾居喪服除往復賈販[26]，及令李師中供析照驗，安冒差借兵卒事實以聞，御史知雜謝景温劾奏故也。景温與安石連姻，安石實使之。十月，翰林學士范鎮奏乞致仕，以贖先生誣罔之罪；不報。又奏，辨先生之無過，并攻安石，遂落職致仕。已而窮治，卒無所得，先生不敢自明，明年乃乞補外。子由是歲八月，以上疏論三司事議論不合，出爲河南府判官。	《送錢藻知婺州》、《送文與可知陵州》、《送劉攽倅海陵》、《次韻子由初到陳州》、《送呂希道知和州》、《次韻王誨夜坐》、《次韻子由綠筠堂》、《送曾子固倅越》[27]。

紀　年	時　　事	出　　處	詩
三年庚戌	新法之行，青苗始於陝西，助役始於京東、兩浙，常平則自陝西、河東始，保馬保甲則自府界畿縣始，市易則自秦鳳始。蓋自古變法者，其始皆有所疑懼不安，故試之一方一所，所以驗其法之可行與否也，及其主之既力而小人迎合皆以爲便，始推而達之天下矣。		
四年辛亥	正月，以諸州舊用役人主公使庫陪備糜費，遂定諸州公使錢數，然州郡事體日憔悴矣。明年又增定之。二月，詔罷詩賦及明經諸科，於京東等五路先置學官教導，仍定課試爲四場。知永興軍司馬光上疏自劾乞致仕，移知許州，因請留臺，許之。光自是絶口不言新法。林旦、薛昌朝、范育皆以論李定不持母喪黜責。韓絳以陝西用兵無功、慶州軍亂	是年六月，先生乞補外，上批出與知州差遣，中書不可，擬通判潁州；上又批出改通判杭州。參知政事馮京荐先生直舍人院，上不答。是月先生出京，至陳。時張文定公守陳，子由爲學官。至九月離陳，子由送至潁，同謁歐陽文忠公於潁上。十月，始渡淮，經行濠、楚、揚、潤諸郡，與孫洙巨源、劉摯莘老、劉攽貢父會於揚。十一月，到杭。時杭守	《出都城來陳和船上》、《和張安道讀杜詩》、《送張安道赴南京留臺》、《次韻柳子玉過陳絶粮》、《歐陽少師石屏》、《陪歐陽少師燕西湖》、《別子由》、《渦口遇風》、《出潁口初見淮山》、《至壽州李定少卿出餞》、《濠州塗山》等、《泗州僧伽塔》、《龜山》、《楚州發洪澤遇風》、至山陽《記所見》、至揚州《會孫巨源、劉莘老、劉貢父三同舍》、至

續　表

紀　年	時　事	出　處	詩
四年辛亥	免相。五月，知亳州富弼以不散青苗落使相。時始行募役，中丞楊繪、御史劉摯力言不便，且攻曾布，皆黜責。十月，始頒募役法，使民出錢募人代役。	沈遘。遘去，陳襄代；襄去，楊繪代。終先生任更三守。	潤州《游金山、焦山》、《甘露寺》、《初到杭寄子由》、游孤山唱和、《除日題都廳壁》、《次韻子由柳湖感物》、《次韻柳子玉地爐》、《紙帳》。
五年壬子	二月，以檢正中書吏房公事殿中丞盧秉爲兩浙提刑，[28]專提舉鹽事，凡煮鹽地皆什伍其民，使相幾察；又嚴捕盜販及私置煮器者，鹽法不勝密矣。七月，知諫院唐坰以抗疏論王安石貶。八月，頒方田均税條約并式於天下，先自京東行之。	先生在杭。是年七月，循行屬縣。八月，監試進士。十二月，以轉運司檄監視開運鹽河，之湖州相度捍堤利害，又自湖之秀，蓋皆用盧秉之説云。	正月，《次韻楊褒早春》。二月，《送蔡冠卿知饒州》。三月，《吉祥寺賞牡丹》、《張中舍壽樂堂》、《戲子由》、《次韻子由柳湖久涸有水、開元寺山茶盛開》[29]、《望湖樓醉書》、《雨中游天竺觀音院》、《和蔡準郎中邀游西湖》、《七月出城舟中苦熱》、《宿餘杭法喜寄孫莘老》、《宿臨安浄土寺》、《自浄土步至功臣寺》、《游徑山》、《自徑山回招呂察推宿湖上》、《宿望湖樓再和》、《哭歐陽公》、《八

44

紀　年	時　事	出　處	詩
五年壬子			月看月懷子由及崔度》、《呈諸試官》、《煎茶》、《催試官考校》、《望海樓晚景》、《和沈立之留別》、《夜泛西湖》、《沈諫議召游湖不赴》、《秋懷》、《冬至獨游吉祥寺》、《後十餘日再至吉祥寺》、《湯村開河雨中督役》、《宿水陸寺》、《鹽官戲呈同事》、《千佛閣寺》、《寄孫莘老》、《再用韻寄孫莘老》、《畫魚歌》、《贈莘老》、《和邵同年戲贈賈收》、《和賈收吳中田婦嘆》[30]、《游道場山何山》、《天慶觀北向亭》、《贈錢安道并寄其弟》、《鄉僧文長老方丈》、《和劉道原》、《次韻歐陽少師會老堂》、《寄趙少師》、《墨妙亭》、《黃鶴樓》、《賀朱壽昌》、《游孤山訪惠勤惠思》。

紀　年	時　　事	出　　處	詩
六年癸丑	命知制誥吕惠卿修撰國子監經義，太子中允崇政殿説書王雱兼同修撰，蓋因舉人對策，乞朝廷早修經義，使義理歸一，故有是命。尋命安石提舉，詔進士諸科同出身，自今并令試律、令、大義或斷案。詔以朝集院爲律學，置教授四員，命官舉人，並許入學課試。詔民輸免行錢。初，在京市易，務召在京諸行人充本務行人，至是令免者輸錢。十二月，詔内自政府百司，外及監司諸州，歲增胥吏禄，並取足於坊場、河渡、市例、免行役剩息錢。是歲，王韶復河洮。[31]	先生在杭。二月，循行屬縣。冬，以轉運司檄，往常、潤、蘇、秀賑飢民。	《次韻張子野見和》、《七夕寄孫莘老》、《雜興答鮮于子駿》、《祥符寺九曲觀燈》、《過祥符僧可久房無燈火》、《述古邀城外尋春》、《次韻章傳》、《用鱗字韻求述古移廚飲湖上》、《飲湖上初晴後雨》、《春分後雪》、《李節推留風水洞見待》、《和李節推風水洞》、《獨遊富陽普照寺》、《自普照遊二庵》、《山村》、《緑筠軒》、《湖上夜歸》、《寒食未明至湖上》、《吉祥寺花將落述古不至》[32]、《述古聞知明日即來》、《於潛刁令野翁亭》、《於潛女》、《昌化治平寺》、《與臨安令劇飲》、《泛湖遊北山》、《會客有美堂和周邠見和》、《八月十五日觀潮》、《臨安

紀　年	時　事	出　處	詩
六年癸丑			將軍樹》、《陌上花》、《遊東西巖》[33]、《與周長官李秀才游徑山次韻》、《徑山道中答周長官兼贈蘇寺丞》、《登玲瓏山》、《宿九仙山》、《宿海會寺》、《海會寺清心堂》、《次韻汪覃見寄》、《再游徑山》、《九月八日自徑山歸述古召飲介亭》、《病不赴述古會再用前韻》、《尋臻闍黎遂泛舟至勤師院》、《舟中望有美堂上魯少卿飲》、《戲書勤師壁》、《次韻周李二君湖上見寄》、《立秋禱雨宿靈隱》、《游淨慈次韻周長官見寄》、《病中游祖塔院》、《虎跑泉》、《次韻述古過周長官夜飲》、《述古責不赴會次前韻》、《和述古冬日牡丹》、《吊海月辯師》、《和錢安道送茶》、《安

紀　年	時　　事	出　　處	詩
六年癸丑			道令歌者道服》、《雙竹湛師房》、《和柳子玉喜雪》、《雪後至臨平僧舍》、《夜至永樂文長老院》、《柳氏外甥求筆蹟》、《除夜宿常州城外》、《送杜戚陳三掾罷官歸鄉》[34]、《追和子由去歲試舉人洛下樓上晚景》[35]、《過廣愛寺》、《石淙莊》、《有美堂暴雨》、《榮長老方丈》、《與述古自有美堂夜歸》、《水樂亭歌》、《次韻周長官同餞魯少卿》[36]。
七年甲寅[37]	正月，詔諸州額外造酒以違制論。[38]呂嘉問提舉市易，令民出免行錢，苛細已甚，小民多怨。上欲蠲減，安石與呂惠卿主之甚力，曾布欲因此以擠嘉問，卒不勝而貶。四月，王安石免。韓絳監修國史相，呂惠卿參知政事。	是歲六月，始自常、潤還。[39]九月，差知密州。時杭守楊繪元素召還翰苑，先生與元素同舟，過李常公擇於吳興，陳舜俞令舉、張先子野皆從，劉述孝叔亦來，置酒松江垂虹亭上，此前六客也。還，與孫洙巨源、王存正仲	《過丹陽寄魯元翰》、《謁惠山錢道人》[40]、至潤州《和王規父侍太夫人觀燈》、《刁同年草堂》、《次韻刁景純瑞香》、柳子玉游鶴林招隱唱和"光"字韻諸篇、《金山與柳子玉飲》、《大風留金山寺》、《書焦山綸老

續　表

紀　年	時　事	出　處	詩
七年甲寅	時久旱，百姓流離，上憂形於色，安石不悦，力求去，且薦絳自代而輔以惠卿，於安石所爲，遵守不變。俄又下詔，申明新法之禁。五月，天章閣待制李師中言：乞召方正有道之士如司馬光、蘇軾、轍輩復置左右，以輔聖德。以大言求用，責散官安置。始罷制科，從吕惠卿之請也。七月，吕和卿建手實法，使人户自具其丁口田宅之實，隱落者許人告。始行河北保甲。始立方田法。九月，從蔡挺之議，府界、河北、京東西置三十七將。	會於潤。冬十一月，至密。	壁》、《留別金山二長老》、《刁景純席上和謝生》、《無錫水車》、《僧法通》、《常潤道中寄述古》、《次韻周令》、《蘇州閭丘江君二家雨中飲酒》、《吳江三賢畫像》、《和劉孝叔會虎丘》、《過永樂文長老已卒》、《次韻沈長官》、《自常潤還題寶山上方》。秋七月，《游靈隱高峰塔》。八月，再題風水洞。《天竺送桂花分贈元素》、《捕蝗至浮雲嶺懷子由》、《於潛贈毛長官》、《與毛令方尉游西菩提寺》、《甘露寺彈筝》、《平山堂次韻王居卿》、過海州《和陳海州書懷》、《乘槎亭》、《次韻孫職方蒼梧山》、《次韻孫巨源見寄》、《除日贈段屯田》、《虎兒》。

49

紀　年	時　　事	出　　處	詩
八年乙卯	正月，議新法人汀州編管鄭俠改英州，秘閣校理王安國追毀出身以來文字。時呂惠卿欲遂代安石，恐其復來，乃因鄭俠罪陷安國，因以沮安石。惠卿又數與韓絳忤，絳請復相安石，上從之。二月，王安石自江寧赴闕，拜昭文相。察訪使曾孝寬乞行戶馬法，戶馬始於此。三月，分熙河、秦鳳、涇原、環慶路兵爲十七將。河東始行保甲。六月，從章惇請，榷河北京東鹽。撰到經義，送國子監刊行。詔進士自第一人以下注官，并先試律令大義、斷案。八月，韓絳以安石、惠卿異意免。十月，呂惠卿罷。初，惠卿既與王安石益不協，御史中丞鄧綰、御史蔡承禧交論其姦，故罷。是月罷手實法。十一月，交阯叛。	先生在密州。	正月，與喬太博、段屯田唱和"半"字韻諸篇。《雪後書北臺壁》及《謝人見和》、《送段屯田》、《和段屯田荆林館》、《出城送客不及》、《謝田賀二生獻花》、《惜花》、《贈喬太博鐵溝行》、《答喬太博莫笑銀杯小》、《寄劉孝叔》、《祭常山回小獵》、《次韻梅户曹會獵》、《孔長源挽辭》、《和章子厚出守湖州》、《次韻章傳道喜雨》、《次韻文潞公超然臺》、《游盧山次韻章傳道》、《盧山五詠》、《次韻頓教授起見寄》、《次韻子由和韓州送游山寺》。

紀　年	時　事	出　處	詩
九年丙辰	十月，王安石免相，以使相判江寧。蓋安石之再入也，多稱病求去，及子雱死[41]，愈悲傷不自勝，上亦因鄧綰等敗，厭其所爲，故有是命。吳充昭文相，王珪集賢相。十二月，安南平。	先生在高密。按，先生是年用磨勘遷祠部員外郎。九月，詔移知河中府。十一月，發高密，除夕留濰州。	秋七月五日，《答趙郎中見和》。八月十五日，《和孔周翰》[42]九月，《和晁同年九日見寄》、《送喬施州》、《次韻劉貢父、李公擇見寄》、《次韻趙郎中捕蝗見寄》、《登常山絶頂廣麗亭》、送碧香酒與趙明叔唱和數首。十二月，《次韻劉貢父見予歌詞見戲》。發密州《留別雩泉》、《留別釋迦院牡丹呈趙倅》、《次韻周邠寄雁蕩山圖》、《和孔郎中荆林見寄》、《和文與可洋川園池》、《同年王中甫挽詞》。
十年丁巳		先生正月發濰州，過青、齊二州，李公擇爲齊守，留月餘始去。道中改知徐州，時二月也。至京師，有旨不許入國門，寓城外范蜀公園。夏四月，赴徐州，子由同行。	《正月發濰州中途雪》、《至青州道上懷東武寄交代孔周翰》、《至濟南次韻李公擇相迎》、《送魯元翰知衛州》、《送范景仁游洛中》、《次韻范景仁留別》、《題王晉

紀　年	時　事	出　處	詩
十年丁巳		五月，到徐。按，是年七月河決於澶州曹村下掃，八月水匯徐州城下，漲不得洩，城將敗，富民爭避水。公以身率之，與城存亡，履屨策杖，親督禁卒，築堤捍之；水至堤下，害不及城，民心以安。按，李邦直時以京東提刑行部至徐，先生與之有唱和，子由亦與。	卿韓幹牧馬圖》、《司馬君實獨樂園》、《和李邦直沂山祈雨》、《和孔周翰》、《次韻子由顏長道同游百步洪》、《送顏復兼寄王鞏》、《與梁先、舒煥泛舟》、《初別子由》、《和子由逍遥堂》、《和李邦直子、由原、田、寒、憂字韻》、《游百步洪》、《邀仲屯田爲大水所隔》、《過雲龍山人張天驥》、《臺頭寺送李邦直赴召》、《贈王仲素》、《答任師中家漢公》、《同吴正字、王户曹相視溝畎》、《望䇏亭》。
元豐元年戊午		先生在徐州。是年三月始識王迥子高，因作《芙蓉城》詩。黄庭堅字魯直，時爲北京國子監教授，以二詩寄先生，先生始與之有酬唱。李公擇罷	《芙蓉城》、《答黄庭堅》、春旱置虎頭石潭作《起伏龍行》、《次韻潛師放魚》、《訪張山人得山、中字》、《送孔郎中赴陝》、《與梁左藏會飲》、《答

52

紀　年	時　事	出　處	詩
元豐元年戊午		齊過徐，留旬日而去。九月九日黃樓始成。王鞏字定國，時自南京來，以張安道詩卷示先生。安道，鞏婦翁也。秦觀字少游，高郵人，時從先生學，後居四學士之列。僧道潛字參寥，卒由先生得詩名，皆至是始見。	公擇》、《大風約公擇飲》、《聞公擇飲傅國博家》、《送筍芍藥與公擇》、《送公擇》、《攜妓樂游張山人園》、《中秋月》、《九月九日發字韻》、《答仲屯田》、《送胡掾》、《次韻子由中秋見月》、《次韻張十七九日贈子由》、《與頓起孫勉泛舟》、《答頓起》、《送頓起孫勉》、《答王鞏》、《次韻王鞏馬上見寄》、《答王鞏》、《次韻王鞏顏復同泛舟》、《次韻王鞏獨眠》、《次韻王鞏留別》、《題張安道近作》、《十月十五日觀黃樓月》、《石炭》、《夜過舒堯文戲作》[43]、《雲龍山觀燒》、《和田國博喜雪》、《馬上贈舒堯文》、《次韻舒堯文祈雪》、《與舒堯文、張山人、參寥

續　表

紀　年	時　　事	出　　處	詩
元豐元年戊午			同游戲馬臺》、《和鮮于子駿鄆州新堂月夜》、《送李公恕赴闕》、《虔州八境圖》、《游張山人園》、《和子由送將官梁仲通》、《雨中過舒堯文》、《次韻寄李公擇》、《送梁交赴莫州》、《送趙巖歸錢塘》、《辯才復歸上天竺》、《鄭戶曹賦席上果》、《次韻秦觀》、《次韻僧道潛見贈》、《次韻參寥寄秦太虛》、《與參寥行園中得黃耳蕈》、《百步洪》、《送參寥》、《送鄭戶曹》。
二年己未	五月，御史中丞蔡確參知政事。时宰相吳充屢議變法，確固爭不可，充屢屈，法遂不變。	先生在徐。二月，移知湖州。經從淮浙間，所至作詩，多追感舊游。蓋先生昔年自京師赴杭倅、自杭守密及是，凡三往來矣。時秦觀、參寥同載。四月，至湖。七月，御史中丞李定論先生	《人日會獵城南鳥字、過字韻》、游桓山分韻賦"澤"字及"四"字二韻、《種松得徠字》、《罷徐至南京馬上寄子由》、《過宿州次韻劉涇》、《泗州孫景山西軒》、《過淮》、《金山贈寶覺

續　表

紀　年	時　事	出　處	詩
二年己未		有可廢之罪四，御史舒亶專摘先生詩語以爲譏切時政，且云：陛下發錢以本業貧民，則曰"嬴得兒童語音好[44]，一年强半在城中"；陛下明法以課羣吏，則曰"讀書萬卷不讀律，致君堯舜終無術"；陛下興水利，則曰"東海若知明主意，應教斥鹵變桑田"；陛下謹鹽禁，則曰"豈是聞韶解忘味，爾來三月食無鹽"。御史何正臣亦以先生爲愚弄朝廷，乞行追治。上批令御史臺選牒朝臣一員乘驛追攝。八月十八日，赴御史臺獄。十一月二十八日結案聞奏，差權發遣三司度支副使陳睦録問，無翻異[45]。十二月二十六日詔責授檢校尚書水部員外郎黄州團練副使本州安置。按，王銍《元祐補録・沈括傳》：括先與先生同在館閣，先生	長老》、《惠山和唐人》、《贈錢道人》、《贈僧惠表》、《松江會秦太虛、參寥》、《次韻關令送魚》、五月到湖州《遍游諸寺》、《和周邠見寄》、《過賈耘老水閣》、《泛舟城南分韻人、皆、苦、炎》、《送淵師歸徑山》、《送表忠觀道士還杭》、《與王郎昆仲及兒子邁分韻》、《和孫同年卞山禱晴》、《送孫著作赴考城》、《次韻李公擇憶彭城折花餽筍》、《舶趠風》、《次韻孫秘丞見贈》、《與客游道場何山分韻》、《寄净慈本長老》、《送俞節推》、《次韻孫侔》、《次韻劉貢父登黄樓》、《丁公默送蝤蛑》、《城南尉水亭》、《與胡祠部游法華山》、《贈賈耘老》、《慈聖皇太后挽詩》、《寄子由》、是年有《臺頭寺步月》、《送宋希元》、《送

紀　　年	時　　事	出　　處	詩
二年己未		論事與時異,補外。括察訪兩浙,陛辭,神宗語括曰:"蘇軾通判杭州,卿其善遇之!"括至杭,與先生論舊,求手録近詩一通[46],即籤貼以進云:"詞皆訕懟。"後李定論先生詩置獄[47],實本於括云。先生在獄中有二詩别子由,子由時爲僉書應天府判官,奏乞納官以贖先生罪。張文定公方平、范蜀公鎮皆上書救先生,不報。先生既貶,子由責監筠州鹽酒税,張公、范公與李清臣、司馬公光以下二十二人皆以收受詩文罰金有差,王詵、王鞏皆以往還連坐。時二相吴充、王珪,充嘗爲先生致言於上,珪則擠之云。	張師厚赴殿試》、《月下與客飲酒杏花下》、《寒食寄王晉卿》、《次韻田國博石炭》、《次韻黄魯直半字韻》、《次韻子由雙刀》、《答郡僚賀雨》、《出獄再用前韻寄子由》。
三年庚申	二月,行户馬法,令逐路先具民户家業等第、合養馬數以聞。章惇爲右諫議大夫、參知政事。	正月,先生出京。過陳,子由自南京來會,留三日而别。過岐亭,訪陳慥。初,先生在鳳翔,與	《别子由囚字韻》、《與文逸民飲别》、《至蔡州遇雪和子由》、《過新息示任師中》、《過淮碧

56

紀　年	時　事	出　處	詩
三年庚申	三月，吴充以疾免，未幾卒。六月，中書置局詳定官制。始議分祀南北郊。八月，王安石上改定《詩》、《書》、《周禮》義。九月，詳定官制所上以階易官寄禄新格。	陳公弼不協，先生貶黄州，公弼之子慥季常居岐亭，人謂慥必修怨，乃與先生懽然相得。先生居黄，凡四過之。二月，至黄州，寓定惠院[48]。四月，《上文潞公書》云：“某始就逮赴獄，有一子稍長，徒步相隨，其餘守舍皆婦女幼穉。至宿州，御史符下，就家取文書，州郡望風，遣吏發卒，圍舡搜取，老幼幾怖死，悉取燒之。比事定[49]，重復尋理，十亡其七八矣。到黄無所用心，輒復覃思於《易》、《論語》，端居深念，若有所得。”五月，子由自南都來送先生家至黄，留十日別去，赴筠州任。是冬，有《答秦太虚書》言：“所居對岸武昌，山水佳絶。有蜀人王生在邑中，往往爲風濤所隔，不能即歸，則王生	字韻》、至光州《書麾公詩後》、《游净居院》、《過麻城萬松亭》、《種松》、《張先生》、至關山《梅花》、《朱陳嫁娶圖》、《宿禪智寺》、《初到黄州》、《雨中熟睡至晚强起出門》、《定惠院月夜偶出》、《定惠海棠》、《樂著作野步》、《安國寺尋春》、《雨後步至四望亭》、《雨中看牡丹》、《杜沂以酴醾花菩薩泉見餉》、《石芝》、《游武昌寒溪西山》、《迎子由古律》、《與子由游寒溪西山》、《次韻子由》、《王齊萬秀才》、《遷居臨皋亭磨字韻》、《嘯軒》、《五禽言》、《孟亨之置酒秋香亭守倅不飲》、《陳孟公》、《次韻子由病酒肺病復發》。

紀　年	時　　事	出　　處	詩
三年庚申		爲殺雞炊黍，至數日不厭。又有潘生作酒店樊口，棹小舟徑至店下，村酒亦醇釅，大芋長尺餘，不減蜀中。外縣米斗二十，有水路可致。羊肉如北方，魚蟹不論錢。岐亭監酒胡定之，載書萬卷隨行，喜借人看。黃州官曹數人，皆家善庖饌。太虛視此數事，豈不既濟矣乎！展讀至此，想見掀髯一笑也。"先生生長西蜀，名滿天下，既仕中朝，歷大藩，而一坐貶謫，所至輒狎漁樵，窮山水之勝，安其風土，若將終身焉，其視富貴何有哉！黃人從先生游者，潘大臨邠老、弟大觀仲達、何頡斯舉輩，後皆有詩名。[50]	
四年辛酉	正月，詔試進士加律義。三月，參知政事章惇罷。七月，詔熙河、鄜延、環慶、涇原、河東五	先生在黃州，寓臨皋亭[51]。始營東坡，自號東坡居士。蓋先生初寓居定惠院，未幾遷臨皋亭。	《正月往岐亭郡人潘古郭送於女王城》、《道上見梅花贈季常》、《潘三失解後飲酒》、《冬至

58

紀　年	時　　事	出　　處	詩
四年辛酉	路進兵大討西夏[52]，卒無功。詔命直龍圖閣曾鞏充史館修撰，專典國史。上初欲用先生，王珪難之，乃用鞏，明年以不合意罷之。	後復營東坡雪堂，而處其孥於臨皋。七月，有旨徐州失覺察妖賊事，免取勘。	《贈姪安節》、《記夢回文》、《與姪安節夜坐》、《送安節十四絶》、《樂全先生生日》、《雪中送牛尾貍與徐使君》、《雪後至乾明寺》、《次韻陳四雪中賞梅》、《東坡》、《鐵拄杖》、《次韻王鞏》、《雪後乾明寺宿》、《杭州故人信至》。
五年壬戌	四月，王珪守尚書左僕射兼門下侍郎，蔡確守尚書右僕射兼中書侍郎，知定州章惇守門下侍郎。五月，始詔給事中徐禧與内侍李舜舉共議西事，謀城永樂。九月，永樂陷，禧、舜舉死之。	先生在黃州。[53]三月，往蘄水見龐安常治疾，疾愈同游清泉寺乃歸。十二月，先生生日，置酒赤壁磯上，客有李委者善吹笛，作新曲《鶴南飛》以獻。[54]	《與潘郭二生出郊尋春賦魂字韻》、《至汪氏居記天篆》、《寒食雨》、《徐守分新火》、《乞桃花茶栽》、《浚井》、《紅梅》、《初秋寄子由》、《送曹煥往筠州見子由》、《蜜酒歌》、《訪陳季常再和汙字韻》[55]、《季常見過》、《次韻孔毅父》、《次王郎生日見慶韻》。

東坡先生年譜下

紀　年	時　事	出　處	詩
元豐六年癸亥		先生在黃。	《正月復出東門用魂字韻》、《二月三日點燈會客》、《上巳日與二三子出游隨所見集爲詩》、《大寒步至東坡》、《巢元脩菜》、《初秋寄子由》、《和王子立》、《次韻秦太虛、參寥梅花》、《次韻子由種杉竹》、《次韻王鞏南遷初歸》、《贈石臺長老》、《南堂》、《聞子由爲郡僚所捃當去官》、《任師中挽詞》、《徐君猷挽詞》。
七年甲子	正月，命霍翔提舉保馬，呂公雅管勾京西保馬，恩數視提舉保甲官。又詔開封府界户馬，并以家産屋税爲定。	正月，御札：蘇軾黜居思咎，閲歲滋深，人材實難，不忍終棄，可移汝州團練副使、本州安置。初，先生既貶，上念	《戲劉監倉求油煎粉餌》、《別黃州》、《過江夜行武昌山》、《別陳季常》、《宿石田驛南野人家》、《泉字韻》、

紀　年	時　事	出　處	詩
七年甲子		之不置,嘗有旨以本官起知江州。明日改承議郎江州太平觀。又明日命格不下,或云王珪爲之也。京師有傳先生白日仙去者,上對左丞蒲宗孟嗟惜久之,至是年出手札量移。四月發黄州,自九江抵興國,取高安,訪子由,因游廬山,出九江,先生長子邁赴德興尉,六月送之至湖口。秋七月,回舟當塗,過金陵,見王介甫,留一月而去。八月,至京口,渡淮已歲晚矣。先生初欲求田金陵,及淮上,故盤桓久之,然竟不遂。到泗,上表乞常州居住,邸吏拘微文不肯進,乃於皷院投之,蓋先生舊有田在陽羨也。	《將至筠寄三猶子》、《游真如寺》、《别子由》、《初别寄子由》、《初入廬山五言絶句》、《瀑布亭》、《漱玉亭》、《棲賢三峽橋》、《贈總長老》、《題西林壁》、《白石山房》、《和可遵渴泉》、《過李野夫故居》、《陶子駿逸老堂》、《九江追和李太白潯陽感秋》、《郭祥正家醉畫竹石》、《哭幼子遯》、《次荆公韻》、《次韻葉濤致遠見贈》、《次韻致遠見和哭子》、《次韻裴維甫見和》、《同王勝之游蔣山》、至京口《王中父哀詞》、《以玉帶施金山元長老》、《送金山鄉僧歸蜀開堂》、《金山夢中作》、《蒜山卜居》、《寄王勝之》、《楚州蔡景繁官舍小閣》、《謝黄師是除夜送酥酒》、《答章錢二君見和》、《贈

紀　年	時　　事	出　處	詩
七年甲子			梁道人》、《龜山贈辯才師》、《和王斿》、《次韻張琬》、《蕭淵東軒》、《次韻王定國南遷回》、《送沈逵赴廣南》、《次蔣穎叔隨字韻》。
八年乙丑（三月，哲宗皇帝即位，宣仁皇后高氏垂簾同聽政）	四月，詔開封府界京東路户馬旨揮并罷，京東西保馬寬年限，提舉官赴京議改廢。放免民户易錢。詔民户欠常平免役息錢并減放。五月，王珪卒。下詔求言。蔡確守左僕射兼門下侍郎，韓縝守右僕射兼中書侍郎，章惇知樞密院，司馬光門下侍郎，光乞盡改新法。七月，吕公著爲尚書左丞，公著亦乞更新法。罷三路保甲團教法。八月，罷諸路市易抵當，青苗錢不許抑勒，役錢寬剩不許過二分。罷提舉經度制置牧馬司。九月，罷在京免行錢。	先生正月離泗上至南京，尋得請常州居住。時李廌方叔舊從先生學，自陽翟來南京見先生。三月六日，先生在南京，聞神宗皇帝遺詔，尋自南京復赴常。五月一日，過揚州，游竹西寺，尋有旨復朝奉郎知登州。七月，自常赴登。九月，除尚書禮部郎中。冬十一月，至登州任，未旬日，召赴闕。十二月，除起居舍人。子由是歲八月自知績溪縣除校書郎，未至，遷右司諫。	《元日雪中過淮謁客》、《妙峰亭》、《李憲仲哀詞》、《和王勝之》、《記夢爲張安道作》、《贈眼醫王彦若》、《觀歐育刀劍戰袍》、《高郵陳處士畫雁》、《游揚州竹西寺留題》、《楊康功醉道士石》、《和泝江口遇風》、《與孟震同游常州僧舍》、《和賈耘老》、《贈報恩長老》、《送穆越州》、《贈杜介》、《金山妙高臺》、《斗野亭》、《楚州次韻徐大正》、《次韻徐積仲車》、《神宗皇帝挽詞》、《登州海市》、《孫氏松堂》、《遺直坊》[56]、《雪後

紀　年	時　事	出　處	詩
八年乙丑（三月，哲宗皇帝即位，宣仁皇后高氏垂簾同聽政）			望三山》、《海州高麗館》、《密州贈霍守》、《次韻趙明叔、喬禹功》、《孫莘老寄墨》、《送楊傑》、《次韻王覿喜雪》、《次韻王定國得潁倅》。
元祐元年丙寅	正月，司馬光始以病在告。罷河北推鹽見行新法，依舊通商。按，祖宗以來未嘗推河北鹽，從章惇言始推，至是罷之。二月，詔天下免役錢一切并罷，其諸色役人并依舊法定差，如有妨礙，限五日申。閏二月，又以差雇利害不同，詔韓維、呂大防、孫永、范純仁置局辟官詳定。俄又詔且依二月詔定差。蔡確免，司馬光爲尚書左僕射，呂公著門下侍郎，章惇罷。詔戶部郎中黄廉按察川路茶法，具利害以聞。熙寧間初推蜀茶，李杞、李稷相繼	先生在京師。三月辛未，免試除中書舍人。時中丞劉摯等對，宣仁曰："近除蘇軾輩如何？"摯等對："甚合公議。"又曰："盡是此中自除，兼軾天下知其有文，多年淹滯云。"四月癸巳，差同詳定役法。時溫公秉政，急於更革，不知助役之法出於神宗聖慮，不欲以衙前重難破其家産，故令官鬻坊場，民出免役錢募人爲之，便於民者固多。由有司奉行失當，免役求寬剩之利，坊場又實封投買之法，所至騷然，民始患苦之。當時言路王覿、孫升輩亦謂	《二月退朝獨坐起居院讀〈漢書·儒林傳〉》、《次韻朱光庭初夏》、《次韻朱光庭喜雨》、《道者院池上》、《送陳侗知陝州》、《與胡完夫、錢穆父唱和關塵二首》、《次韻滿恩復》、《次韻陳睦知潭州》、《答西掖諸公見和》、《送表弟程六知楚州》、《用舊韻送魯元翰知洺州》、《祭西太一和韓川韻》[57]、《送戴蒙赴成都玉局觀》、《與鄧聖求會玉堂話武昌舊感》、《送范純粹知慶州》、《次韻王震》、《送王伯敔守虢》、《次韻錢穆父舍人病

紀　年	時　事	出　處	詩
元祐元年丙寅	爲之，課利自三十萬增至百萬。元祐初以邊用仰給於此，欲罷未能止。遣使相視，去其甚者。詔禮部議裁定詩賦經義取士之格，立《春秋》博士，復置賢良茂材等科，試新科明法人加《論語》《孝經》大義等事。罷諸路提舉官。從役法所請，除衙前一役雇募不足方許差，餘役人除召募外并定差，自此差雇之説并行矣。三月，詔删修元豐勅令。按，元豐勅令多成於刻薄者之手，至是用劉摯、孫覺言删修。四月，韓縝免。王安石卒。詔自今科場程試，毋得引用《字説》，仍罷律義。置《春秋》博士一員。五月，吕公著尚書右僕射，文彦博太師平章軍國重事，韓維門下侍郎。吕惠卿貶。六月，李定貶。	宜熟講審取之。先生詳定役法，力言不可以熙寧之故輕改，但當去其所以爲法之蠹者，前二端是也。范忠宣公與先生論同。温公不以爲然。孫永、傅堯俞等同詳定，皆主温公説。先生以此議論不合，五月遂乞罷詳定，詔從其請；有頃，给舍封還不行。至秋復乞罷，卒從之，故劉器之論先生非唯不合於熙寧、元豐，而亦不阿於元祐，非隨時上下者也。先生又嘗乞買田募役，其後王巖叟、王覿共攻罷之。七月，先生奏乞盡罷青苗。八月，差充賀遼國生辰使，辭不行。九月，除翰林學士。於是御史孫升始論先生，比之王安石，以爲任用已極，不可加進。十二月，館伴遼國賀龍興節國信使，是月訖事。先是先	起》、《送賈訥倅眉》、《送程建用》、《題文與可墨竹》、《次韻李脩孺留別》、《次韻子由送千之姪》、《次王鞏屯字韻》、《次韻李脩孺留別》[58]、《用屯字韻送王震知蔡州》、《狄詠石屏》。

紀　年	時　事	出　處	詩
元祐元年丙寅	七月，司馬光入對。八月，復以病謁告。是月，從司馬光言，諸路常平并依舊法，不支俵青苗錢。[59]先是同知樞密院范純仁以國用不足，建請復散青苗錢，故有四月二十六日旨揮，至是光力爭，其説遂寢。罷成都府都茶場，依未置場前任便販賣。九月，司馬光卒。十一月，御史中丞劉摯爲右丞。立經義、詞賦兩科。	生與崇政殿説書程頤以戲笑相失，御史朱光庭怨之。光庭，頤門人也。是月，學士院策館職，先生命題，問仁宗、神考之治，光庭遂密疏指摘，以爲譏諷，中丞傅堯俞、侍御史王巖叟又從而和之，必欲論罪乃已。明年正月，有旨令執政召逐人面諭，堯俞等至都堂辯論紛然，執政不能屈，至爭於簾前，久而不決，先生亦抗章自明，太皇太后察實無譏諷意，[60]卒兩存之。然元祐諸賢迭相攻軋，使姦人得指爲黨，迄於竄謫，靡有遺類，禍實始此。子由是歲秋除起居郎，冬遷中書舍人。	
二年丁卯	正月，詔自今舉人并許用古今諸儒之説，勿引申、韓、釋氏書，考試官毋於《莊》、《老》出題。四月，詔復置賢良	二月，太皇太后不欲於文德殿受册，先生進詔草，內批付三省改定。先生援故事乞罷，不許。八月，兼侍讀。於	《杜介送魚》、《玉堂栽花》、《和三舍人省上》、《送杜介歸揚州》、《次韻子由送家退翁》、《送宋朝散知彭州》、

65

紀　年	時　事	出　處	詩
二年丁卯	方正直言極諫科。八月，擒鬼章。十一月，詔考試進士，分經義、詞賦、論、策四場，新科明法添《論語》、《孝經》義，經明行修人省試不合格，令赴殿試。	是程伊川先生以子由及孔文仲彈擊罷經筵，言者因及先生。先生請補外，不許。子由是冬遷户部侍郎。	《郭熙畫秋山平遠》、《次韻曾子開從駕》、《送顧子敦奉使河朔》、《次韻劉貢父直省中》、《次韻張昌言喜雨》、《送張天覺赴河東提刑》、《賜筵并賜御書》、《次韻錢穆父秋懷》、《寄賀水部》、《次韻韓康公置酒見留》、《次韻子由述懷》、《贈李道士》、《次韻張舜民出倅》、《和王晉卿》、《送楊孟容》、《次韻子由與孔常父唱和》、《次韻張昌言省宿》、《送錢承制》、《次韻貢父西掖種竹》、《次韻子由韓幹馬》、《次韻張昌言喜雨》、《次韻王定國倅揚州》、《送歐陽辯》、《次韻貢父和韓康公》、《次韻貢父叔倅扈駕》、《送家安國》。

續　表

紀　年	時　事	出　處	詩
三年戊辰	四月，吕公著拜司空同平章軍國事，吕大防左僕射門下侍郎，范純仁右僕射兼中書侍郎。	正月，差知貢舉，同知孫覺、孔文仲，參詳黄庭堅、陳軒等，點檢試卷劉安世、李昭玘、晁補之、廖正一、蔡肇、李公麟等。省元章援，惇之子也。三月，入對，乞除閑慢差遣。時楊康國、趙挺之、王覿論公試館職廖正一策題發問不當，攻擊不已，故屢乞郡，賴太皇太后深知之[61]，不聽，至是有請，亦不允。四月，入對東門小殿，受旨草吕公著等三制，太皇太后忽宣諭曰："内翰前年任何官職?"先生曰："汝州團練使。"曰："今爲何官?"曰："臣備員翰林充學士。"曰："何以至此?"先生曰："遭遇陛下與官家。"[62]曰："不關老身事，此是神宗皇帝之意，當其飲食而停箸看文字，則内人必曰：'此蘇軾文字也。'神宗忽時稱曰：'奇才，奇	《和子由除夜元日省宿致齋》、《次韻黄魯直題李伯時畫馬》、《追和錢穆父雪中見懷》、《次韻宋肇游西池》、《送李方叔下第》、《送曹輔赴閩漕》、《次韻王定國會飲清虛堂》、《夜歸再賦示定國》、《次韻劉貢父春日賜幡勝》、《次韻王子立風雨有感》、《送千乘、千能還鄉》、《夜直玉堂讀李之儀詩卷》、《次韻謝景仁和賜法酒宫燭》、《和王晉卿送梅花》、《送周正孺知東川》、《韓康公挽詞》、《次韻程六表弟》、《送錢穆父》、《送蹇道士歸廬山》、《送周朝議守漢川》、《追和梅聖俞木假山》、《王慶源求紅帶》、《送程七表弟知泗州》。

紀　年	時　事	出　處	詩
三年戊辰		才！'但未及用學士而上仙爾。"先生哭失聲，太皇太后與上、左右皆泣，已而命坐賜茶曰："內翰直須盡心事官家，以報先帝知遇。"先生拜而出，撤金蓮燭送歸院。是年九月，先生因侍上讀祖宗寶訓，遂及時事，力言今賞罰不明，善惡無所勸沮，黃河勢方西流而强之使東，夏人寇鎮、戎，殺掠幾萬人，帥臣揜蔽不以聞，每事如此，恐成衰亂之漸。當軸者恨之。先生知不見容益求去。[63] 冬十月，上疏力辨謗傷之由，且乞郡，[64] 不許。十二月，以所舉學官周穜上書乞以王安石配饗，[65] 上疏自劾。	
四年己巳	二月，司空呂公著卒。三月，中書侍郎劉摯極言："役法一事，自元祐元年改作差法，乃是將祖宗差役法及先	春三月，除龍圖閣學士知杭州。給事中趙君錫乞留先生，不報。命下，踰月先生上疏："臣近以臂疾堅乞一	《次韻王晉卿上元侍宴端門》、《有美堂次韻答劉景文》、《送葉朝奉》、《送文登石遺垂慈老人》、《送參寥住

紀　年	時　事	出　處	詩
四年己巳	帝雇役法參而用之，又令監司州縣博訪利害逐旋申明，自後四方論列不一，今其法改變者十之六七矣。近日科場一事搖動熒惑，昨元祐元年令兩制侍從臺省臣僚講議定奪，凡一年有餘，又經聖覽，方此施行。亦是將祖宗、先帝之法合詩賦經義爲一科，是萬世有利無害可行之法，今止是安石之黨力要用經義，願勿爲浮議所動。"按，元祐諸賢欲革弊而不思所以自善其法，欲去小人而不免於各自爲黨，憤嫉太深而無和平之氛，攻詆已甚而乖調復之方，同異生於愛憎，可否成於好惡。朝廷之上，議論不一，差役科場，久而不定，更易煩擾，中外厭之。故中丞李常亦論："變法以來，差役之害溥加農民，科場之弊廣及士子，大	郡，蒙差知杭州，臣初不知其它，但謂朝廷哀憐衰疾，許從私便，及出朝參，乃聞班列中紛然言近日臺官論奏臣罪狀甚多[66]，而陛下曲庇不肯降出，故許臣外補。伏望聖慈將臺諫官章疏降付有司，令盡理根治，依法施行，所貴天下曉然，皆知臣有罪無罪，免使在廷之臣議陛下屈法庇臣，則雖死不恨。"又言："臣今方遠去闕庭，欲望聖慈察臣孤立，今後有言及者，乞付外施行。"四月，出京。五月，過南京，徐州教授陳師道履常，先生在朝所薦士也，託疾謁告，出境來見，同舟東下，至宿而歸。履常後除太學博士，卒以此爲言者論罷之。六月，過湖，會張昌言仲謀、曹輔子方、劉季孫景文、蘇堅伯固、張秉道，此後六客也。七月，至杭，	智果院》、《送子由使契丹》、《哭王子立》、《次韻秦少章和錢蒙仲》、《次韻錢越州》、《同秦仲二子雨中游寶山》、《次韻梅子明謝送文登石》、《再次韻錢越州見寄》、《次韻毛滂法曹感雨》、《復游西湖用歐陽察判韻》、《與莫同年飲西湖上》。

紀　年	時　　事	出　　處	詩
四年己巳	略可見。故當其時,潛懷窺伺、陰謀動搖者已伏其間,而諸賢輕患忽禍,自以無它,方更相攻擊不已,卒使小人藉之以爲資,起而乘之,馴至大變,豈專王、呂、章、蔡之罪哉?"四月,知漢陽軍吳處厚繳進蔡確《車蓋亭》十詩以爲謗訕,諫官吳安詩、劉安世、梁燾等交章論之,確由是貶新州安置,臺諫不言與從官營救者皆黜。五月,罷奏舉經明行修人。六月,范純仁免相,以營救蔡確也。右丞王存亦以是罷。	時秦少游之弟覿少章及仲天貺者,從先生學於杭,法曹毛滂澤民舊以詩文受知。先生又言役法及科場經義詩賦事,皆不行。是歲子由代子瞻遷翰林學士,尋擢吏部尚書。未幾,出使契丹。[67]	
五年庚午	二月,文彦博致仕。[68]時宰相呂大防、中書侍郎劉摯建言,欲引用元豐黨人以平舊怨,謂之調亭。蘇轍爲中丞,極論其事,以爲邪正難并處。朝廷自更革弊事以來,中外帖然,莫以爲非,唯姦邪失職居	先生在杭州。浚西湖,爲長堤,修六井。子由是年夏爲御史中丞。	《次韻劉景文、周次元同游西湖》、《次韻王中玉足字韻》、《送王元直、仲天貺》、《謝怡然惠新茶》、《次韻順闍黎見招》、《次韻子由涿州見寄》、《次韻劉景文和順闍黎》、《次韻程朝奉謝送新茶》、《送

紀　年	時　事	出　處	詩
五年庚午	外，日夜窺伺便利，規求復進，不免百端動搖，若并進於朝，以示廣大無所不容之意，此等必戕害正人，漸復舊事，以快私忿，人臣被禍不足言，朝廷可惜。轍凡一再言之，太皇太后感悟[69]，其説遂衰。又言黃河本北流，今强之東流，河朔生靈爲之一困。熙河將吏創築質孤、勝如二堡，漸成邊隙。及元祐之初，務役法一例，復差雇并行，紛擾無定，外人皆以朝廷吝惜坊場錢而忍於殫民力，如此等事，臣輩猶知其非，況於在外小人，心懷異同，志在反覆，幸國之失，有以藉口，必將多造謗議，乘時而發，欲乞宣諭執政，事有失當，改之勿疑。其言切至，實中當時之病。		張山人歸彭城》、《次韻林子中、王彦祖》、《和景文開字韻》、《真覺院賞枇杷》、《答張子野》、《次韻劉景文登介亭滻字》、《次韻蘇伯固》、《贈南屏謙師點茶》、《追和除夜舊題都廳》、《次韻楊公濟梅花》、《次韻關景仁送紅梅栽》[70]、《次韻劉景文送錢蒙仲》、《梅宣義園亭》、《送程懿叔赴夔州運判》。

紀　年	時　　事	出　　處	詩
六年辛未	二月,劉摯右僕射中書侍郎。蘇轍尚書右丞。十一月,劉摯免。初,摯爲中書侍郎,以吏額房事與左僕射呂大防議稍不合,士大夫趨利者交鬭其間,因造爲朋黨之論。及摯爲相,與大防同列,言者鄭雍、楊畏爭詆摯,謂摯黨凡三十人,具姓名以聞,且謂摯牢籠章惇、邢恕,遂免。	正月,除吏部尚書。二月,改翰林學士承旨。初命先生以吏部尚書兼承旨,繼以潁濱執政親嫌,故有是命。三月,離杭州,沿塗具辭免狀,乞除揚、越、陳、蔡等郡,至闕復上疏自辨乞去。五月,除兼侍讀。秋七月,累疏乞外,且回避賈易。蓋易與趙君錫彈奏先生不已,至摘先生元豐末游竹西寺詩語,誣以悖逆,賴太皇〔太后〕察其無他,卒以自明。易與君錫雖相繼逐去,先生尋亦補外矣。易,亦程伊川門人也。八月,除龍圖閣學士知潁州。閏八月,到任。時陳履常爲教授,趙令時德麟爲僉判。德麟,先字既,先生爲改今字。	《上元次韻劉景文路分》《再和楊公濟梅花》《次韻曹子方真覺院瑞香》《櫻筍》《別南北山諸道友》《次韻黃安中兼簡林子中》《留別蹇道士》《送小本禪師赴法雲》《浴室院東堂閱舊詩卷次韻》[71]《破琴》《感舊別子由》《次韻范純父硯屏》,到潁有《西湖觀月聽琴》《贈朱遜之》《放魚》《獨酌試滑盞有懷諸君子》《過歐陽叔弼小齋》《聚星堂雪》《喜劉景文至》《次韻景文禱雨》《題景文家藏樂天身心問答》《用聚星堂韻留景文》《和景文見贈》《用隔字韻送景文》《小飲西湖懷二歐》《次韻陳履常龍潭》《次韻陳履常雪中》《泛

紀　年	時　事	出　處	詩
六年辛未			潁》、《送歐陽主簿赴官韋城》、《送歐陽季默赴闕》、《次韻趙景貺督兩歐作詩及破陳履常酒戒》、《勸履常飲》、《臂痛謁告示四君子》、《勸履常飲》、《次韻錢穆父見寄》、《送歐陽季默惠油煙大魚》[72]、《送叔弼》、《挑叔弼、季默》。
七年壬申	六月，蘇頌右僕射兼中書侍郎，蘇轍門下侍郎。冬，復合祭天地於南郊。	正月，移知鄆州，尋改揚州。三月，到任，時晁補之無咎爲通判。七月，除兵部尚書充南郊鹵簿使。八月，除兼侍讀。先生上章求補外，詔已差充南郊鹵簿使，不許。九月，至闕。[73]冬十一月，乞越州，不允，除端明殿學士翰林侍讀學士充禮部尚書。	《次韻陳傳道雪中觀燈》、《次韻趙景貺春思》、《蠟梅贈景貺》、《任仲微閱世堂》、《新渡寺送任仲微》、《次韻趙德麟送陳傳道》、《趙德麟餞飲湖上》、《過塗山荆山記所見》、《送王竦》、《戲和趙景貺求酒》、《洞庭春色》、《送路都曹》、《次韻景貺雪中惜梅餉酒》、《淮上早發》、《次韻徐仲車》、《次韻趙令時

紀　年	時　　事	出　處	詩
七年壬申			新開湖》、《和晁補之相迎》、《次韻林子中春日新隄書事》、《雙石》、《送芝上〔人〕游廬山》、《次范純父韻送秦少章》、《次韻蘇伯固送李彦博》、《送晁美叔》、《谷林堂》、《石塔寺》、《追和陶淵明飲酒》、《次舊韻贈張天驥》、《贈杜輿種松》、《次定國秋字韻》、《至都門先寄子由》、《郊祀慶成》、《次韻錢穆父侍祠郊丘》、《答岑巖起》、《次韻劉景文以古畫爲壽》、《次韻王仲至喜雪御筵》、《次韻蔣穎叔扈駕》、《滕達道挽詞》、《送程德林赴真州》、《次韻王定國見寄》、《次韻蔣穎叔、錢穆父從駕》、《啓聖僧舍遇趙令畤》、《仇池石唱和》、《次韻丹元姚先生》。

續　表

紀　年	時　　事	出　　處	詩
八年癸酉(九月三日宣仁皇后崩)	三月,蘇頌免,以御史楊畏言其稽留賈易除命故也。七月,范純仁右僕射中書侍郎。	是夏,御史黃慶基、董敦逸連疏論川黨太盛,且及先生草制詞多指斥先帝,又與弟轍相爲肘腋。中丞李之純等以爲二人誣陷善良,并得旨與知軍差遣,先生尋亦乞越州。六月以端明、翰林侍讀二學士除知定州。七月,再乞越,不允。按,先生雖補外,自此至九月尚留京師,行禮部事。時太皇太后上仙,哲宗方親庶政,先生將赴定,不得面辭,直批出令起發赴任[74],先生上疏言:"聖人有爲,必先處晦觀明,處静觀動,默觀庶事之利害,與羣臣之邪正,以三年爲期,切恐好利之臣,輒勸陛下輕有變改。"時朝廷議論已變,公不以身退而廢忠言。先生辟李之儀爲屬,同行。冬十月,到定州。是歲八月,先生繼室同安郡君王氏諱潤芝卒於京師。	《次韻秦少游、王仲至元日立春》、《侍飲端門樓上》、《送蔣潁叔帥熙河》、《次韻蔣潁叔觀燈》、《禮曹北垣種樝栢》、《次韻晉卿押伴高麗宴射》、《次舊韻贈汶公》、《東府雨中寄子由》、《送黃師是赴兩浙憲》、《送范中濟知慶州》、《吕與叔挽詞》、《程德孺生日》、《晁説之考牧圖》、《送曾仲錫通判如京師》、《送王敏仲北使》、《與曾仲錫、劉壽唱和蜜漬荔枝》、《太皇太后高氏挽詞》、《石芝》。

紀　年	時　　事	出　　處	詩
紹聖元年甲戌（四月十二日改元）	二月五日，李清臣中書侍郎，鄧溫伯左丞，二人遂首建紹述之説，以元豐事激怒上意，而清臣尤力。三月，吕大防免。詔今次御試舉人，依舊試策。初，熙寧罷三題以策試士，元祐罷策復用三題；至是改從熙寧。是月，上御集英殿策士[75]，李清臣爲策問，專及熙寧、元祐之政，考官御史楊畏取主熙、豐者，已而子由抗疏力論其事，上不悦，遂罷，改以本官知汝州，紹述之論寖成矣。四月，詔王安石配享神宗廟[76]，復印行王安石三經義，詔役法并依元豐八年見行條約。按，元祐變法，惟役法久而不定，其患皆起於諸賢自相攻訐，各以其説取勝，使民間患苦甚於雇役，而	先生在定州。夏四月，公親如北嶽禱雨。是月，御史虞策、來之邵言先生所作誥詞，多涉譏訕，當明正典刑。詔落二學士，以本官知和州，又改英州。范忠宣論救不聽。又以虞策言，降左承議郎。閏四月[78]，先生去定。六月，御史來之邵等復言先生自元祐以來多託文字譏斥先朝，雖已責降，未厭輿論，責授寧遠軍節度副使惠州安置。是月，先生至當塗，始被惠州之命，遣家還陽羨，獨與幼子過同行。冬十月，到惠州，寓居合江樓。俄遷於嘉祐寺、松風亭。[79]子由是歲貶筠州。	《立春日小集呈李端叔》、《次韻曾仲錫元日見寄》、《二月二十日子由生日以檀香佛像及新合印香篆盤爲壽》[80]、《二十五日寄餾合刷瓶與子由》[81]、《三月二十日開園》、《雪浪石》、《次韻李端叔送翟安常》、《次韻王雄州送侍其涇州》、《劉醜廝》、《鶴嘆》、《以松醪寄王雄州》、《次韻王雄州留別》、《次韻端叔謝送牛戩畫》、《過臨城望太行山》、《過湯陰得豆麥粥》、《過高郵寄孫君孚》、《過長蘆謁夫禪師》、《次韻聞復憶中和堂作》、《六月七日泊金陵阻風謝鍾山泉公寄詩》、《贈清涼寺和長老》、《慈湖峽阻風》、《湖口記壺中九華石》、《過廬山》、《江

76

紀　年	時　事	出　處	詩
紹聖元年甲戌(四月十二日改元)	小人得藉之爲紹述之資矣。五月，罷詩賦，專治經術。閏四月壬申[77]，李清臣請復諸路提舉常平官。六月，責降呂大防、劉摯等。七月，追降司馬光、呂公著等，及責降元祐以來用事人。九月，復罷制科。十二月，復在京免行錢。范祖禹、黄庭堅以史事貶。[82]		西》、過廬陵作《秧馬歌》、《入贛過惶恐灘》、《鬱孤臺》、《廉泉》、《塵外亭》、《天竺寺》、《過大庾嶺》、韶州《望韶石》、《南華寺》、《月華寺》、《碧落洞》、《峽山寺》、《清遠縣見顧秀才談惠州之美》、《蒲澗寺》、《贈蒲澗長老》、《發廣州》、《浴日亭》、《宿寶積院示兒子過鳴字韻》、《寓居合江樓》[83]、《遊白水山佛蹟巖》、《湯泉》、《松風亭梅花》、《贈朝雲》、《子由新修汝州吳生畫壁》[84]。
二年乙亥[85]	七月，户部尚書蔡京請復苗。八月，詔呂大防等，[86]永不用期數赦恩叙復。范純仁以上疏諫止，責知隨州。十一月，重雕印王安石《字説》。	先生在惠州。正月，遊羅浮。三月，遊白水山。又遷居合江樓。秋，又游白水山。[87]	《寄鄧道士》、《惠州上元》、《棲禪精舍和兒子過》[88]、《嘉祐寺東野人家》、《和淵明歸田園居》、《桃榔杖寄張文潛》、《次韻程正輔游碧落洞》、

77

紀　年	時　　事	出　　處	詩
二年乙亥			《同正輔戲作》、《荔支嘆》、《小圃五詠》、《追和淵明咏二疏》、《和淵明咏三良》、《和淵明荆軻》、《和淵明形影神》等、《次韻王子直》、《次韻吴子野》。
三年丙子	正月，詔罷合祭天地，以夏至日祭地於北郊。二月，復保甲冬教。八月，范祖禹、劉安世以元祐中論禁中覓乳母事，重貶祖禹賀州、安世英州。	先生在惠州。四月，始營白鶴新居。又遷於嘉祐寺。	《追和淵明斜川》、《新年》、《過何道士問疾》、《追和淵明酬郭主簿》、《遷居嘉祐寺》、《惠州東西二新橋》、《悼朝雲》、《重九》、《追和淵明歲暮和張常侍》、《槐葉冷淘》、《和子由菖蒲花》、《次韻程正輔江行見桃花》、《追餞正輔至博羅》[89]、《游博羅香積寺》、《春日與許進士野步》、《初食荔支》、《酒醒步月理髮而寢》、《連雨江漲》、《追和淵明九日閒居》、《江月》、《追和淵明貧

78

續　表

紀　年	時　事	出　處	詩
三年丙子			士》、《迎程正輔游字韻》、《同正輔游白水山香積寺》、《和淵明己酉重九》、《記夢中論神仙道術》、《殘臘獨出》、《和淵明移居》、《和淵明讀山海經》、《和定惠欽老》、《次韻子由所居》、《和淵明移居》、《和淵明劉柴桑》。
四年丁丑	正月，李清臣罷，以姑之子曰嗣宗指斥伏誅故也。[90] 二月四日，重貶司馬光、呂公著等，尋以呂大防、劉摯、蘇轍等罪與光無異，并行責降，元祐黨人竄斥無遺，時章惇疑上復欲進用元祐人故也。罷《春秋》科。文彥博降太子少保。四月，又追貶呂公著、司馬光崖州昌化軍司戶參軍，以邢恕僞造光有“宣訓可慮”之言[91]，故借以貶二公也。追貶王珪萬	二月，白鶴新居成，始自嘉祐寺遷入。長子邁亦至自毗陵。閏二月，再責授瓊州別駕昌化軍安置。夏四月，發惠州。子由時貶雷州，相遇於藤，同行至雷。六月，別子由渡海。七月，至昌化。	《和淵明時運》、《與循惠二守唱和“深”字韻諸篇》、《和淵明答龐參軍》、《送周循州》、《白鶴山鑿井》、《種茶》、《至梧州寄子由》、《和淵明止酒》、《肩輿坐睡夢中得句》、《和前韻寄子由》、《夜夢》、《和淵明連雨獨飲》、《追和淵明田舍始春懷古》、《夜坐寄子由》、《和淵明停雲、勸農》、《次韻子由月季花再生》、《次韻子由東樓東亭椰

紀　年	時　　事	出　　處	詩
四年丁丑	安軍司户參軍,亦以邢恕等誣其元豐末命有二心也。八月,起同文館獄,以文及甫與邢恕書有"司馬昭眇躬"等語,謂元祐諸臣謀廢立也。時將大有所誅戮,會星變,上怒稍息,然蔡京、安惇極力煆煉不已,而安燾卒於化州,劉摯卒於新州。明年五月,獄乃罷。		子冠》、《次韻子由浴罷》、《儋耳》。
元符元年戊寅(六月一日改元)	九月,詔鄭俠上書謗訕,除名,英州編管。王安國毁其兄安石,而二子斻、斿進狀訴父冤,皆責官。	初,朝廷遣吕升卿、董必察訪廣東、西,謀盡殺元祐黨人,曾布爭於上,以升卿與二蘇有切骨之怨,不可遣,乃罷升卿,猶遣必使廣西。時先生在儋,僦官舍數椽以居止,必遣人逐出。遂買地城南,爲屋五間,士人畚土運甓以助之,屋成居其下,食芋飲水著書以爲樂,處之泰然,無遷謫意。必卒奏知雷州張逢館置二蘇,且爲子由修宅。詔蘇轍移循州,張逢勒停。	《上元夜過赴儋守召獨坐》、《以黄子木柱杖爲子由壽》、《三月上巳攜酒與老符秀才飲》、《新居成示過》、《遷居之夕聞鄰舍兒讀書》、《用過韻與諸生飲酒》、《夜燒松明火》、《贈吴子野》、《和淵明擬古》、《被酒獨行訪黎氏舍》、《次韻過得邁書酒》、《五色雀》、《倦夜》、《縱筆》、《次韻子由贈吴子野》。

紀　年	時　事	出　處	詩
二年己卯		先生在儋。[92]時軍使張中既官滿，坐役兵修驛館先生，董必體究，貶中雷州，監司程節坐不覺察降官。	《嘉魚亭下送邵道士》、《送昌化軍使張中》、《謫居三適》、《貧家净掃地》。
三年庚辰（正月，徽宗皇帝即位，欽聖皇后向氏垂簾。七月，欽聖皇后還政。）	二月，韓忠彦除門下侍郎。四月，拜右僕射兼中書侍郎，李清臣門下侍郎。五月，左丞蔡卞罷。九月，章惇免，以定策異議也。十月，韓忠彦左僕射兼門下侍郎，曾布拜右僕射兼中書侍郎。	二月，先生以登極恩移廉州安置。同時化州别駕循州安置蘇轍移永州，追官勒停人雷州編管秦觀移英州，承議郎添差監復州在城鹽酒税張耒通判黄州，承議郎監信州酒税晁補之僉書武寧軍判官，涪州别駕戎州安置黄庭堅爲宣義郎添差鄂州在城鹽税。四月，先生以生皇子恩詔授舒州團練副使永州居住。又詔蘇轍濠州團練副使移岳州，張耒與知州，晁補之與堂除通判，黄庭堅與奉議郎堂除簽判，秦觀英州别駕移衡州，皆先生黨人也。按，先生五月始被廉州之	《聞黄河已復北流》、《天門冬酒熟》、《和戊寅歲違字韻》、《泂酌亭》、《晴字韻》、《澄邁驛通潮閣》、《烏觜泅濟》、《宿净行院》、《瓶笙》、《歐陽晦夫畫像》、《晦夫惠琴枕接䍥》[93]、《和愈上人》、《合浦龍眼可敵荔支》、《留别廉守》、《次韻王鬱林》、《至藤州夜起對月贈邵道士》、《在藤與徐元用游浮金堂》、《送邵道士》、《將至廣用過韻寄邁、迨二子》、《和廣州蕭倅見贈》、《和楊字韻答鑒老》，與孫叔静、李端叔唱和諸篇、《衆妙堂》、《鑒空

紀　年	時　　事	出　　處	詩
三年庚辰（正月，徽宗皇帝即位，欽聖皇后向氏垂簾。七月，欽聖皇后還政）		命。六月，發昌化，渡海，與秦少游別於海康。七月，至廉。八月，自廉歷容、藤，與長子邁相期於廣州，須骨肉至乃行。十一月，詔復朝奉郎提舉成都府玉局觀，在外州軍任便居住。命下日已至英州，始與鄭俠介夫相會於英，歲晏留韶，不發。	閣》、《何公橋》、《次韻鄭介夫》、《次韻韶守狄大夫》、《次韻韶倅李通直》、《東坡羹》、《寄蘇伯固》、《游城東學舍用示周掾祖謝韻》、《夢歸白鶴故居用還舊居韻》、《得鄭嘉會書用贈羊長史韻》、《游北城謝氏廢園用使都經錢溪韻》《郊行步月用還江陵夜行塗中韻》。
建中靖國元年辛巳	二月，章惇貶雷州司戶。按，是時上意厭黨人攻擊不已，欲以中道爲衡，消弭其變，歸於無事，故以建中靖國紀年。然韓忠彥爲相，不能發明上意[94]，元祐諸人出於竄斥萬死之餘，雖稍稍收叙，而忠彥闇於事情，慮不及遠，迄不能成壞植散羣之功，至與曾布作惡，引蔡京	正月，先生自韶至南雄，度嶺，經行南安，與劉安世器之相遇，同舟至江州，同游廬山。五月，次當塗、金陵、真州。時米芾元章爲發運管勾，日來會。初，先生決計與子由同居潁昌，俄聞時論已變，自度不可居近地，遂居常州。六月，至常，病甚，乞致仕，表大略云：臣素有薄田在	《贈大庾嶺上老人》、《嶺上梅》、《過嶺》、《田氏水閣獨秀峯》、《南安顯聖寺》、《虔州贈南禪湜老乞數珠》、《鬱孤臺》、《虔守霍大夫監郡許朝奉見和復次韻》、《贈術士謝晉臣》、《虔州景德湛然堂》、《和楊行先用鬱孤臺韻》、《用數珠韻贈湜長老》、《和猶子遲韻

紀　年	時　事	出　處	詩
建中靖國元年辛巳	自助,京用而禍愈深矣。	常州宜興縣,粗了饘粥,所以崎嶇萬里,奔歸常州,以盡餘年。五月間行至真州,瘴毒大作,乘船至潤,昏不知人者累日。今已至常,百病橫生,全不能食者二十餘日,自料必死,欲望朝廷哀憐,許臣守本官致仕。一請而獲,以七月二十八日公薨於常州城中,葬於汝州郟城縣鈞臺鄉上瑞里。[95]	贈孫志舉》、《南禪長老和詩不已作六蟲篇答之》、《明日南禪和詩不到重賦數珠篇以督之》、《用前韻再和霍大夫》、《用前韻再和許朝奉》、《用前韻和孫志舉》、《崔文學見過用前韻示志舉》、《贈呂倚承事》、《王子直相逢贛上用舊韻留別》、《次韻江晦叔》、《次韻江晦叔兼呈器之》、《寒食與器之游南塔寺》、《玉版長老》、《吉州永和鎮清都觀贈謝道士》[96]、《過湖口再和壺中九華》、《過當塗次韻郭祥正》、《金陵贈清涼長老》、《睡起聞米元章送麥門冬飲子》、《夢中寄朱行中》、《答徑山琳長老》。

宿既略采國史，譜先生之年而繫其詩於下，然篇目之先後，與今所刊，或不盡合。蓋先生之文如大川洪河之注，方其淋漓汗漫，揮斥一世，或得於談諧戲謔之餘，不自靳惜；或落筆爲人取去，不復記省；故其散出於人間，所在而有，傳者不同。觀先生與劉沔書[97]，大略可見。歲月既久，始合諸家之傳，以成一集，於先後有不暇深攷者。今所刊本篇目次第，蓋仍其舊，年譜雖稍加釐正，而各有所據，其間亦不能與之無異，覽者當自得之。嘉定六年中秋日。吳興施宿書。

東坡居士紀年二册，善惠軒常住物也。年代久遠，蠹腐已甚矣。仍使命工褙裝，且加傍鬚，便童蒙云爾。文和七年庚午六月。未雲叟玄宜誌。[98]

校　補　記

［1］及商周之詩　“及”字《蘇詩佚注》本施宿《東坡先生年譜》（以下
　　簡稱底本）、蓬左文庫本《東坡先生年譜（外一種）》（以下簡稱蓬
　　左本）均有，陸游《渭南文集》卷十五《施司諫注東坡詩序》無。

［2］識者所取　“取”字底本作“進”，據《渭南文集》改。

［3］新掃舊巢痕　“舊”字底本原脱，據《渭南文集》補。

［4］車中有布乎　“中”字底本原脱，據《渭南文集》補。

［5］指當時用事者　“事”字下底本衍“之”字，據《渭南文集》、蓬左
　　本删。

［6］必皆能知此　底本作“必皆如此”，據《渭南文集》改。蓬左本作
　　“必皆能如此”。

［7］後二十五六年　“六”字底本無，據《渭南文集》、蓬左本補。

［8］吳興施宿　“施”字下底本衍“食”字，據《渭南文集》、蓬左本删。

［9］至能所託　“能”字底本原脱，據《渭南文集》補。

［10］正月五日　“月”字下底本衍“山”字，據《渭南文集》删。

［11］東坡先生詩　“詩”字底本原脱，據蓬左本補。

［12］佐郡會稽　“稽”字底本作“乱”，據蓬左本改。

［13］所挾益大　“所”字底本無，據日本宮内廳書陵部所藏《王狀元
　　集百家注分類東坡先生詩》（以下簡稱宮内廳本）卷之九前頁所
　　抄之施宿序補。

［14］爲時天人　“天”字底本原脱，據蓬左本、宮内廳本補。

85

[15] 用之而不能盡　"不"字底本無,據宮内廳本補。

[16] 取新法　"取"字底本殘損,據蓬左本、宮内廳本補。

[17] 庶幾觀者　"觀"字底本原脱,據蓬左本、宮内廳本補。

[18] 生於眉山縣　"於"字底本無,據蓬左本補。

[19] 四年丁丑　此四字底本無,據蓬左本補。

[20] 亥時生　"亥時"二字底本無,據蓬左本補。

[21] 阮籍嘯臺　此詩題底本無,據蓬左本補。

[22] 公事　此二字底本作"事公",據蓬左本改。

[23] 三首　此二字底本無,據蓬左本補。

[24] 記吳道子開元寺畫　底本作"記吳道開元寺子畫",據蓬左本改。

[25] 英宗自在藩邸聞公名欲以唐故事召入翰林　"在"字底本在"故事"下,據蓬左本改。

[26] 往復賈販　"賈"字底本作"買",據蓬左本改。

[27] 送曾子固倅越　此詩題底本無,據蓬左本補。

[28] 盧秉　"秉"字底本作"策",據蓬左本改。

[29] 開元寺山茶盛開　"寺"字底本原脱,據蓬左本補。

[30] 和賈收吳中田婦嘆　"婦"字底本作"父",據《施顧注蘇詩》改。

[31] 自"是命。尋命安石提舉"至"王韶復河洮"共一百二十五字,底本原脱,據蓬左本補。

[32] 吉祥寺花將落　"寺"字蓬左本原脱,據《施顧注蘇詩》補。

[33] 自《次韻章傳》至《遊東西巖》　共二十四詩題,底本原脱,據蓬左本補。

[34] 送杜戚陳三掾罷官歸鄉　"罷"字蓬左本原脱,據《施顧注蘇詩》補。

[35] 樓上晚景　"上晚景"三字蓬左本殘損,據《施顧注蘇詩》補。

[36] 自"述古責不赴會次前韻"至"次韻周長官同饯魯少卿"　共二

十詩題,底本原脱,據蓬左本補。

[37] 七年甲寅　此四字底本原脱,據蓬左本補。

[38] 正月句　此句十三字底本原脱,據蓬左本補。

[39] 是歲句　此句九字底本原脱,據蓬左本補。

[40] 過丹陽寄魯元翰謁惠山錢道人　此二題,底本原脱,據蓬左本補。

[41] 子雺死　“雺”字底本作“雯”,據蓬左本改。

[42] 和孔周翰　底本作“和周孔翰”(熙寧十年丁巳條亦同),據《施顧注蘇詩》改。

[43] 夜過舒堯文戲作　“堯文”底本作“文堯”,據蓬左本改。

[44] 贏得兒童　“贏”字底本作“贏”,據《施顧注蘇詩》卷六《山村五絶》詩改。

[45] 差權發遣三司度支副使陳睦録問無翻異　“翻”字底本作“番”,據《烏臺詩案》改。又,“遣”字《烏臺詩案》作“運”,似誤。

[46] 求手録近詩一通　“手”字下底本衍“生”字,據蓬左本删。

[47] 後李定論先生詩　“定”字下蓬左本多“等”字。

[48] 寓定惠院　此四字底本無,據蓬左本補。

[49] 比事定　“比”字底本無,據蓬左本、蘇軾本集補。

[50] 後皆有詩名　“名”字底本殘損,據蓬左本補。

[51] 寓臨皋亭　此四字底本無,據蓬左本補。

[52] 詔熙河句　“熙河”二字底本無,與下文“五路”不符,據史書補。

[53] 先生在黄州　“州”字蓬左本無,但下文多“子由在筠。先生”六字。

[54] 客有李委者善吹笛作新曲鶴南飛以獻　“善”、“鶴”二字底本原脱,據蓬左本補。

[55] 訪陳季常再和汗字韻　“汗”字底本作“汁”,據蓬左本改。

[56] 遺直坊　“坊”字底本作“堂”,據蓬左本改。

［57］祭西太一和韓川韻　"韻"字底本無，據蓬左本補。

［58］次韻李修孺留別　此詩題底本無，據蓬左本補。

［59］不支俵青苗錢　"俵"字底本作"依"，據蓬左本改。

［60］太皇太后　"太后"二字底本無，據史書補。

［61］賴太皇太后　"太后"二字底本無，據史書補。

［62］與官家　此三字底本無，據蓬左本補。

［63］不見容益求去　"益"字底本原脱，據蓬左本補。

［64］上疏力辨謗傷之由且乞郡　此十一字底本作"上疏力郡"四字，
據蓬左本改。

［65］以所舉學官　"所"字蓬左本作"前"。

［66］罪狀甚多　"狀"字底本作"伏"，據蘇軾本集改。

［67］自"是歲子由代子瞻遷翰林學士"至"出使契丹"　此四句底本
作"是歲子由遷翰林學士"一句，據蓬左本補。

［68］文彦博致仕　"文"字底本無，據蓬左本補。

［69］太皇太后感悟　"太后"二字底本無，據史書補。

［70］次韻關景仁送紅梅栽　"紅"字底本作"江"，據《施顧注蘇
詩》改。

［71］浴室院東堂閲舊詩卷次韻　"閲"字底本作"門"，據蓬左本改。

［72］送歐陽季默惠油煙大魚　"送"字蓬左本作"次韻"。按，據
《施顧注蘇詩》應爲兩題："《歐陽季默以油煙墨二丸見餉，各
長寸許，戲作小詩》、《明日復以大魚爲饋，且求詩，故復
戲之》。"

［73］至闕　"至"字蓬左本作"到"。

［74］直批出　"出"字底本作"書"，據蓬左本改。

［75］集英殿策士　"殿"字底本無，據史書補。

［76］詔王安石配享神宗廟　"廟"字下底本衍"廷"字，據《四河入海》
卷二十五之四所引施宿本譜删。

[77] 閏四月　"四"字底本無,據史書補。

[78] 閏四月　"四"字底本無,據史書補。

[79] 松風亭　此三字底本無,據蓬左本補。

[80] 新合印香篆盤爲壽　"篆"字底本在"壽"字下,據蓬左本改。

[81] 二十五日寄餾合刷瓶與子由　"餾"字底本作"鎦",據《施顧注蘇詩》改。

[82] 自"請復諸路提舉常平官"至"黃庭堅以史事貶"　共六十五字,底本原脱,據蓬左本補。

[83] 寓居合江樓　"樓"字蓬左本作"亭",據《施顧注蘇詩》改。

[84] 自"秋馬歌"至"子由新修汝州吳生畫壁"　共二十四詩題,底本原脱,據蓬左本補。

[85] 二年乙亥　此四字底本原脱,據蓬左本補。

[86] 自"七月户部尚書"至"詔呂大防等"　共十八字,底本原脱,據蓬左本補。

[87] 自"先生在惠州"至"遊白水山"　共十六字,底本原脱,據蓬左本補。

[88] 自"寄鄧道士"至"棲禪精舍和兒子"　共十五字,底本原脱,據蓬左本補。

[89] 追餞正輔至博羅　"餞"字底本作"錢",據蓬左本改。

[90] 以姑之子曰　"曰"字底本作"由",據蓬左本改。

[91] 邢恕僞造　"邢"字底本作"刑",據史書改。

[92] 先生在儋　此四字下底本原有小字旁注"公年六十四"五字,蓬左本無,疑鈔者所加,故删。

[93] 晦夫惠琴枕接羅　"羅"字底本作"籬",據《施顧注蘇詩》改。

[94] 不能發明上意　"能"字底本作"勝",據蓬左本、《四河入海》卷二十五之四引施宿本譜改。

[95] 葬於汝州郟城縣釣臺鄉上瑞里　此句"釣臺鄉上瑞里"六字,底

本無，據蓬左本補。底本於此句下原有"公年六十六"五字，蓬左本無，疑鈔者所加，故删。

［96］吉州永和鎮清都觀贈謝道士　此詩題《施顧注蘇詩》爲"永和清都觀道士童顏鬢髮，問其年生於丙子，蓋與余同，求此詩"。

［97］與劉沔書　"沔"字底本作"汚"，據蘇軾本集改。

［98］文和七年庚午六月未雲叟玄宜誌　此句有誤。按："未雲叟"爲京都東福寺大機院住持。據大機院宗譜，他（八世東福月耕宜禪師）於文化九年（1812）示寂。此跋所署"文和七年庚午"，當爲"文化七年庚午"（1810）之誤。因文和僅五年（1352—1355），無七年，且遠在未雲叟四百多年之前；又跋中"善惠軒"爲彭叔守仙（1490—1555）所建之寺院，不應在文和年前，可證。

蘇潁濱年表

〔宋〕孫汝聽　編撰　王水照　點校

仁宗寶元二年己卯

二月丁亥,蘇轍生。轍,字子由,一字同叔,眉山人,老蘇先生之季子。其世家已具《老蘇先生表》中。

康定元年庚辰

慶曆元年辛巳

二年壬午

三年癸未

四年甲申

五年乙酉

六年丙戌

七年丁亥

五月乙酉,轍祖父序卒。

八年戊子

父洵以家艱閉戶讀書,因以行學授二子,曰:“是庶幾能明吾學者。”

皇祐元年己丑

二年庚寅

三年辛卯

四年壬辰

五年癸巳

至和元年甲午

二年乙未

轍娶史氏,年十五,父曰瞿。

嘉祐元年丙申

是春,轍父子三人同游京師,過成都,謁知益州張方平。方平一見待以國士。

七月癸巳,以侍御史范師道、開封府判官祠部郎中直秘閣王疇、祠部員外郎集賢校理胡俛、屯田員外郎集賢校理韓彥、太常博士集賢校理王瓘、太常丞集賢校理宋敏求考試開封舉人,轍中其選。明年,登第後有《謝秋試官啓》。

二年丁酉

轍兄弟試禮部,中第。

三月辛巳,上御崇政殿試進士。丁亥,放章衡以下及第出身,轍中第五甲。有《上韓琦樞密書》。

四月癸亥,轍母武陽縣君程氏卒於家,轍父子還蜀。

三年戊戌

四年己亥

十月,侍父遊京師。

十二月,至江陵,集舟中所爲詩賦一百爲《南行集》。

五年庚子

自江陵至京師,途中所爲詩賦又七十三篇,爲《南行後集》。轍有《南行後集引》。

三月,以選人至流內銓。天章閣待制楊畋調銓之官吏,轍授河南府澠池縣主簿,畋謂轍曰:“聞子求舉直言,若必無人,畋願備數。”於是舉轍應才識兼茂、明於體用科。兄弟寓懷遠驛。

十一月,歐陽永叔爲樞密副使,有《賀啓》。

六年辛丑

有上富弼丞相、曾公亮參政及兩制書。

八月丁卯，會翰林學士吳奎、龍圖閣直學士楊畋、御史中丞王疇、知制誥王安石考試制科舉人於秘閣。

乙亥，上御崇政殿，策試制科人。時上春秋高，始倦於勤。轍因所問極言得失，覆考官司馬光第以三等。初考官胡宿爭不可，光與范鎮議以轍爲第四等。蔡襄曰：“吾三司使也，司會之言，吾愧之而不敢怨。”惟胡宿以爲不遜，力請黜之。詔差官重定。司馬光奏：“臣近蒙差赴崇政殿後覆考應制舉人試卷，內‘囬’、‘毡’兩號所對策，辭理俱高，絕出倫輩。然‘毡’所對命秩之差，虛實之相養等一兩事，與所出差舛。臣遂與范鎮同議，以‘囬’爲第三等，‘毡’爲第四等。詳定官已定從覆考。竊知初考官以爲不當，朝廷更爲差官重定，復從初考，以‘毡’爲不入等。臣竊以國家置此六科，本欲取材識高遠之士，國不以文辭華靡、記誦雜博爲賢。‘毡’所試文辭，臣不敢言，但見其指陳朝廷得失，無所顧慮，於四人之中，最爲切直。今若以此不蒙甄收，則臣恐天下之人皆以爲朝廷虛設直言極諫之科，而‘毡’以直言被黜。從此四方以言爲諱，其於聖主寬明之德，虧損不細。臣區區所憂，正在於此，非爲臣已考爲高等，苟欲遂非取勝而已也。伏望陛下察臣愚心，特收‘毡’入等，使天下之人，皆曰‘毡’所對事目，雖有漏落，陛下特以其切直收之，豈不美哉！”既而執政以“毡”所試進呈，欲黜之，上不許，曰：“其言切直，不可棄也。”乃降一等收之，即轍也。己卯，以轍爲試秘書省校書郎，充商州軍事推官。制曰：“朕奉先聖之緒以臨天下，雖夙宵晨興，不敢康寧，而常懼躬有所闕，羞於前烈。日御便坐，以延二三大夫垂聽而問。而轍也指明其微，甚直不阿。雖文采未極，條貫靡究，亦可謂知愛君矣。朕親覽見，獨嘉焉。其以轍爲州從事，以試厥功。克慎爾術，思永脩譽。”時知制誥王安石意轍（古）〔右〕宰相，專攻人主，比之谷永，不肯撰詞。宰相韓琦笑曰：“（比）〔此〕人策語謂‘宰相不足用，欲得婁師德、郝處俊而用之’，尚以谷永疑之乎？”知制誥沈遘亦考官也，知其不然，故當制有“愛君”之言。諫官楊畋見上曰：“蘇轍臣所薦也。陛下赦其狂直而收之，盛德之事也。乞宣付史館。"上悅從之。轍有《謝制科啓》。

是時，父洵被命編修禮書，而兄軾出簽書鳳翔判官，傍無侍子，轍乃奏乞養親，詔從之。十二月，軾赴官。十九日，與轍別於鄭州西門外，有《辛丑除日寄子瞻》詩。

七年壬寅

《次韻子瞻減降諸縣囚徒事畢登覽》詩。

四月，諫議大夫楊畋卒，年五十六。有《哀詞》。

八月乙亥，伯父利州路提點刑獄渙卒，年六十二。

《次韻子瞻秋雪見寄》詩、《次韻子瞻記歲暮鄉俗三首》，有《新論》三首。

八年癸卯

有《記歲首鄉俗寄子瞻二首》。寒食前一日，有《寄兄》詩。

三月辛未，仁宗崩。

六月庚辰，渙夫人楊氏卒。有《挽詩》。

英宗治平元年甲辰

四月晦日，有《題上清宮辭》。後十二月，軾自鳳翔解官，歸京師。

二年乙巳

轍爲大名府留守推官，有《謝韓丞相啓》。尋差（官）〔管〕勾大名府路安撫總管司機宜文字。有《北京送遜曼叔屯田權三司開拆司》詩，有《中秋夜八絕》。冬，有《留守王君睍生日》詩。

三年丙午

春，有《送陳安期都官》詩。二月，有《寒食贈游壓沙諸君》詩。

四月戊申，父洵卒於京師，年五十八。轍兄弟自汴入淮，溯於江歸。十二月入峽。

四年丁未

正月丁巳，英宗崩。

十月壬申，葬父彭山縣安鎮鄉可龍里。

神宗熙寧元年戊申

冬，轍兄弟免喪，東遊京師。

二年己酉

春，至京師。

二月甲子，參知政事王安石知樞密院，陳升之同制置三司條例。

三月，轍上書論事。丙子，上批付中書，曰："詳觀疏意，知轍潛心當世之務，頗得其要。鬱於下僚，使無所伸，誠亦可惜。"即日召對延和殿。癸未，以轍爲制置三司條例司檢詳文字。安石急於財利，而不知本，呂惠卿爲之謀主。轍議事率不合，因以書抵安石，指陳其事之不可行者。安石大怒，欲加以罪，升之止之。

八月庚戌，轍上言："每於本司商量公事，動皆不合。臣已有狀申本司，具述所議不同事。乞除一合入差遣。"上問所以處轍，曾公亮奏："欲與堂除差遣。"上從之，以轍爲河南府留守推官。乃定制策登科者，不復試館職，皆送審官與合入差遣自此始。癸丑，以三司度支副使蘇寀爲集賢殿脩撰、知梓州。有《送蘇公佐》詩。

三年庚戌

正月九日，差充省試點檢試卷官。

二月戊午，觀文殿學士、新知河南府張方平知陳州。方平奏改辟轍爲陳州教授。有《初到陳州詩二首》。

八月丙戌，知成都府陸詵卒。有《陸介夫挽詞》。

九月，呂陶中賢良方正科。有《代方平答陶啓》，有《代張方平論時事書》。

十二月，王安石同平章事。

四年辛亥

六月甲子，歐陽脩以太子少師致仕。有《賀脩啓》，有《陪歐陽公燕潁州西湖》詩,有《次韻子瞻潁州留別》詩。

八月戊寅,張方平除南京留臺,有《送方平》詩。

九月,知制誥直學士院陳襄知陳州。轍有《迎襄啓》。

十二月,《次韻子瞻初到杭州見寄》二首。

五年壬子

六月,曾公亮致仕,轍有《賀啓》。

閏七月二十三日,歐陽文忠公脩卒。有《祭文》并《挽詞三首》。

八月,同頓起等於洛陽妙覺寺考試舉人。及畢事,共得大小詩二十六首。

六年癸丑

二月,重到潁州。有寄軾詩二首。甲申,有《次韻二月十日雪》詩。

四月,樞密使文彥博罷,以守司徒兼侍中判河陽。彥博辟轍爲學官,轍有《謝啓》。已而改齊州掌書記,有《自陳適齊戲題》詩。

九月,尚書右司郎中知登州李師中來知齊州。

十月,有《京西北路轉運使題名記》。

七年甲寅

二月己巳朔,以李師中爲天章閣待制,知瀛州。有《師中燕別西湖》詩、《序》并《送師中赴瀛州》詩。

四月壬辰,以知青州右諫議大夫李肅之知齊州。有《代肅之到任謝上表》,有《送青州簽退翁致仕還湖州》詩。

九月丙申,有《和青州教授頓起九日見寄》詩,有《和子瞻喜虎兒生》詩。

十一月辛亥,有《洛陽李氏園亭記》。

八年乙卯

有《和劉敏殿丞送春》、《趙至節推首夏》詩,有《遊太山》詩四首,有《舜泉》詩,有《閔子廟記》及《次韻徐正權謝示閔子廟記及惠紙》詩。

六月辛亥,吏部尚書同平章事昭文館大學士王安石授尚書左僕射兼門下侍郎同平章事,以脩《詩》、《書》、《周禮》義畢推恩也。轍有《東方書生行》。

九年丙辰

二月辛丑,李蕭之提舉南京鴻慶宮,以病自請也。有《和李常赴歷下道中雜詠十二首》。

九月,有《次韻李常九日見約以疾不赴》詩。

十月,宰相王安石罷。轍歸京師,有《自齊州回論時事書》。

十二月辛亥,有《次韻范鎮除夜》詩。

十年丁巳

正月八日,有《王氏清虛堂記》,有《次韻范鎮正月十二日訪吳縝寺丞二絕》。轍以舉者改著作佐郎,有《謝啓》。

二月癸巳,以張方平爲南京留守,方平辟轍簽書應天府判官,有《謝方平啓》。

時,軾亦得徐州,兄弟相遇於澶、濮之間,相從至徐,留百餘日。有《逍遙堂會宿》等詩,有《漢高帝廟試劍石銘》,有《漢高帝廟祈晴文》。徐州大水。

九月,轍自徐至南京。有《寄王鞏》詩,有《九日送交代劉(勢)〔摯〕》詩。

十月甲辰,祀南郊,大赦天下。有《代方平免陪祀表》、《賀南郊表》并《謝加恩表》,有《除夜會飲南湖懷鞏》詩。張方平請老,拜東太一宮使,就第。以龔鼎臣知應天府。

元豐元年戊午

正月,有《次韻王鞏上元閑遊見寄三首》。

二月,寒食,有《遊南湖詩三首》。

五月己卯，知應天府龔鼎臣爲右諫議大夫，知青州。有《代鼎臣謝知青州表》，有《送龔諫議知青州詩二首》。戊戌，提舉醴泉觀兵部郎中陳汝羲知應天府。有《代謝上表》。有《送林子中安厚卿奉使高麗》詩。

七月癸巳，《同李倅鈞訪趙嗣恭留飲南園晚衙先歸》詩，有《秋祀高辛》詩，有《答陳州陳師仲書》。

八月丙辰，有《中秋見月寄兄》詩。

九月，有《黃樓賦》，有《次韻張恕九日寄兄》詩，有《次韻頓起試徐沂舉人見寄詩二首》。

二年己未

正月丁丑，有《次韻軾人日獵城西》詩。己丑，資政殿大學士、知杭州趙抃以太子少保致仕，有《賀抃啓》。庚寅，新知湖州文同卒於陳州，有《祭與可文》。

二月丁巳，以軾知湖州，有《和軾自徐移湖將至宋都途中見寄五首》。

四月三日，有《古今家誡序》，有《代張方平乞致仕表》。

七月甲戌，以宣徽南院使、東太一宮使張方平爲太子少師、宣徽南院使致仕。有《代方平謝表》。

八月，軾下御史臺獄。轍上書，乞納在身官，（續）〔贖〕兄罪，不報。

十二月癸亥，軾責授水部員外郎、黃州團練副使，轍亦坐貶監筠州鹽酒稅。

三年庚申

自南京適筠，有《過龜山》詩、《高郵別秦觀》詩、《揚州五詠》、《遊金山》詩、《初至金陵》詩、《池州蕭丞相樓》詩二首、《過九華山》詩、《佛池口遇風雨》詩。

五月至黃州，有《陪軾遊武昌西山》詩。

六月,有《自黄州還江州》詩,有《遊廬山》詩、《南康阻風遊東寺》詩。至筠,有《次韻筠守毛維瞻司封觀修城三首》。

八月乙巳,有《中秋對月二首子瞻次夜字韻》[1]。

九月戊辰,有《次韻毛君九日》詩。辛未,屯田郎劉渙凝之卒,有《哀詞》。

十二月丙寅,有《東軒記》。

四年辛酉

五月癸巳,有《廬山新修僧堂記》。

六月壬申,有《聖壽院法堂記》。

七月甲午,有《吳氏浩然堂記》,有《送王適徐州赴舉》詩。

八月,有《試院唱酬十一首》。

九月,有《聖祖殿記》。

十二月,有《黄州師中庵記》。

五年壬戌

有《上高縣學記》,有《送毛君司封致仕還鄉》詩。

六年癸亥

正月丁丑朔,有《次韻王適元日并示曹煥二詩》。

閏六月,有《次韻王適大水》詩。

四月丙辰朔,中書舍人曾鞏卒,有《挽詞》。

七月丙辰,國子司業朱服言:"諸州學或不置教授,乞委長吏選見任官兼充。先以名上禮部,從本監體驗可爲教授,即依所乞。其餘逐州舊補差教授,悉乞放罷。"仍録進轍權筠州教授所撰策題三道,以其乖戾經旨。禮部言:"見爲教授人,候有新官令罷,其蘇轍乞令本路別差官兼管勾。"從之。有《次韻賈蕃大夫思歸》詩。

八月,有《庭中種松竹》詩。

九月癸酉,有《書事》詩。

十一月壬寅朔,有《黄州快哉亭記》。

十二月,文彦博致仕,轍有《賀啓》。庚子,有《除夜》詩。

七年甲子

正月乙卯,有《上元夜》詩,并《次韻王適上元夜二首》。

二月,有《次韻王適一百五日太平寺看花二絶》。子瞻自黄移汝。

三月癸卯,有《次韻子瞻特來高安相别却寄邁迨過遲》詩,并《和端午日與遲适遠三子遊真如寺》詩、《次韻子瞻贈别》詩。

七月乙丑,軾幼子遯卒。有《勉子瞻失幹子詩二首》。

九月,以轍爲歙州(續淡)〔績溪〕令。《謝洞山石臺遠來訪别》、《乘小舟出筠江》詩。除夜宿彭蠡湖,有《遇大風雪》詩。

八年乙丑

正月丙申朔,有《正旦夜夢李士寧》[2]詩,并《舟中風雪五絶》。己酉,有《南康軍直節堂記》并《太守宅五老亭》詩,有《再遊廬山》詩。至績溪,有《謁城隍神》、《孔子廟文》。視事三日,有《出城南謁二祠游石照寺》詩,有《縣中諸花多交代江汝明所種牡丹已過芍藥方開》詩。

三月戊戌,神宗崩,哲宗即位。己亥,大赦天下。有《代歙州賀登極表》。轍始至邑,適有朝旨"江東諸郡市廣西戰馬"。江東素乏馬,每縣雖不過十餘疋,而諸縣括民馬,吏緣爲姦,有馬之家,爲之騷然。轍謂縣尉郭惇愿曰:"廣西取馬使臣未至,事忌太遽,徐爲之備可也。邑孰爲有馬者?"惇愿曰:"邑有遞馬簿,歲月遠矣。然有無之實,尚得其半也。"即取簿封之。又曰:"何從得馬牙人乎?"曰:"召粥羊豕者詰之,則馬牙出矣。"果得曾入市馬者[3],辭以不能。曰:"吾不責汝以馬,但爲我供文書耳。"曰:"諾。"州符日至縣,督責買馬。乃以夏税過期爲名,召諸鄉保正副驟問之,曰:"汝保誰爲有及格馬者?"相顧辭不知。曰:"保正副不知,誰則知之? 第勿以有爲無,以無爲有,則免罪矣。汝等所具,吾將使人訴其不實,而陳其脱略者,不可不實也。"人知不免,皆以實告。復諭之曰:"買馬事止此矣。廣西取馬者至郡,則馬出；若不至，則已矣。"皆再拜曰："邑人幸矣。"然取馬者卒不至。

五月，轍臥疾，至秋良愈。有《病退》詩，有《病後白髮》詩。

八月戊午，資政殿學士司馬光爲門下侍郎。丁卯，以轍爲秘書省校書郎。有《初得校書郎示同官三絶》，有《答王定國問疾》詩，有《辭靈惠廟歸過新興院》詩。過（相）〔桐〕廬，有《游桐君山寺》詩。

十月己巳，有《游杭州天竺寺》詩。丁丑，以轍爲右司諫。

哲宗元祐元年丙寅

轍至京師。

二月癸酉，有《論臺諫言事留中不行狀》。甲戌，有《久旱乞放民間積欠狀》。乙亥，有《論罷免役錢行差役法狀》。丙子，有《送陳睦出守潭州》詩。癸未，有《論蜀茶五害狀》。丙戌，有《乞選用執政狀》。

閏二月乙丑朔，有《乞罷左右僕射蔡確韓縝狀》。庚寅，確罷爲觀文殿大學士、知陳州。以門下侍郎司馬光爲右僕射。是日，有《乞罷蔡京知開封府狀》。

壬辰，轍言："陛下以久旱憂禱勤至，自冬歷春，天意未答，災害廣遠。又近歲民苦重歛，儲積空匱，應官債負，有資産耗竭眞不能出者，令州縣監司保明除放，使民心説附。"詔户部勘會諸欠官本息罰錢，并免役坊場淨利錢數目，及民户見有無抵當物力，具保明以聞。

甲午，右諫議大夫孫覺同轍進對，有旨俟簾下内臣盡出，方敷奏。是日，有《乞罷右僕射韓縝劄子》。壬寅，有《乞招河北保甲充軍以消盜賊狀》。癸卯，有《差役五事狀》。甲辰，有《乞黜降韓縝狀》。

丙午，轍言："竊見近日以蜀中賣鹽、榷茶及市易比較爲人疾苦，委成都提點刑獄郭槃體量事實。臣觀此三事，利害易見，而槃畏憚茶官陸師閔，不敢依限體量，足以見其意在拖延。始因提舉官韓玠收息增羨，槃以韓玠叔祖縝見任右僕射，意欲趨附，妄言韓玠不曾以户口比較息錢，又代説詞理已在赦前。槃謂朝廷不合相度赦前之事，附下罔上。乞罷黜郭槃，別委官體量。"詔郭槃，特差替其賣鹽、市易，令黄廉先次體量，詣實以聞。有《乞罷章惇知樞密院狀》并《乞牽復英州別駕鄭俠狀》。

庚戌，知開封府蔡京出知成德軍。辛亥，有《廢官水磨狀》并《乞葬埋城外白骨狀》。是日，章惇罷知汝州。壬子，有《乞賑救淮南饑民狀》。甲寅，有《乞罷蔡京知真定府狀》。丙辰，有《乞罷安燾知樞密院狀》。

三月己未，有《再論安燾狀》。乙丑，有《論發運司以糴米代諸路上供狀》。丁卯，有《乞責降韓縝第七狀》。壬申，有《乞責降韓縝第八狀》。甲戌，有《乞給還京西水櫃所易民田狀》。庚辰，有《論三省事多留滯狀》。

四月己丑，右僕射韓縝罷知潁昌府。庚寅，有《言科場事狀》。丙申，有《招畿縣保甲充軍狀》。庚子，有《乞令戶部役法所會議狀》。己酉，有《乞禁軍旦教狀》。壬子，有《乞差官與黃廉同體量蜀茶狀》。乙卯，有《乞以發運司米救淮南饑民狀》。

五月壬戌，有《論明堂神位狀》。甲子，有《乞借常平錢買上供及諸州軍糧狀》。丁卯，有《論蔡京知開封府不公第五狀》。乙亥，有《乞誅竄呂惠卿狀》。丁丑，有《再乞差官同黃廉體量茶法狀》。壬午，有《再言役法劄子》。乙酉，有《乞責降呂和卿狀》。

六月己丑，有《乞兄子邁罷德興尉狀》。甲午，有《再乞罪呂惠卿狀》。戊戌，呂和卿責知台州。庚子，有《論青苗狀》。壬寅，資政大學士、正議大夫、提舉西京嵩山崇福宮呂惠卿落職，降中散大夫光祿卿，分司南京，蘇州居住。甲辰，有《三論差役狀》。丙午，有《論呂惠卿第三狀》。辛亥，再責惠卿爲建武軍節度副使，建州安置，不得簽書公事。甲寅，有《論蘭州池狀》。

七月壬戌，有《再論蘭州池狀》。甲子，有《論京畿保甲冬教等事狀》。甲戌，有《論西邊警備狀》。己卯，有《再論青苗錢狀》。壬午，有《乞放市易欠錢狀》。癸未，以刑部郎中杜紘爲右司郎中。甲申，有

《言淮南水潦狀》。

八月丙戌朔，有《乞罷杜紘右司郎中狀》。丁亥，有《論差除監司不當狀》。己丑，有《乞罷青苗錢狀》并《申三省狀》。辛卯，詔：諸路提刑司，自今後常平司錢穀，令州縣依舊法糴糶，其青苗錢更不俵散。壬辰，有《再言杜紘狀》。癸巳，有《言張璪剳子》、《請罷右職縣尉剳子》、《論戶部侍郎張頵剳子》。丙申，有《再言張璪狀》。丁酉，有《言張頵第三狀》。己亥，有《言責降官不當帶觀察團練使狀》。癸卯，有《言張頵第四狀》。甲辰，以轍爲起居郎，有《辭免二狀》。丙午，有《論傳堯俞等謂司馬光爲司馬相公狀》。戊申，有《言張頵第五狀》、《辭起居舍人第二狀》。辛亥，有《申三省論張頵狀》。轍權中書舍人。

九月己卯，中書侍郎張璪罷知鄭州，有制。

十一月丙子，轍召試中書舍人。戊寅，制曰："在昔典謨、訓誥、誓命之文，爲體不同，而其旨無二。學者宗之，以爲大訓。蓋當是時，豈特經紀法度，後世有不能及哉！至於左右言語之臣，皆聖人之徒，亦非後世之士所能髣髴也。斯道未墜，得人則興，庶幾先王，朕竊有志。具官某學有家法，名重天下，高文大册，爲國之光，追還古風，有望於汝。矧夫身備近侍，職在論思，位於西臺，實與政事。以爾器識，足以輔余不及；以爾諒直，足以行其所知。兼是數長，朕命惟允；任重於己，責難於君。在爾勉之，以永終譽。可中書舍人。"有《辭免狀》二、《謝表》二。

十一月戊午，尚書右丞呂大防爲中書侍郎，御史中丞劉摯爲尚書右丞。轍有大防、摯《制》。

十二月丁亥，有《論梁惟簡除遥郡刺史不當狀》。庚寅，有《不撰葉康直秦州告狀》。

二年丁卯

正月辛巳，以給事中顧臨爲河北都轉運使，有《送臨》詩。

五月己巳，太師文彥博等言："伏奉詔旨，以時雨愆期，太皇太后陛下憂閔元元,側身脩行,躬自貶薄,以奉天戒,權停受冊之禮。今時雨溥注,二麥既登,秋稼有望,正名定位,義不可後。謹據太史局選定八月初四崇上徽號。"不許。轍有《請太皇太后受冊表》。

戊申,尚書左丞李清臣以資政殿學士,知河陽。有《制》。辛未,集賢殿脩撰、知陳州鮮于侁卒。有《子駿哀詞》。

七月辛未,有《門下侍郎韓維爲資政殿大學士知鄧州制》。

八月丁未,熙河蘭會路經略司言:"今月十九日,岷州行營將官種誼收復洮州,擒西蕃大首領鬼章。"戊申,宰相率百官賀於延和殿,轍有《賀表》,有《論西事狀》。

九月甲子,以講《論語》終篇,賜宰臣、執政、經筵官宴於東宮。轍有《謝講〈論語〉賜宴表》。

十月,以奉安神御於西京,轍先告裕陵。壬午,還過鄭州列子觀,有《御風辭一首》。甲辰,有《游師雄除陝西路轉運判官制》。

十一月甲戌,以轍依前朝奉郎試户部侍郎,有《辭免劄子》并《謝表》二。言者論買撲場務人,自熙寧初至元豐末,多有四界,少者三界,緣有實封、投狀、添價之法,小民爭得務勝,不復計較利害,自始至末,添錢多者至十倍。由此破蕩家產,傍及保户,猶不能足。父子流離,深可閔卹。乞取累界内酌中一界爲額,除元額已足外,其元額雖未足而於酌中額得足,並與釋放。唯未足者,依舊催理,及酌中額而止。轍善其説,奏請施行之。天下欠户蒙賜者,不可勝數。

十二月戊申,宿齋於右曹。

三年戊辰

正月己酉朔,有三絕句寄軾。辛亥,祈穀。

三月丙辰,韓康公絳卒,有《挽詞》三首。丁未,上策試進士。戊午,策試武舉於集英殿,以轍及王欽臣等爲考官。轍有《廷試武舉策問》一首,有《次韻欽臣集英殿井》詩。己巳,賜進士及第出身,有《考試罷》詩二首。

四月戊寅，以文思副使兼閤門通事舍人高士敦爲成都府利州路兵馬鈐轄，有《送士敦》詩。

五月丙午朔，文德殿轉對，有《論事狀》，有《詩》。

六月癸卯，以承議郎程之元爲江南西路轉運判官，有《送之元奉使江西》詩。丙辰，以朝請大夫考工郎中周尹知梓州，有《送尹兼簡呂陶二絶》。

九月辛亥，以御史中丞孫覺并轍、中書舍人彭汝礪、秘書正字張繢考試制科舉人。有《呈同舍諸公》二首，有《次韻繢院中感懷》一首。

十一月癸卯朔，有《次韻軾旦日鎖院賜酒及燭》詩，有《祭范景仁文》。

四年己巳

正月癸巳，知鄭州王克臣卒，有《挽詞》。

二月甲申，司空申國公呂公著卒，有《呂司空挽詞》三首。

六月辛丑朔，丁未，以轍爲吏部侍郎，有《辭免劄子》。辛亥，以轍爲翰林學士知制誥，有《辭免劄子》、《謝宣召狀》、《謝賜對衣金帶鞍馬》、《謝救設狀》。

八月辛丑，以轍及刑部侍郎趙君錫爲賀遼國生辰國信使。己未，范鎮葬汝州襄城縣，子百嘉、百歲附焉。轍有《蜀公挽詞三首》、《百嘉百歲挽詞二首》。辛酉，撰《太皇太后將來明堂禮成罷賀賜門下手詔》。

九月丙子，有《將使契丹九日對酒懷子瞻兄并示坐中》詩。戊寅，上齋於垂拱殿，百官齋於明堂。己卯，薦饗景靈宮。庚辰，齋於垂拱殿。有《皇帝宿齋明堂問太皇太后皇太后皇太妃聖體答書》六首。辛未，大享明堂禮畢，御宣德門肆赦。有《皇帝謝禮畢太皇太后皇太后皇太妃答書》，有《宰相呂大防皇伯祖叔祖皇弟并馮京劉昌作加恩制》，有《歐陽文忠公夫人薛氏墓誌銘》。

十月戊戌，轍進呈《神宗皇帝御集》。命宰執觀讀，呂大防讀詩數篇,太皇太后泣下。二十五日,轍婿王適卒。轍至契丹,虜主以其侍讀學士王師儒館伴。師儒稍讀書,能道轍父兄所爲文,曰:"恨未見公全集。"然亦能誦《服茯苓賦》等,虜中愛敬之。轍、君錫使還,過相州。有《祭韓(中)〔忠〕獻公文》。

五年庚午

有《王子立秀才文集引》。

二月庚戌,太師文彦博除開府儀同三司、河東節度使致仕。有《除彦博制》,有《河東官吏軍民示喻敕書》,有《送彦博致仕還洛詩三首》。

三月壬申,以尚書左丞韓忠彦同知樞密院事,以翰林學士丞旨蘇頌爲尚書右丞。有《賜忠彦頌辭免不允詔》,有《賜知樞密院孫固乞致仕不許不允詔》。己卯,以知(毫)〔亳〕州鄧溫伯爲翰林學士承旨。

四月,有《乞罷五月朔旦朝會劄子》,上從之。丁巳,轍有《太皇太后皇帝以旱賜門下避殿減膳罷五月朔文德殿視朝手詔》二首。辛酉,有《除馮京司空彰德軍節度使再任知大名府制》,有《彰德軍官吏軍民示喻敕書》。

五月己巳,有端午帖子二十五首。乙亥,群臣詣閣門拜表請御正殿復常膳。有《不許不允批答》。自是四上表,乃從之。壬辰,以轍爲龍圖閣直學士、御史中丞。有《辭免劄子》并《謝表》。

六月辛丑,以禮部侍郎陸佃權禮部尚書,兵部侍郎趙彦若權兵部尚書。轍有《論執政生事劄子》,有《分別邪正劄子》。自元祐初,革新庶政,至是五年矣,一時人心已定,惟元豐舊黨,分布中外,多起邪説,以搖撼在位。呂大防及中書侍郎劉摯尤畏之,遂建言欲引用其黨,以平舊怨,謂之"調亭"。宣仁后疑不決,轍於延和面論其非,退復再以劄子論之,反復深切。宣仁后命宰執於簾前讀之,仍喻之曰:"蘇轍疑吾君臣遂兼用邪正,其言極中理。"諸公相從和之。自是,參用邪正之説衰矣。

八月丙辰，轍言新除知荊州王光祖不當。詔以光祖爲太原府路總管。

九月八日，有《論役法五事劄子》。

十月己酉，以徐君平、虞策並爲監察御史，從轍薦也。又言新除知順安軍王安世罪狀，詔罷爲京西南路都監，其違法事，令都水監依條施行。癸丑，轍有《裁損待高麗事件劄子》，從之。乙卯，龍圖閣學士滕元發卒，轍有《乞優郵元發家劄子》。

十二月辛卯，尚書右丞許將罷爲資政殿學士、知許州。甲辰，殿中侍御史上官均言：“右丞許將不當罷執政。中丞蘇轍、侍御史孫升等附會大臣意指，姦邪不忠。臣竊聞外議，以爲轍等合爲朋黨，動移聖意，以疑似不明細事，合謀併力逐一執政，自此大臣人人不得安位矣。伏乞早賜施行，以協中外之望。”詔罷均知廣德軍。丁未，以轍爲龍圖閣學士。

六年辛未

二月庚寅朔。辛卯，門下侍郎劉（執）〔摯〕爲尚書右僕射兼中書侍郎。癸巳，以轍爲中大夫、守尚書右丞。有《辭免劄子》四首。轍言：“兄軾召還，本除吏部尚書，以臣之故，除翰林學士承旨。臣之私意，尤不遑安。乞寢新命，與兄軾同備從官。”詔不許。有《謝表》二〔首〕。己酉，有《謝生日表》二首。

八月辛亥，以軾爲龍圖閣學士、知潁州。有《次韻子瞻感舊》詩，有《乞外任劄子》。

十月庚戌，上朝獻景靈宮，因幸太學，有《車駕視學》[4]。甲戌，以王鞏得罪自劾，家居待罪，遣中使賜詔不允。

十一月乙酉朔，右僕射劉摯以觀文殿學士知鄆州。庚子，監察御史安鼎罷知絳州。先是鼎與趙君錫、賈易同造飛語，誣罔兄軾惡逆之罪。君錫、易既謫去，鼎猶在言路。復因王鞏事，攻轍甚急。宣仁察其誣，故斥黜之。辛丑，中書侍郎傅堯俞卒，有《挽辭》。

十二月乙卯朔，張文定公方平卒。甲戌，有《祭方平文》。丁丑，有《李簡夫少卿詩集序》。

七年壬申

二月癸酉，有《生日謝表二首》。

四月，以轍攝太尉，充册皇后告期使。

五月戊戌，立皇后孟氏。

六月辛酉，以轍爲太中大夫、守門下侍郎。有辭免劄子一首、表二首、謝表二首。

八月，有祭文與可及文逸民文二首。癸酉，故龍圖閣學士滕甫葬，有甫挽詞二首。

九月壬辰，太皇太后垂簾，三省進呈翰林學士顧臨等《郊祀議》。太皇太后曰：“宜依仁宗先帝故事。”呂大防、蘇頌與轍請合祭，唯范百禄議不同。甲午，再進呈。翌日，太皇太后宣諭曰：“皇帝即位以來，未嘗親祀天地。今且合祭，宜有名也。”令學士院降詔。

十一月癸巳，合祭天地於圜丘，大赦天下。有《進郊祀慶成》詩并狀。以郊祀恩特加護軍，進開國伯、食實封二百户。有《乞免加恩表》二首、《謝加恩表》二首。

八年癸酉

正月癸巳，有《次韻子瞻上元扈從觀燈》詩。

二月丁卯，有《謝生日表》二首。

三月丁亥，監察御史董敦逸言轍及范百禄差除不當事，留中不下。轍奏：“臣近以御史董敦逸言川人大盛，差知梓州馮如（悔）〔晦〕不當，指爲臣過，遂具劄子及面陳本末。尋蒙德音宣諭，察敦逸之妄，而以臣言爲信。臣德望淺薄，言者輕相誣罔，若非聖明在上，心知邪正所在，則孤危之蹤，難以自安。切詳敦逸所言，謂馮如晦事乃其前狀所言之一，則其餘事不可不辨，遂乞一一付外施行。復蒙再三宣諭，以謂其他別無實事。伏惟聖恩深厚，知臣愚拙，曲加庇護，仰涵恩造,死生不忘。然臣忝備執政,知人言臣過惡,而嘿然不辨,實難安職。陛下愛臣雖深,而不令臣得知敦逸所言,臣竊有所未諭也。若敦逸所言果中臣病,何惜使臣引去,以謝朝廷;若敦逸所言不實,亦使臣略加別白,然後出入左右,粗免愧耻。如不蒙開允,非所以愛臣也。所有董敦逸言臣章疏,伏乞早賜付三省施行。"己丑,有《北流軟堰劄子》。

四月甲子,以李清臣爲吏部尚書。給事中范祖禹封還詔書,進呈不允。轍於簾前極論之。己卯,罷。

五月丙申,董敦逸罷知臨江軍。

六月己未,賜知潁昌府范純仁詔書,召赴闕。

七月丙子,以純仁爲右僕射兼門下侍郎。

八月庚申,張方平葬,有《祭方平文》并《挽詞》。辛酉,太皇太后不豫。壬戌,呂大防、范純仁、蘇轍、鄭雍、韓忠彥、劉奉世入問聖體。

九月戊寅,太皇太后高氏崩。乙酉,詔轍撰《大行太皇太后謚册文》。癸巳,有《祭兄嫂同安郡君王氏文》。

十一月戊子,三省樞密院同進呈,中書舍人呂希純封還劉惟簡等除内侍省押班詞頭。上曰:"禁中闕人,兼亦有近例。"呂大防奏曰:"雖有此,衆論頗有未安。"轍曰:"此事非謂無例,蓋爲親政之初,中外拭目以觀聖德。首先擢用内臣,故衆心驚疑耳。然臣等昨來開陳不盡,不能仰回聖意,致使宣布於外,以至有司封駁,此皆臣等之罪。"劉奉世曰:"雖有近例,外人不可户曉,但以率先施行爲非耳。"大防曰:"致令人言涜瀆聖聽,此實臣罪。今若不從其言,其餘舍人亦必未肯奉行,轉益滋章,於體不便。臣聞太祖一日退朝,有不悦之色,左右覺而問之。太祖曰:'適對臣僚指揮,事有失當,至今悔之也。'以此見人君不以無失爲明,以能悔而改之爲善耳。"上釋然曰:"除命且留,俟祔廟取旨可也。"轍又奏:"竊聞仁宗聽政之初,即下手詔:'凡内批轉官,或與差遣,並未得施行,仰中書、樞密院審取處分。'史臣記之曰:'是時上方親閱庶政，中外聞之，人情大悦。'正與今日事相類矣。"大防等知上從善如流，莫不欣幸。壬辰，轍言："奉敕撰《大行太皇太后謚册文》，謹先進呈。"詔恭依。壬寅，轍奏準敕差篆太皇太后謚寶文，據太常寺狀，合依所請到謚以"宣仁聖烈皇后之寶"爲文。

十二月己巳，群臣詣慶壽宮，上大行太皇太后謚册。

紹聖元年甲戌

正月丁丑，詔禮部給度牒千，付京東等路體量賑濟司，募人入粟。

二月，司農卿王孝先言："賑濟之餘，軍糧匱竭。"又送伴北使張元方等還，言："相、滑等州饑民衆多，倉廩空虛。"轍見范純仁、鄭雍議曰："此事豈可不令上知？"二人皆不欲，曰："侍郎何以爲計？却恐上問及。"轍曰："雖未知所出，然當令上知之。昔真宗初即位，李沆作相，每以四方水旱盜賊聞奏。參知政事王旦謂沆曰：'今天下幸無事，不宜以細事撓上聽。'沆曰：'人主年少，當令聞四方艱難。不爾，侈心一生，無如之何。吾老不及見，此參政異日憂也。'"純仁曰："善。"劉奉世曰："誠宜先白，若上先言，極不便。"既而，純仁奏："近日張元方自河朔來，言流民甚衆。"轍曰："元方言：相州見養流民四萬餘人，通利軍一萬餘人，滑州二千餘人。然軍中月糧止支一斗，其餘盡令坐倉。蓋倉廩已空矣，恐別生事。"上曰："爲之奈何？"轍曰："滑州已支山陵餘糧萬石與之，可以支持兩月耳。兼京東賑濟司準備糧食太多，提刑司又太多，已令安撫轉運司再相度矣。俟見得去着，更議應副。又京城賑濟應副備至，然省倉軍糧，止有二年五月備。臣曾令王孝先具的實數子在此。"上曰："何其寡備至此？"轍曰："非一日之故，蓋累年官賣米太多。去年，臣曾與吕大防商量，限市價九十已上乃出糶。今爲饑饉，止賣六十，蓋不得已也。熙寧初，臣在條例司，竊見是年有九年以下糧。"上曰："須九年乃可。"轍曰："九年未易遽置，但陛下常以爲意，慎事惜費，令三五年間有三五年備，亦漸可也。臣之愚意以爲朝廷新經大喪，繼以饑饉匱乏，若災止如此尚可，萬一更水旱，何以繼之？方今正是君臣恐懼脩省之日，不可不知耳。”丁未，以户部尚書李清臣爲中書侍郎，兵部尚書鄧温伯爲尚書右丞。二人久在外，不得志，遂以元豐事激怒上意，清臣尤力。己酉，葬宣仁聖烈皇后於永厚陵。轍有《挽詞》二首。己未，虞主祔廟。

三月乙亥，左僕射吕大防罷爲觀文殿大學士、知潁昌府。

乙酉，上御集英殿策試進士。李清臣撰策題，即爲邪説，以扇惑群聽。轍上疏曰：“伏見御試策題，歷詆近歲行事，有欲復熙寧、元豐故事之意。臣備位執政，不敢不言。然臣竊料陛下本無此心，其必有人妄意陛下牽於父子之恩，不復深究是非，遠慮安危，故勸陛下復行此事。此所謂小人之愛君，取快於一時，非忠臣之愛君，以安社稷爲悦者也。臣竊觀神宗皇帝以天縱之才，行大有爲之志，其所施設，度越前古，蓋有百世而不可改者也。臣請爲陛下指陳其略：先帝在位近二十年，而終身不受尊號，裁損宗室，恩止袒免，減朝廷無窮之費；出賣坊場，雇募衙前，免民間破家之患；罷黜諸科誦數之學，訓練諸將慵惰之兵；置寄禄之官，復六曹之舊；嚴重禄之法，禁交謁之私；行淺攻之策，以制西戎；收六色之錢，以寬雜役。凡如此類，皆先帝之睿筭，有利無害。而元祐以來，上下奉行，未嘗失墜者也。至於他事有失當，何世無之？父作之於前，子救之於後，前後相濟，此則聖人之孝也。漢武帝外事四夷，内興宫室，財用匱竭，於是脩鹽鐵、榷酤、均輸之政，民不堪命，幾至大亂。昭帝委任霍光，罷去煩苛，漢室乃定。光武、顯宗以察爲明，以讖決事。天下恐懼，人懷不安。章帝即位，深鑒其失，代之以寬，豈弟之政，後世稱焉。及我本朝，真宗皇帝右文偃革，號稱太平，群臣因其極盛，爲天書之説。及章獻明肅太后臨御，攬大臣之議，藏書梓宫，以泯其迹。仁宗聽政，亦絶口不言，天下至今韙之。英宗皇帝自藩邸入繼，大臣過計，創濮廟之議，朝廷爲之洶洶者數年。及先帝嗣位，或請復舉其事，寢而不答，遂以安靖。夫以漢昭章之賢，與吾仁宗、神宗之聖，豈其薄於孝敬，而輕事變易也哉？蓋有不可不以廟社爲重故也。是以子孫既獲孝敬之實,而父祖不失聖明之稱。此真明君之所務,不可與流俗議也。臣不勝區區,願陛下反覆臣言,慎勿輕事改易。若輕變九年已行之事,擢任累歲不用之人,人懷私忿,而以先帝爲詞,則大事去矣。"奏入不報。再以劄子面論之,上不悦,曰:"人臣言事何所害,但卿昨日以劄子奏,謂機事不可宣於外,請秘而不出。今日乃對衆陳之,且引漢武帝以上比先帝,引喻甚失當。"轍曰:"漢武帝,明主也。"上曰:"卿所奏言漢武帝外事四夷,内興宮室,立鹽鐵、榷酤、均輸之法,其意止謂武帝窮兵黷武,末年下哀痛之詔,豈明主也?"范純仁進曰:"武帝雄材大略,史無貶詞。况轍所論事與時也,非論人也。"上意稍解。轍退,上奏:"今者偶因政事,懷有所見,輒欲傾盡以報知遇。而天資暗冥,不達機務,論事失當,冒犯天威,不敢自安。伏乞聖慈憐臣不識忌諱,出於至愚,少寬刑誅,特賜屏逐,以允公議。"李、鄧從而媒蘖之。

丁酉,除端明殿學士、知汝州。《告詞》略曰:"文學風節,天下所聞。擢任大臣,本出朕意,事有可否,固宜指陳。而言或過中,引義非是。朕雖曲爲含忍,在爾自亦難安。原誠終是愛君,薄責尚期改過。"上批:"蘇轍引用漢武故事比擬先帝,事體失當。所進入詞語,不著事實。朕進退大臣,非率易也,蓋義不得已。可止以本官知(洪)〔汝〕州。仍别撰詞進入。"制曰:"朕以眇躬,上承烈考之緒,夙夜祗飭,懼無以丕揚休功,實賴左右輔弼之臣,克承厥志。其或身在此地,倡爲姦言,怫於衆聞,朕不敢赦。太中大夫、守門下侍郎蘇轍,頃被選擢,與聞事機,義當協恭,以輔初政,而乃忘體國之義,狗習非之私。始則密奏以指陳,終於宣言而眩聽。至引漢武上方先朝,欲以窮奢黷武之姿,加之經德秉哲之上。言而及此,其心謂何?宜解東臺之官,出守列郡之寄。尚爲寬典,姑務省循。可特授依前太中大夫、知汝州。"

四月壬戌,轍至汝州,有《謝上表》。是日,以提舉杭州洞霄宮章惇爲尚書左僕射、兼門下侍郎。右僕射范純仁罷爲觀文殿大學士、知潁昌府。丁卯,有《謝雨文》,有《汝州楊文公詩石記》。

五月癸卯,侍御史虞策、殿中侍御史來之邵、并亮采言:"轍近以論事失當,責守汝州。而吳安詩草制,有'風節天下所聞'及'原誠本於愛君'之語,命詞乖剌如此,質之公議,難逭典刑。"又監察御史郭知章言:"安詩行蘇轍誥,重輕止徇於私情,褒貶不歸於公議。不加黜責,何以懲戒?"詔安詩罷起居郎。乙巳,虞策言:"太中大夫知汝州蘇轍,引漢武帝比先朝,止守近郡,請遠謫以懲其咎。"上曰:"已謫矣,可止也。"乙丑,有《龍興寺吳畫殿記》。

六月甲戌,右正言上官均言:"近具劄子,論奏前宰臣呂大防、門下侍郎蘇轍,擅權欺君,竊弄威福,及前御史中丞李之純等,朋邪誣罔,同惡相濟。乞明正典刑,以服中外。既及旬浹,未蒙施行。臣以為人主之所以臨制天下,為腹心之臣者,莫重於執政;為耳目之官者,莫重於諫官;審詔誥、慎出納者,莫重於舍人、給事。方大防、蘇轍擅操國柄,不畏公議,引用柔邪之臣如李之純輩,充塞要路,以固寵祿。又以張耒、秦觀撰次國史,曲明大防輩改變法度之功。是以人主賞罰私其好惡。其惡一也。同時執政如胡宗愈、許將、劉摯、蘇頌,皆以與呂大防、蘇轍議論異同。轍陰諭諫官、御史死力排擊,卒皆斥罷。敢以姦謀轉移陛下腹心之臣,易於反掌。其罪二也。李之純頃在成都,與呂大防相善。大防秉政,引用之純為侍郎,又除知開封府。之純尹京無狀,又府舍遺火延燒殆盡,法當譴責,反挾私愛,擢為御史中丞。楊畏、虞策、來之邵等,皆任為諫官、御史。是四人者,傾險柔邪,嗜利無恥。其所彈擊者,皆受大防、蘇轍密諭,或附會風指,以濟其欲。是以天子耳目之官,佐其喜怒,以塗蔽朝廷之視聽。其罪三也。舍人主出制命,給事主行封駁。命令有未善,差除有未當,皆許繳駁。如范祖禹、喬執中、吳安詩、呂希純四人者,皆附會呂大防、蘇轍好惡,隨意上下,不恤公論,其所繳駁者,皆大防、蘇轍之所惡;其所掩蔽者,皆大防、蘇轍之所愛。是以天子掌誥命出納之臣,濟其好惡。其罪四也。

呂大防自爲執政以至宰相，凡八、九年，最爲歲久。蘇轍執政雖止三、四年，而強狠狗私尤甚。如殘壞先帝役法、官制、學校科舉之制，士民失業，棄先帝經畫塞徼要害之地，招西戎侵侮邊陲之患，至今未弭。其罪五也。呂大防、蘇轍身爲大臣，義當竭忠盡公，以輔佐人主。乃便辟柔佞，陰結宦官陳衍，伺探宮禁密旨，以固寵祿。其罪六也。大防、蘇轍同惡相濟，固非一日。李之純、楊畏、虞策、來之邵爲朝廷耳目，曾不糾察，反陰相黨附，以圖進用。御史黃慶基、董敦逸憤發彈奏蘇轍等專權之罪，罷斥爲轉運判官。李之純、楊畏、來之邵希附軾、轍等，反指慶基、敦逸以爲誣陷忠良，不當更除監司，遂謫守軍壘。陛下既親機務，洞分邪正，軾、轍既已斥罷，來之邵輩方始奏論其朋邪罔上，趨時附勢，情狀明白，衆所共知，非臣之私言臆度也。李之純既已罷免尚書，謫守單州。今楊畏尚爲禮部侍郎，來之邵爲侍御史，虞策爲起居郎，喬執中爲給事中，范祖禹、呂希純雖出守外郡，皆尚除待制。罪同罰異，此中外之所未喻也。議者以爲李之純柔懦無能，遄爲中丞，其所附呂大防、蘇轍指意彈擊，皆楊畏、來之邵朝夕說喻，脅持爲之。二子姦險，過於之純。之純既已斥謫，而二人尚居清要，哆然自得，曾不愧避。臣聞治國之要，莫先於辨邪正；欲辨邪正，莫若驗之以事。今楊畏輩邪險之情，皆已明驗，若不加斥遠方，俾安要近，則是邪正兼容，忠佞雜處，蠹敗國政，理之必然。竊觀陛下自親機務，收還權會，大防、蘇轍黨人，十已去七八。然楊畏等六人，尚居清要，未快士論。伏望陛下考察呂大防、蘇轍擅權欺君、姦邪不忠之罪，推究楊畏等朋邪害正、趨時反覆之惡，譴責黜免，明正典刑，以示天下。"制曰："事君者有犯勿欺，所以盡爲臣之節；無禮必逐，豈容逃慢上之誅？太中大夫、知汝州蘇轍父子兄弟，挾機權變詐之學，驚愚惑衆。轍昔以賢良方正對策於庭，專斥上躬，固有異志。有司言轍懷姦不忠，如漢谷永，宜在罷絀。我仁祖優容，特命以官。在神考時，獻書縱言時事，召見詢訪，使與討論，與軾大倡醜言，未嘗加罪。仰惟二聖厚恩，宜何以報？垂簾之初，老姦擅國，置在言路，使詆先朝，以君父爲仇，無復臣子之義。愎忮深阻，出其天資。援引猥浮，盜竊名器。專恣可否，疇敢誰何。至與大防，中分國柄。罔上則合謀取勝，狥私則立黨相傾。排嫉忠良，眩亂風俗。既洞察險詖，猶肆誕謾；假設虛詞，規喧朝聽。比雖薄責，未厭公言。繼覽奏封，交疏惡狀。維爾自廢忠順之道，而予務全終始之恩。甫屈刑章，尚假民社。往自循省，毋速後愆。可特降左朝議大夫、知袁州。"

七月丁巳，三省言："近聞朝廷以呂大防、劉摯、蘇轍落職降官，黜知小郡。臣始以謂陛下慈厚，不欲盡言，姑示薄責而已。今覩制詞，在大防則曰睥睨兩宮，呼吸群助，誣累慈訓，包藏禍心；在劉摯則曰誣詆聖考，愚視朕躬，窺伺禁省，密爲離間；在轍則曰老姦擅國，肆詆先朝，以君父爲仇，無臣子義。既及此矣，則罪重謫輕，情法相遠。伏望更加詳酌，以正其罪。"監察御史周秩言："朝廷議呂大防、劉摯落職，降蘇轍三官，責知小郡。臣愚竊以爲未也。大防等罪，尚可以爲民師帥乎？然大防與摯始責，姑易地再施行猶可也。轍之責，已再三矣，而止於降官，則不若未責，而更容臣等極論之也。臣愚謂大防等罪，不在蘇轍之下。大防、摯、轍是皆言之，而又行之者也。蓋大防等所言、所行，皆害先朝之事。彼得罪於先朝，而輕論之，它日有得罪於陛下者，而重論之，於義安乎？呂惠卿以沮難司馬光，罪至散官安置，則爲人臣者，寧犯人主，勿犯權臣，爲得計也。且摯與轍譏斥先朝，不減於軾。大防又用軾之所謀、所言，而得罪輕於蘇軾，天下必以爲非。"詔："司馬光、呂公著各追所贈官并諡告，及追所賜神道碑額；降授左正議大夫、知隨州呂大防守本官、行秘書監，分司南京，郢州居住；降授左朝議大夫、知黃州劉摯守本官、試光禄卿，分司南京，蘄州居住；降授朝議大夫、知袁州轍守本官、試少府監，分司南京，筠州居住。"轍在郡有異政，既罷去，父老送者皆嗚咽流涕，數十里不絕。

八月，過真州，有《阻風》詩。行至江州彭澤縣，被筠州之命。

九月癸亥,至筠。有《謝表》。

二年乙亥

正月壬子,《次韻兄惠州上元見寄》詩。甲辰,有《曹谿卓錫泉銘》。

二月二十五日,有《古史後序》一首。

九月戊申,逍遥聰老卒,有《塔碑》。辛未,饗明堂,大赦天下。轍有《賀表》。

三年丙子

二月,有《盆中石菖蒲忽生九花》一首。

三月乙未,有《祭寶月大師文》并《送成都僧法舟西歸》詩。

四年丁丑

二月庚辰,三省言:"呂大防、劉摯、蘇轍爲臣不忠,朝廷雖嘗懲責,而罰不稱愆。其餘同惡相濟,幸免者甚衆,亦當量罪,示有懲艾。"詔:"大防責舒州團練副使,循州安置。劉摯鼎州團練副使,新州安置。"又制曰:"朋姦擅國,責有餘辜。造訕欺天,理不可赦。其加顯黜,以正明刑。降授左朝議大夫、試少府監、分司南京、筠州居住蘇轍,操傾側孽臣之心,挾縱橫策士之計。始與兄軾肆爲詆欺,晚同相光協濟險惡。造無根之詞而欺世,聚不逞之黨以蔽朝。謂邪説爲讜言,指善政爲苛法。矯誣太后,愚弄沖人,助成姦謀,交毁先烈。發怨懟於君臣之際,忘忌憚於父子之間。陰懷動摇,公肆排訐。粵予親政,尚爾撓權。持罔上之素心,爲怙終之私計。罪同首惡,法在嚴誅。而事久益彰,罰輕未稱。朕顧瞻嚴廟,跂念裕陵,義不敢私,恩難以貸。黜居散秩,投置遐陬。非徒今日知馭衆之威,亦使後世識爲臣之義。勉思寬憲,務蓋往愆。可責授化州別駕,雷州安置。"

閏二月甲辰,軾責授瓊州別駕,昌化軍安置。

五月甲子,兄弟相遇於藤,相與同行。

六月丁亥,至雷州,有《謝到州表》。癸巳,軾與轍相別,渡海往昌化。有《和子瞻過南海》詩。

十月,軾有《停雲》詩寄轍,轍次韻答之。

十一月己卯,廣西經略安撫司走馬承受段諷言:"知雷州張逢周恤安置人蘇轍及軾兄弟,與之同行至雷州。請下不干礙官司按罪。"詔提舉荊湖南路常平董必具實狀以聞。

十二月癸未,新州安置劉摯卒。己亥,有《和陶詩集序》。

元符元年戊寅

二月軾以轍生日,有《沈香山子賦》贈轍,轍和以答之。丙申,詔差河北路轉運副使呂升卿、提舉荊湖南路常平董必,並充廣南東西路察訪。時有告劉摯在政府日謀廢立者,章惇、蔡卞欲因是起大獄嶺表,悉按誅元祐臣僚,故遣升卿等。戊申,長星見。

三月癸丑,詔呂升卿等差充廣南東西路察訪指揮,更不施行。癸酉,提舉荊湖南路常平董必言:"朝請郎、知雷州張逢,於轍初到州日,同本州官吏門接,次日爲具召之,館於監司行衙。又令倩進見人吳國鑑宅居止,每月率一再移廚管待轍,差借白直七人。海康縣令陳某追工匠應副國鑑脩宅。"詔轍移循州安置,逢勒停,諤衝替。

八月,轍至循州,寓居城東之聖壽寺。已乃哀囊中之餘,鬻之得五十千,以易民居大小十間,北垣有隙地可以毓蔬,有井可以灌,乃與遜荷鉏其間。州民黃氏,宦學家也,有書不能具,時假其一二讀之。題《白樂天文集》後。

二年己卯

有巢谷者,自眉山徒步訪轍於循州。又將見軾於海南,行至新州而卒,年七十三。轍爲之《傳》。

四月二十九日,有《龍川略志序》。

七月二十二日,有《龍川別志序》。

閏九月丁丑,有《春秋傳後序》。戊寅重陽,有《與父老小飲四絕》。

十一月辛未,有《祭孫婦黃氏文》。

三年庚辰

正月己卯,哲宗崩,徽宗即位。庚辰,大赦天下。

二月癸亥,轍量移永州安置。轍有《次韻子瞻和陶淵明雜詩十一首》。

四月庚戌,元子生。辛亥,赦天下。丁巳,轍移岳州。勅曰:"朕即祚以來,哀士大夫失職者衆。雖稍收叙,未厭朕心。兹者天祚予家,挺生上嗣。國有大慶,賚及萬方。解網宥辜,何俟終日。責授某官蘇轍,擢自先帝,與聞政機。坐廢累年,在約彌屬。漸還善地,仍畀兵團。可濠州團練副使,岳州居住。"轍歸,至處州被命,有《謝狀》。

十一月癸亥朔,勅曰:"朕初踐祚,思赴治功。敷求俊良,常恐不及。念雖廢棄,不忍遐遺。轍富有藝文,嘗預機政。謫居荒裔,積有歲時。稍從內遷,志節彌屬。昭還故秩,仍領真祠。服我異恩,無忘報稱。可特授太中大夫、提舉鳳翔府上清宮,外州軍任便居住。"至鄂州被命,有《謝表》。有田在潁昌府,因往居焉。

徽宗建中靖國元年辛巳

正月己巳,中太一宮使范純仁卒,轍有《挽詞》。甲戌,欽聖憲肅皇后向氏崩,有《慰表》并《挽詞》三首。

三月丙子,有《祭東(塋)〔塋〕文》。戊寅,有《鮮于侁父母贈告跋》。

五月丙戌,欽聖憲肅皇后神主祔於廟室,轍有《慰表》二首。

七月丁亥,軾卒於常州。

九月癸亥,有《祭文》。

十月,有《追和軾歸去來詞》。

十一月庚辰,祀南郊,赦天下。轍有《賀表》。

十二月庚寅,王東美器之妻蘇氏卒,有《墓誌》。丙申,有《祭范子中朝散文》。

崇寧元年壬午

三月戊午,跋《巢谷傳》。

四月丁未,有《祭王氏嫂文》。五月丁卯有《祭兄文》。是月庚午,詔:"蘇軾追貶崇信軍節度行軍司馬,其元追復舊官告繳納。蘇轍更不敘職名。"乙亥,詔:"蘇轍等五十餘人,令三省籍記姓名,更不得與在京差遣。"

閏六月癸酉,葬軾於汝州郟城縣小峨眉山。有《墓誌銘》,有《再祭八新婦文》。戊寅,詔:"轍降爲朝請大夫,以銓品責籍之時差次不倫故也。"有《謝表》。

八月丙子,詔:"司馬光等子弟並不得任在京差遣,太常寺太祝蘇適與外任合入差遣。"

十一月十三日,有《雪》詩。

二年癸未

正月《補子瞻謫居儋耳唐佐從之學》、《遷居蔡州》詩。

二月,《寒食》詩。己巳,有《癸未生日》詩。

三月甲午,跋《楞嚴經》,有《六孫名字説》。辛丑,《春盡詩》。次日立夏。

四月戊午,有《夢中詠醉人》詞。

六月庚午,有《立秋偶作》。

九月乙酉,有《九日》詩。乙巳,有《立冬聞雷》詩。

十月,有《罷提舉太平宫欲還居潁昌》詩。

十一月癸卯,有《次遲韻對雪》一首。

三年甲申

正月庚寅,還潁昌。有《甲申歲設醮青詞》。

三月丙子,有《上巳日久病不出示兒姪》詩。辛卯,有《葺東齋》詩,并《初得南園》詩。

六月，詔頒元祐姦黨姓名三百九人，刻石諸州。

七月丁酉，有《記夢》詩，有《抱一頌》，有《葺居五首》，有《歲暮口號二首》。

四年乙酉

正月戊寅，有《雪後小酌贈內》詩。

三月庚戌，有《喜雨》詩。

五月，《和遲田舍雜詩九首》。

七月甲寅，詔：“元祐宰執墳寺特免毀拆，不得充本家功德院，並別賜敕額‘爲國焚修’。”《冬至雪》詩，有《歲暮二首》、《除夜》詩。

五年丙戌

正月戊戌，彗出西方。丁未，大赦天下，毀元祐姦黨石刻。

三月辛亥，提舉南京鴻慶宮范純禮卒。純禮，字彝叟。轍有《祭文》。己未，姪孫元老中進士第，有《次遲韻贈陳天倪秀才》并《送元老歸鄉》詩，有《秋社分題》詩，有《築室示三子》詩，有《中秋無月二首》、《九日獨酌三首》。

九月，有《潁濱遺老傳》及《欒城後集序》。

十月庚戌，有《大雪》詩。是時行大錢，當十，民以爲病，故詩中及之。

十一月八日，有《夢中反古菖蒲》詩，有《守歲》詩。

大觀元年丁亥

正月庚戌，詔：“應係籍宰執墳寺會經放罷者，並給還。”轍有《謝表》。

二月，有《丁亥生日》詩。

七月乙酉朔，有《苦雨》詩，有《釀重陽酒》詩，有《九日》詩，有《初成遺老齋待月軒藏書室》三詩，有《送少子遜赴蔡州酒官》詩二首，有《論語拾遺》二十七章。

十一月乙丑，詔：“八寶初成，可於來年正月用之。”

二年戊子

正月壬子,有《正旦》詩。是日,帝受八寶,赦天下。轍復朝（義）〔議〕大夫,遷中大夫。皆有《謝表》并《焚黄文》,有《七十吟》。

二月,有《生日》詩,有《八璽》詩,有《夏至後得雨》詩。

八月癸巳,有《移花》詩。

十二月壬辰,有《伐雙轂》詩,有《除日》詩,《書〈老子解〉後》。

三年己丑

有《上元夜適勤至西禪觀燈》詩。

二月庚寅,有《望日雪》詩。遜自淮康歸覲,逾旬而歸,有《送行》詩二首。

八月,有《中秋新堂看月》詩。

九月,有《重九陰雨病中把酒示諸子》詩,有《己丑除日》詩。

四年庚寅

有《新春五絶》,有《上元雪》詩。

閏八月辛亥,有《雨中秋》詩。辛酉,有《菊有黄花》詩,有《除夜》二詩。

政和元年辛卯

有《正月十六日》一首,有《七十三歲作》一首,有《七夕》詩、《重九》詩。

十月戊午,有《雪》詩四首,有《冬至》詩、《除日》詩,有《欒城第三集序》、《卜居賦》、《再題〈老子解〉後》。

二年壬辰

有《壬辰年寫真贊》。

二月,有《壬辰生日記胸中所懷自作》一首。

五月十九日,有《喜雨》詩,有《送遲赴登封丞》詩。

八月辛亥,《題蔡幾先海外所集文後》。

123

九月庚申，有《墳院記》。是月壬午，中大夫轍轉太中大夫致仕。轍居潁昌十三年。潁昌當往來之衝，轍杜門深居，著書以爲樂。謝卻賓客，絕口不談時事。意有所感，一寓於詩，人莫能窺其際。

十月三日，轍卒，年七十四。

十一月乙丑，追復端明殿學士，特賜宣奉大夫。

七年

三月二十五日，夫人史氏卒，同葬汝州郟城縣上瑞里。

三子：遲，字伯充，官至太中大夫、工部侍郎、徽猷閣待制，紹興二十五年卒；适，字仲南，官至承議郎、通判廣信軍，宣和四年卒；遜，字叔寬，官奉議郎、通判瀘州潼川府，靖康元年卒。五女，文務光、王适、曹煥、王浚明、曾縱其婿也。務光，字逸民；适，字子立；煥，字子文；縱，字元矩[5]。遲二子：簡、策；适三子：籥、範、築；遜四子：筠、篾、箱、篓。

轍有《詩傳》二十卷、《春秋集傳》十二卷、《老子解》二卷、《欒城集》、《後集》、《第三集》共八十四卷、《應詔集》十二卷。子瞻評其文以爲：“子由之文實勝僕，而世俗不知，乃以爲不如。其人深，不願人知之。其文如其爲人，故汪洋澹泊，有一唱三歎之聲，而其秀傑之氣，終不可沒。”

轍少讀《太史公書》，患其疏略，漢景、武之間，《尚書古文》、《詩毛氏》、《春秋左氏》皆不列於學官，世能讀之者少，故其所記堯舜三代之事，多不合聖人之意。戰國之際，諸子辯士，各自著書，或增損古事，以自信其說，一切信之。甚者至採世俗之語，以易古文舊說。及秦焚書，戰國之史不傳於民間，秦惡其議己也，焚之略盡。幸而野史一二存者，遷亦未暇詳也。故其記戰國，有數年不書一事者。於是因遷之舊，上觀《詩》、《書》、《春秋》，旁取《戰國策》及秦漢雜錄，起伏羲、神農，訖秦始皇帝，爲七本紀、十六世家、三十七列傳，謂之《古史》，凡六十卷。

　　晚在海康，刊定舊解《老子》，寄子瞻。子瞻題其後曰："昨日子由寄《老子新解》，讀之不盡卷，廢卷而歎。使戰國有此書，則無商鞅、韓非；使漢初有此書，則孔、老爲一；使晉、宋間有此書，則佛、老不爲二。不意老年見此奇特。"及歸潁昌，時方詔天下焚滅元祐學術。轍敕諸子録所爲《詩》、《春秋》傳、《古史》，子瞻《易》、《書》傳、《論語説》，以待後世君子。復作《易説》三章及《論語拾遺》以補子瞻之闕。其論大衍之數五十，天地之數五十有五，盡掃古今學者增損附會之説，得其本真。既歿，籀等述其緒訓，爲《潁濱遺語》一卷。

　　紹興中，以遲貴，累贈太師，封魏國公；史氏，楚國太夫人。

校 補 記

［1］中秋對月二首子瞻次夜字韻　考蘇轍《欒城集》卷十，此詩題作
　　"次韻子瞻夜字韻作中秋對月二篇一以贈王郎二以寄子瞻"，故
　　當據以乙正爲"中秋對月二首次子瞻夜字韻"。
［2］正旦夜夢李士寧　"士"字底本作"志"，據《欒城集》卷十三改。
［3］果得曾入市馬者　"人"字底本作"人"，誤。
［4］有車駕視學　此句文義不清，《欒城後集》卷一原詩題爲"次韻門
　　下吕相公車駕視學"。
［5］縱字元矩　底本作"縱字子元矩"，衍"子"字。曾縱，字元矩，曾
　　肇之子。

東坡先生年譜

［宋］王宗稷　編撰　王水照　點校

仁宗皇帝景祐三年丙子

先生生於是年十二月十九日乙卯時。按,先生《送沈遼》詩云:"嗟我與君皆丙子。"又有《贈長蘆長老》詩云:"與公同丙子,三萬六千日。"又按,《玉局文》云:"十二月十九日,東坡生日,置酒赤壁磯上。"又按,《志林》云:"退之以磨蝎爲身宮,而僕以磨蝎爲命。"若以磨蝎爲命推之,則爲卯時生。

議者以先生十二月爲辛丑,十九日爲癸亥日,丙子癸亥,水向東流,故才汗漫而澄清。子卯相刑,晚年多難。

四年丁丑

寶元元年戊寅

二年己卯

康定元年庚辰

慶曆元年辛巳

二年壬午

是年先生七歲,已知讀書。按,先生上韓魏公、梅直講書云:"自七八歲知讀書。"又按,先生《長短句集·洞仙歌自序》云:"僕七歲時,見眉州老尼,姓朱,年九十餘,能知孟昶宮中事。"又考《冷齋夜話》載先生云:"某七八歲時,嘗夢游陝右。"

三年癸未

是年先生八歲,入小學。按,《志林》云:"吾八歲入小學,以道士張易簡爲師,師獨稱吾與陳太初者。"又按,先生作《范文正公文集序》云:"慶曆三年,某始入鄉校,士有自京師來,以魯人石守道《慶曆聖德詩》示鄉先生。某從旁竊觀,問先生十一人何人也。先生曰:'童子何

129

用知之。'某曰：'此天人也耶？則不敢知。若亦人耳，何爲其不可？'"

四年甲申

五年乙酉

按，子由作《先生墓誌》云："公生十年，而先君宦學四方，太夫人親授以書。問古今成敗，輒能語其要。太夫人讀《東漢史》至《范滂傳》，慨然太息。公侍側曰：'某若爲滂，夫人亦許之否乎？'夫人曰：'汝能爲滂，吾顧不能爲滂母耶？'公亦奮厲有當世志。太夫人喜曰：'吾有子矣。'"又按，《大全集》載東坡少時語云："秦少章言東坡十來歲，〔老〕蘇曾令作《夏侯太初論》，有'人能碎千金之璧，不能無失聲於破釜；能搏猛虎，不能無變色於蜂蠆'之語。老蘇愛此論。年少所作，故不傳。"又按，趙德麟所編《侯鯖錄》云："東坡年十歲，在鄉里見老蘇誦歐公《謝宣召赴學士院仍謝賜對衣金帶及馬表》，老蘇令坡擬之，其間有'匪伊垂之帶有餘，非敢後也馬不進。'老蘇喜曰：'此子他日當自用之。'"

六年丙戌

七年丁亥

先生年十二。按，先生所作《天石硯銘》曰："某年十二時，於所居紗縠行宅隙地中，與群兒鑿地爲戲，得異石鏗然，扣之有聲。"又按，先生作《鍾子翼哀詞》云："某年十二，先君宮師歸自江南。"又按，先生《與曾子固書》云："祖父之没，某年十二矣。"

八年戊子

皇祐元年己丑

二年庚寅

三年辛卯

四年壬辰

先生年十七。按長短句《滿庭芳序》云："余年十七，始與劉仲達往來於眉山。"

五年癸巳

至和元年甲午

先生年十九，始娶眉州青神王方女。按，先生作《王氏墓誌》云："生十有（九）〔六〕歲而歸于某。"至治平二年，王氏卒，年二十有七。以王氏年數考之，則甲午年歸于先生明矣。

二年乙未

是歲先生年二十，游成都，謁張安道。按，先生作《樂全先生文集序》云："某年二十，以諸生見公成都，一見待以國士。"

有晁美叔，是年求交於先生。按，《送美叔詩》云："我生二十無朋儔，當時四海一子由，君來扣門若有求。"

嘉祐元年丙申

先生年二十一，舉進士。按，《鳳鳴驛記》云："始余丙申歲舉進士，過扶風，求舍於舘人，不可而出。次於逆旅。"又有寫老蘇《送石舍人序》。

二年丁酉

先生年二十二，赴試禮部，舘于興國寺浴室院。按，先生作《興國六祖畫贊》云："余嘉祐初舉進士，舘于興國浴室院。"

時歐陽文忠公考試，得先生《刑賞忠厚之至論》，以爲異人，欲冠多士。疑曾子固所爲。子固，文忠門下士也。乃置先生第二。復以《春秋》對義居第一。及殿試，章衡牓中進士乙科。始見知于歐陽公及韓魏公、富鄭公，皆待以國士。又按，先生作《太息一篇·送秦少章歸京》云："昔吾舉進士，試名於禮部，歐陽文忠公見吾文，且曰：'此我輩人也，吾當避之。'是時，士以剽裂爲文，訕公者成市。"又有上《韓太尉書》云："某年二十有二矣。"及有《上梅直講書》。

是年，先生登第之後，四月，丁太夫人武陽君程氏憂。按，司馬溫公作《程夫人墓誌》云："夫人以嘉祐二年四月癸丑終於鄉里。"又按，老蘇寄文忠公書云："二子不免丁憂，今已到家。"

三年戊戌

四年己亥

是歲先生年二十四，服除。

十二月，侍老蘇舟行適楚。按，先生《南行前集序》云："己亥之歲，侍行適楚，舟中無事，雜然有觸於中，而發於詠嘆。蓋家君之作與弟轍之文皆在焉，謂之《南行集》。"

五年庚子

是歲先生年二十五，授河南府福昌縣主簿。有《新渠詩》，其序云："庚子正月，予過唐州，太守趙侯始復三陂[1]，疏召渠，爲《新渠詩》五章，以告于道路，致侯之意。"

六年辛丑

是年先生二十六，應中制科，入第三等。有《應制科上兩制書》及《上富丞相書》，又有《謝應中制科啓》。授大理評事、鳳翔府簽判。按，先生有《感舊詩》，序云："嘉祐中，予與子由奉制策，寓居懷遠驛，時年二十六，子由年二十三耳。"

是年十二月，赴鳳翔任，與子由別，馬上賦詩。到任，有《石鼓詩》，云："冬十二月歲辛丑，我初從政見魯叟。"及有《鳳翔八觀》及《鳳鳴驛記》。

七年壬寅

先生年二十七，官于鳳翔。

二月有詔郡吏分往屬外決囚[2]，作詩五百言寄子由。

又有《壬寅重九，不預會，遊普門寺僧閣，有懷子由》詩。及按《志林》，有"論太白山舊封公爵，爲文記之，是歲嘉祐七年也"。又有《記歲暮鄉俗三首》。以子由和守歲詩考之，云"顧兔追龍蛇"，子由注云：

"是歲壬寅。"乃知《記歲暮鄉俗三詩》作於壬寅歲矣。

八年癸卯

先生年二十八,官于鳳翔,作《思治論》。

英宗皇帝治平元年甲辰

先生年二十九,官于鳳翔。

二年乙巳

先生年三十,自鳳翔罷任。按子由作《先生墓誌》云:"治平二年罷還,判登聞鼓院。英宗皇帝在藩邸,聞先生名,欲以唐故事召入翰林,宰相限以近例,召試秘閣,皆入三等,得直史館。"

是年通義郡君王氏卒於京師。

三年丙午

先生年三十一,在京師直史館,丁老蘇憂,扶護歸蜀。按,歐陽文忠公作老蘇《墓誌》云:"明允《太常因革禮書》一百卷,書成方奏未報,君以疾卒,實治平三年四月戊申也。"又按,張安道作老蘇《文安先生墓表》云:"《太常禮書》成,未報,以疾卒,實治平三年四月也。"英宗皇帝聞而傷之,命有司具舟載其喪,歸葬于蜀。

四年丁未

先生年三十二,居服制中。

以八月壬辰,葬老蘇于眉州。

神宗皇帝熙寧元年戊申

先生年三十三,免喪。按,《四菩薩閣記》云:"載四菩薩版以歸。既免喪,嘗與往來浮屠人,勸某爲先君捨施,爲大閣以藏之。"作記乃熙寧元年十月。

二年己酉

先生年三十四,還朝,監官告院。按,《烏臺詩話》云:"熙寧二年,某在京授差遣,與王詵寫詩賦及《蓮華經》。"

三年庚戌

先生年三十五，監官告院。

有《送章子平詩》，其序云："熙寧三年，子平自右司諫、直集賢院出牧鄭州，賦詩餞之。"又有《送錢藻知婺州詩，分韻得英字》、《送曾子固倅越詩，分韻得燕字》。《烏臺詩話》云："舊例，館閣補外，同舍餞送，必分韻。"又有《寄劉貢甫》詩。

是年，范景仁嘗舉先生充諫官。

四年辛亥

先生年三十六，任監官告院，兼判尚書祠部。

王荊公欲變科舉，上疑焉，使兩制三館議之。先生獻三言，荊公之黨不悅，命攝開封府推官。有《奏罷買燈疏》。御史知雜事誣奏先生過失，未嘗一言以自辯，乞外任避之，除通判杭州。有《赴任過揚州，與劉貢甫、孫巨源、劉莘老相聚數月，用逐人字作詩》。十一月，到任。有《初到杭州寄子由兩絕》。

除夕，先生以通判職事直都廳。日暮返舍，題一詩于壁。

五年壬子

先生年三十七，在杭州通判任。

是歲有《牡丹記》，其序云："熙寧五年三月二十三日，余從太守沈公觀花於吉祥寺。"

是年科場，先生監試，有《呈試官》詩及《試院煎茶》詩、《催試官考較試作》。

八月十七日，登望湖樓。是日榜出，與試官兩人復留，有五絕句。又有《送杭州進士詩》，序云："熙寧五年，錢塘之士貢於禮部者九人。十月乙酉，宴于中和堂，作是詩以勉之。"

十二日，運司差先生往湖州相度堤埤利害，與湖州太守孫莘老相見，有《贈莘老七絕》及作《山村五絕》。

是歲，又作《送杜子方》詩，及臘月遊孤山，訪惠勤、惠思二僧，有詩。

六年癸丑

先生年三十八，在杭州通判任。

有《八月十五觀(湖)〔潮〕》詩，寫于安濟亭上。及作《仁宗皇帝飛白記》，其略云：“熙寧六年冬，以事至姑蘇，安簡王公子誨出所賜公‘端敏’二字。”又有作《錢塘六井記》，其略云：“熙寧五年，太守陳公述古至，問民之利病。明年春，六井畢脩，故詳其語以告後人。”

運司又差先生往潤州，道出秀州，錢安道送茶，和詩。

是歲有《次韻章傳道》詩，《和劉貢甫秦字韻》詩、《寄劉道原》詩及《和陳述古冬日牡丹》詩四絕。又有《題贈法惠師小童思聰》。

七年甲寅

先生年三十九，在杭州通判任。

正月，遊風水洞，推官李泌先行三日，留風水洞相待，有詩題壁。

是年納侍妾朝雲。《墓誌》云：“朝雲姓王氏，錢塘人，事先生二十有三年。紹聖三年卒于惠州，年三十四。”以歲月考之，熙寧之甲寅至紹聖之丙子，恰二十三年，乃知納朝雲在是年明矣。朝雲年三十四，是爲癸卯生，來事先生方十二云。

先生以子由在濟南，求爲東州守。按，子由《超然臺賦序》云：“子瞻通守餘杭[3]，三年不得代。以轍之在濟南也，求爲東州守。”既得請高密，五月乃有移知密州之命。按，先生作《勤上人詩集序》云：“熙寧七年，余自錢塘赴高密。”又按，先生辛未《別天竺觀音詩序》云：“余昔通守錢塘，移莅膠西，以九月二十日來別南北山道友。”乃知先生以秋末去杭。按，先生《記游松江說》云：“吾昔自杭移高密，與楊元素同舟，而陳令舉、張子野皆從余過李公擇於湖，遂與劉孝叔俱至松江。夜半月出，置酒垂虹亭上。子野年八十五，以歌詞聞於天下，作《定風波令》。”

及道過常州，爲錢公輔[4]作哀辭。及有《與段屯田》詩，云：“龍鍾三十九，勞生已强半。歲暮日斜時，還爲昔人嘆。”是年又作《鼆繹先生文集序》。又有《師子屏風贊》，云：“潤州甘露寺，有唐李衛公所留陸探微畫師子版。余自錢塘移守膠西，過而觀焉。”是年先生在潤州道上過除夜，則《師子贊》必在是年矣。又有《潤州道上過除夜》詩兩絶。

八年乙卯

先生年四十，到密州任。

有《上韓丞相論災傷書》，其到郡二十餘日矣。又論密州鹽税，又作《後杞菊賦》，其序云：“予仕宦十有九年，家日益貧。移守膠西，而齋厨索然。”按，先生丁酉年登第，至是恰十九年矣。是年有《送劉孝叔吏部》詩及《和李公擇來字韻》詩。

及常山祈雨感應，立雩泉。

九年丙辰

先生年四十一，在密州任。作《刻秦篆記》云：“熙寧九年丙辰，蜀人蘇某來守高密。”

是年中秋，歡飲達旦，作《水調歌頭》懷子由，及作《薄薄酒》二章。又寫《超然臺記》寄李清臣。又《祭常山神文》、《書膠西蓋公堂照壁畫贊》，及作《山堂銘》，作《表忠觀碑》。

十年丁巳

先生年四十二，在密州任。就差知河中府，已而改知徐州。四月，赴徐州任。有《留別釋迦院牡丹呈趙倅》詩。按子由作先生墓誌云：“自密徙徐，是歲河決曹村。”乃知是丁巳自密改東徐。

又與子由相會於澶濮之間，相約赴彭城。留百餘日，宿於逍遥堂。子由有兩絶，先生和之。

徐州水患大作，七月十七日河決澶州曹村埽[5]，八月二十一日及徐州城下。先生治水有功，至十月五日，水漸退，城以全，朝廷降詔獎諭。

作《河復》詩、《韓幹畫馬歌》、《司馬君實獨樂園》詩及《送范蜀公往西京》詩。又有和子由《水調歌頭》詞，及有《與王定國、顏長道泛舟》詩，有“回頭四十二年非”之句。

元豐元年戊午

先生年四十三，在徐州任。適值春旱，徐州城東二十里有石潭，置虎頭其中，可致雷雨。作《起伏龍行》。

是年三月，始識王迥子高，聞與仙人周瑶英遊，作《芙蓉城》詩。

二月，有旨賜錢二千四百一十萬，起夫四千二十三人，及發常平錢米，改築徐州外小城，創木岸四，以《獎諭勅記》併刻諸石。爲《熙寧防河錄》，云：“廼即徐州城之東門爲大樓，堊以黃土，名之曰黃樓，以土實勝水故也。”子由作《黃樓賦》，先生跋云：“元豐元年八月癸丑樓成，九月庚辰大合樂以落之。”

又有《中秋月》三首，云：“六年逢此月，五年照離別。”先生注云：“中秋有月，凡六年矣。惟去歲與子由會於此。”去歲之會，乃逍遙堂和詩之時也。又有《九日黃樓作》古詩一首，云：“去年重陽不可説，南城夜半千漚發”之句，以去年九月大水未退，故有是語。又作《放鶴亭記》、《滕縣公堂記》、《鹿鳴燕詩序》、《和魯直古風二首》及《次韻潛師放魚》、《和舒堯文祈雪》詩、《祭文與可》及作《石炭》詩，又作《日喻》一篇。

二年己未

先生年四十四，在徐州任。

正月己亥，同畢仲孫、舒煥八人游泗之上，登石室，使道士戴日祥鼓雷氏琴。先生有記。按，《玉局文》云：“僕在徐州，王子立、子〔欽〕〔敏〕皆館於官舍，而蜀人張師厚來過。二王方年少，吹洞（蕭）〔簫〕飲酒杏花下。”

三月，自徐州移知湖州。按，先生作《張氏園亭記》云："余自彭城移守吳興，由宋登舟，三宿而至。"其記乃三月二十七日所作，乃知三月移湖州明矣。是年以四月二十九日到湖州任。

作《送通教大師還杭州序》，及爲章質夫作《思堂記》、王定國作《三槐堂記》、《跋歐陽文忠公家書後》。

在湖州，王子立、子敏皆從。先生作《子立墓誌》云："子立、子敏皆從余學於吳興，學道日進，東南之士稱之。"有《與王郎昆仲及兒子邁邐城觀荷花登峴山亭晚入飛英寺分韻得月明星稀四首》，又有《泛舟城西會者五人分韻得人皆苦炎字四首》。

又作《文與可畫篔簹谷偃竹記》，其末云："元豐二年七月七日，予在湖州，曝書見畫，廢卷而哭失聲。"

是歲言事者以先生《湖州到任謝表》以爲謗。七月二十八日，中使皇甫遵到湖追攝。按，《子立墓誌》云："予得罪於吳興，親戚故人皆驚散，獨兩王子不去，送予出郊，曰：'死生禍福，天也。公其如天何？'返，取予家致之南都。"又按，先生《上文潞公書》云："某始就逮赴獄，有一子稍長，徒步相隨，其餘守舍皆婦女幼稚。至宿州，御史符下，就家取書，州郡望風，遣吏發卒，圍船搜取，長幼幾怖死。既去，婦女恚罵曰：'是好著書，書成何所得，而怖我如此！'悉取焚之。"

八月十八日赴臺。獄中有《寄子由詩二首》及《賦榆槐竹柏四詩》，又有《十二月二十日恭聞太皇太后升遐吏以某罪人不許成服欲哭則不可欲泣則不敢作挽詩二首》。

已而獄具，十二月二十九日責授黃州團練副使，本州安置。

是年，子由聞先生下獄，上書乞以見任官職贖先生罪，責筠州酒官。出獄，再次寄子由二詩韻，有"百日歸期恰及春"之句。先生自八月坐獄，至是踰百日矣。

三年庚申

先生年四十五，責黃州。

　　自京師道出陳州，子由自南郡來陳，相見三日而別。先生有古詩，有"便爲齊安民"之句。又與文逸民飲別，攜手河堤上。作詩與子由別。乃正月十有四日也。至十八日，蔡州道上遇雪，有《次子由韻》古詩二首。過新息縣，有《示鄉人任師中》一首。任伋，字師中，眉州人，嘗倅黃州，卜居新息。先生以詩示之。又有《過淮》詩、《游浮居寺》詩。至岐亭，訪故人陳慥季常，爲留五日，賦詩一首而去。

　　乃以二月一日至黃州，寓居定惠院，有《初到黃州》詩。按，先生《別王文甫子辯》云："僕以元豐三年二月一日到黃州，家在南都，獨與兒子邁來。"

　　是年五月，子由來齊安，先生有詩迎之。又有《曉至巴河迎子由》詩。乃與子由同遊武昌西山寒溪寺，有古詩一首。定惠顒師爲先生竹下開嘯軒，作詩記其事。又作《五禽言》，又有《定惠寺寓居月夜偶出》詩，云："去年花落在徐州，對月酧歌美清夜。今年黃州見花發，小院閉門風露下。"蓋懷在徐州與張師厚、王子立、子敏飲酒杏花下時也。定惠有海棠一株，土人不知其貴，先生作詩，有"也知造物有深意，故遣佳人在幽谷"之句。按，近日《黃州東坡圖》云："先生寓居定惠未久，以是春遷臨皋亭，乃舊日之回車院也。"又有《遷居臨皋亭》詩。先生就臨皋亭立南堂，有詩五絕。又有《讀戰國策》及作《石芝》詩。先生是歲又有《答秦太虛書》。借得本州天慶觀道士堂，冬至後坐四十九日。

　　先生乳母王氏八月卒于臨皋亭。

　　按，先生《上文潞公書》云："到黃州，無所用心，覃思《易》、《論語》，若有所得。"由是言之，先生到黃定居之後，即作《易傳》九卷、《論語》五卷，必始於是歲矣。

四年辛酉

　　先生年四十六，在黃州，寓居臨皋亭。

　　正月，往岐亭訪陳季常。以《岐亭五首》考之，云："元豐三年正月，岐亭爲留五日。明年正月，復往見之。”

過古黄州，獲一鑑，周尺有二寸。有《鑑銘》云：“元豐四年正月，余自齊安往岐亭，泛舟而還，過古黄州，獲一鑑，周尺有二寸。”

是年，先生請故營地之東，名之以東坡。考《東坡八首序》云：“余至黄二年，日以困匱。故人馬正卿哀予乏食，於郡請故營地，使躬耕其中。”蓋先生庚申來黄，至辛酉爲二年矣。以《東坡圖》考之，辛酉方營東坡，次年始築雪堂。以《贈孔毅甫》詩觀之，“去年東坡拾瓦礫”、“今年刈草蓋雪堂”，則雪堂作於壬戌歲明矣。

又有《中秋日飲酒江亭上》，有《贈鄭君求字》及《記游松江説》、《聞捷説》。按，《大全集·雜説》云：“元豐辛酉冬至，僕在黄州，姪安節遠來，飲酒樂甚，以識一時盛事。”又有《冬至贈安節》詩，云：“平生幾冬至，少小如昨日。”又有《與安節夜坐賦檠字韻詩三首》及正月過岐亭作《應夢羅漢記》。

五年壬戌

先生年四十七，在黄州。

寓居臨皋亭，就東坡築雪堂，自號東坡居士。以《東坡圖》考之，自黄州門南至雪堂四百三十步。《雪堂問》云：“蘇子得廢圃於東坡之脇，號其正曰雪堂，以大雪中爲之。因繪雪於四壁之間，無容隙。”其名蓋起於此。先生自書“東坡雪堂”四字以榜之。試以《東坡圖》考雪堂之景，堂之前則有細柳，前有浚井，西有微泉。堂之下則有大冶長老桃花、茶、巢元脩菜、何氏叢橘。種秔稌，蒔棗栗，有松期爲可斲，種麥以爲奇事，作陂塘，植黄桑，皆足以供先生之歲用，而爲雪堂之勝景云耳。以長短句《擬斜川》觀之：“元豐壬戌之春，予躬耕東坡，築雪堂以居之。南挹四望亭之後，西控北山之微泉。慨然而歎，此亦斜川之游也。”作《江城子》詞。

是年三月，先生以事至蘄水，觀《悼徐德占詩序》云：“元豐五年三月，余以事至蘄水，德占惠然見訪。”又有春夜行蘄水，過酒家飲酒，乘月至一橋上,曲肱少休,作《西江月》詞。又遊蘄水清泉寺,作《浣溪沙》詞。又作《寒食》詩二首,云:"自我來黃州,已見三寒食。"先生庚申二月來黃,至是三寒食矣。太守徐君猷分新火,先生有詩謝之,有"臨皋亭中一危坐,三見清明改新火"之句。

七月,遊赤壁。有《赤壁賦》云:"壬戌之秋,七月既望,蘇子與客泛舟遊於赤壁之下。"十月,又遊之,有《後赤壁賦》。

以《東坡圖》考之,《後赤壁賦》云:"十月既望,蘇子步自雪堂,將歸于臨皋。"則壬戌之冬未遷,而先生以甲子六月過汝,則居雪堂止年餘。由是推之,先生自臨皋遷雪堂,必在壬戌十月之後明矣。

又有《和孔毅甫久旱已其雨三首》[6]云:"去年太歲空在酉。"乃知指去年辛酉而言之也。又按,長短句有飲王文甫家,集古句,作墨竹《定風波》,及夢扁舟望棲霞,作《鼓笛慢》,及記單驤、孫兆事迹,作《怪石供》。及重九作《醉蓬萊》,示黃守徐君猷,有"羈旅三年"之句。先生庚申來黃,至是恰三年矣。

六年癸亥

先生年四十八,在黃州。

爲通判孟亨之跋子由《君子泉銘》及有《題唐林父筆文》。閏八月,有詩與武昌主簿吳亮工。又有《記承天夜遊》云:"十月十二夜,至承天寺,尋張懷民,相與步於中庭。庭中如積水空明,水中藻荇,蓋竹柏影也。"及作一絕送曹煥往筠州,序云:"明年余過圓通,始得其詳。"先生甲子歲自黃之江遊廬山,則送曹煥詩必在是年矣。又夢中作《祭春牛文》云:"元豐六年十二月二十七日,天欲明,夢數吏人持紙請祭春牛文,予取筆疾書其上。"

七年甲子

先生年四十九,在黃州。

二月,與徐得之、參寥子步自雪堂,至乾明寺,有《師中庵題名》。

又有《記定惠寺海棠説》。

四月,乃有量移汝州之命。按,先生長短句《滿庭芳》序云:"四月一日,余將自黃移汝,留別雪堂鄰里二三君子,李仲覽來,書以遺之。"詞中有"坐見黃州再閏"之句。按,《東坡圖》云:"郡人潘邠老及弟大觀,俱以詩知名,多從先生游。先生去,以雪堂付之,邠老因以居焉。"四月六日,又作《安國寺記》,有《別黃州》詩,有《過江夜行武昌山上聞黃州鼓角》詩。黃州送先生者,皆至於慈湖,陳季常獨至九江。既到江州,和李太白《潯陽宮》詩,其序云:"今予亦四十九,感之,次其韻。"因游廬山,有《記遊廬山説》,云:"僕初入廬山,山谷奇秀,平生所欲見,應接不暇,不欲作詩。已而山中僧俗皆曰蘇子瞻來矣,不覺作一絶。"入開先寺,主僧求詩,作《瀑布》一絶。往來十餘日,作《漱玉亭》、《三峽橋》詩。與總老同遊西林,有《贈總老》及《題西林壁》,皆絶句也。又有《寫寶蓋頌與僊長老》,其序云:"圓通禪院,先君舊遊也。四月二十四日晚至,宿焉。明日先君忌日,寫《寶蓋頌》以贈長老僊公。"蓋先生端午已在筠州,計程必作宮師忌日之後,即爲高安之行矣。途中又有《題李公擇山房》及《過建昌李野夫公擇故居》,有古詩一首。按,《跋李志中文》云:"元豐七年,某舟行赴汝,乃自富川陸走高安,別家弟子由。"以《冷齋夜話》考之,子由在筠州,雲庵居洞山,聰禪師亦蜀人,居壽聖寺。一夕三人同夢迎五祖戒和尚,拊手大笑曰:"世間果有同夢者,異哉!"久之,東坡書至,曰:"已至奉新,旦夕相見。"三人同出二十里建山寺,而東坡至,各追繹所夢。坡曰:"某年七八歲時,嘗夢某身是僧,往來陝右。"雲庵驚曰:"戒,陝右人也。暮年棄五祖,來遊高安,終於大愚。"逆數蓋五十年,而坡時年四十九矣。又以先生古詩考之,有《自興國往筠宿石田驛》詩,及《將至筠州先寄遲适遠三猶子》詩、《端午遊真如寺》,及《別子由》三首。在筠州,爲留十日。又有《初別子由至奉新作》,皆先生筠州之作也。

七月,過金陵,有與葉致遠唱和詩。途中又有《送沈逵赴廣南》詩云：“嗟我與君皆丙子，四十九年窮不死。”又云：“我方北渡脱重江，君復南行輕萬里。”

逼歲到泗州，十二月十八日，浴雄熙塔下，作《如夢令》兩闋。（人）〔又〕作《滿庭芳》與劉元達，序云：“余年十七，與仲達往來於眉山，四十九相逢於泗上，晦日同遊南山，話（奮）〔舊〕感嘆。”

又有《跋李志中文》、《天石硯銘》。又作《水龍吟》及有《謝黃師是除夜送酥酒》詩。先生上表，乞於常州居住。其略云：“今雖已至泗州，而貲用罄竭。見一面，前去南京聽候朝旨。”又考《騾駁鐸試筆》，云：“正月四日離泗州。”則是除夜在泗州明矣。

八年乙丑

先生年五十。按，《大全集·雜説·騾駁鐸試筆》云：“今日離泗州。然吾方上書，求居常州。”乃正月四日書。及到南京，有放歸陽羨之命，遂居常州。

五月内復朝奉郎，知登州。再過密州，有《贈太守霍翔》詩云：“十年不赴竹馬約。”蓋先生丁巳歲去密，至是以成數爲十年矣。過海州，嘆高麗館壯麗，作一絶。到郡五日，以禮部郎官召。到省半月，除起居舍人。

在登州有《海市》詩，又有《别登州舉人》詩，有“莫嫌五日忽忽守”[7]之句。又有《贈杜介》詩，及《題楞伽跋》、《多寶院文》。又有《題登州蓬萊閣》及《跋起居錢公文後》。

哲宗皇帝元祐元年丙寅

先生年五十一，以七品服入侍延和，改賜銀緋，尋除中書舍人。按，《志林》云：“元祐元年，余爲中書舍人，復遷翰林學士，知制誥。”

是年，有《法雲寺鐘銘》。又作《真相院釋迦舍利塔銘》，及作元祐元年九月六日《明堂赦文》。又有《内中告遷神御於新添脩殿奉安祝文》，及《奉告天地社稷宗廟宫觀寺院祈雪祝文》、《五嶽四瀆祈雪祝文》。

及任中書舍人日，舉江寧府司理周稕充學官。及除内翰，又有《舉魯直自代狀》。

二年丁卯

先生年五十二，爲翰林學士，復除侍讀。

有《書石舍人北使序後》，及有《與喬全寄賀君》詩，其序云："元祐二年，全來京師十數日，予留之，不可。"又有《二月八日朝退起居院感申公故事作一絶》，又有《書子由日本扇後》，及作《祭王宜甫文》。又作《興國寺六祖畫贊》："至嘉祐初舉進士，舘於興國浴室院。予去三十一年，而中書舍人彭器資亦舘於是，余往見之。"按，先生嘉祐丁酉舉進士，至元祐丁卯，恰三十一年矣。是年，又作《西京應天院脩神御畢告遷諸神祝文》及《奉安神宗皇帝神御祝文》及《景靈宮宣光殿奉安神宗皇帝御容祝文》、《五嶽四瀆祈雨祝文》、《天地宗廟社稷祈雨祝文》、《景靈宮天興殿開淘井眼祭告里域真官祝文》。

三年戊辰

先生年五十三，任翰林學士。有《和子由元日省宿致齋》有"白髮蒼顔五十三"之句。

是年省試，先生知貢舉，開院日有《與李方叔詩序》云："僕與李廌方叔相知久矣。僕領貢舉事，李不得第，愧甚，作詩謝之。"又《和錢穆父雪中見及》，有"行避門生時小飲"之句。

又充舘伴北使。按，先生《與陳傳道書》云："某頃伴虜使，頗能誦某文。"乃知先生高文大册，傳播夷夏，又豈止及於雞林行賈而已哉。

是年作吕大防、范純仁左右相制、《端午帖子詞》、元祐三年六月《德音赦文》，及作《西路闕雨祈雨祝文》。按，趙德麟《侯鯖録》云："東坡云元祐三年二月二十一日，與魯直、蔡天啓會於伯時舍，録鬼仙詩文。"有議論，作詩付過。又有《論樂》等説，及與王晉卿論雪堂義墨，及爲文驥作《字説》。

又十二月二十一日，立延和殿中，論盛度誥詞。

四年己巳

先生年五十四,任翰林學士。有《東太一宮脩殿告十神太一真君祝文》。

三月内,累章請郡,除龍圖閣學士,知杭州。按,子由作先生墓誌云:"宣仁心善先生辯蔡持正之謗,出郊,遣内侍賜龍茶、銀合,用前執政恩例。"先生以七月三日到杭州任,《謝表》云:"江山故國,所至如歸。父老遺民,與臣相問。"以先生去杭州十六年,故有是語爾。

到任,有《謁文宣王廟祝文》云:"昔自太史,通守是邦。今由禁林,出使浙右。"又有《謁諸廟祝文》。先生之帥杭也,替林子中,先生有《和子中詩》,有"江邊遺愛啼斑白"之句。

是年,過吳興,又作《定風波》爲六客詞。作《范文正公文集序》,及《跋邢惇夫賦》、《書米元章》。又有己巳重九和蘇伯固《點絳脣》。

是歲,子由使契丹,先生有詩送之,有"單于若問君家世,莫道中朝第一人"之句。先生出牧餘杭,子由代先生爲學士。

五年庚午

先生年五十五,在杭州任。有《論西湖狀》及《論高麗公案》,有《謝元祐五年曆日表》,有《與劉景文蘇伯固遊七寶寺題竹上絕句》。又有庚午重九《點絳脣》。

十月二十六日,與晦老、全翁、元之、敦夫遊南屏寺[8],記點茶、試墨説。

十二月遊小靈隱,聽林道人彈琴,及有《乞僧子珪師號狀》。

除夜有《和熙寧中題都廳詩序》云:"熙寧中,某通守此邦,除夜題一詩于壁,今二十年矣。"蓋熙寧辛亥至元祐庚午,恰二十年。

是年又有《書朱象先畫後》及《問淵明説》。

六年辛未

先生年五十六,在杭州任,被召。按,先生作《別天竺觀音三絕》

序云："以三月九日,被旨赴闕。"又按,先生作《參寥泉銘》云："予以寒食去郡。"又上元作會,有獻剪綵花者,作《浣溪沙》寄袁公濟。先生之去杭也,林子中復來替先生,是以先生《與子中啓》有"適相先後"之説。

過潤州,作《臨江仙》別張秉道。

既到京師,除翰林承旨,復侍邇英。按,子由所作《潁濱遺老傳》云："先生召還,本除吏部尚書,復以臣故,改翰林承旨。臣之私意,元不遑安,乞寢臣新命,與兄同備從官。不報。"六月,作《上清儲祥宮碑》,其略云："元祐六年六月丙午,制詔臣某,上清儲祥宮成,當書之石。臣待罪北門,記事之成職也。"按,趙德麟《侯鯖錄》云："先生元祐中,再召入院作承旨,乃益舊擬作《衣帶馬表》云:'枯羸之質,匪伊垂之帶有餘;斂退之心,非敢後也馬不進。'"

數月,以弟嫌請郡,復以舊職知潁州。按,先生《懷舊別子由》詩云："元祐六年,予自杭州召還,寓居子由東府,數月復出領汝陰,時予年五十六矣。"

到任,有《謁文宣王及諸廟文》,有《祭歐陽文忠文》,及有《到潁未幾公帑已竭齋厨索然戲作數句》。按趙德麟《侯鯖錄》云："元祐六年冬,汝陰久雪,人飢。一日,天未明,東坡先生簡召議事曰:'某一夕不寐,念潁人之饑,欲出百餘千造炊餅救之。老妻謂某曰:"子昨過陳,見傅欽之,言簽判在陳賑濟有功,不問其賑濟之法?"某遂相招。'令時面議曰:'已備之矣。今細民之困,不過食與火耳。義倉之積穀數千石,便可支散,以救下民。作院有炭數萬秤,酒務有柴數十萬秤,依元價賣之,可濟中民。'先生曰:'吾事濟矣。'遂草《放積欠賑濟奏》。陳履常有詩,先生次韻,有'可憐擾擾雪中人'之句,爲是故也。"由此觀之,先生善政,救民之飢,真得循吏之體矣。又有《聚星堂雪》詩、《祭辯才文》、《跋張乖崖文後》及《志林》載《夢中論左傳説》及《論子厚瓶賦》。又有十一月[9]二日與歐陽叔弼季默夜坐《記道人問真説》。

是年，潁州災傷，先生奏乞罷黄河夫萬人，開本州溝瀆，從之。

七年壬申

先生年五十七，在潁州任。按，趙德麟《侯鯖録》云："元祐七年正月，東坡在汝陰，州堂前梅花（太）〔大〕開，月色鮮霽。先生王夫人曰："春月色勝如秋月色，秋月（今）〔令〕人慘悽，春月令人和悦，何如召趙德麟輩來飲此花下？'先生大喜曰："吾不知子亦能詩耶，此真詩家語耳。'遂召與二歐飲。"先生用是語作《減字木蘭花》，有"不似秋光，只與離人照斷腸"之句。已而改知揚州。

先生之在潁也，與趙德麟同治西湖，未幾有維揚之命。三月十六日，湖成，德麟有詩見懷，先生次韻，又再和之。及作《雙石詩》示僚友。按，《冷齋夜話》云："東坡鎮維揚，幕下皆奇豪。一日石塔長老求解院歸西湖，坡將僚佐袖中出疏，使晁無咎讀之，其詞有"爲東坡而少留'之句。"

已而，以兵部尚書召，有《召還至都門先寄子由》詩，有"一味豐年説淮潁"之句。復兼侍讀。

是年南郊，先生爲鹵簿使，尋遷禮部尚書，遷端明、侍讀學士。有《讀朱暉傳》、《題文潛語後》，及作《醉翁操》。任兵部尚書日，有《薦趙德麟狀》。

八年癸酉

先生年五十八，任端明、侍讀二學士。

是年，先生繼室同安郡君王氏卒於京師。按，先生作《西方阿彌陀贊序》云："蘇某之妻王氏，元祐八年八月一日卒於京師。"謹按，先生初娶通義郡君王氏，乃同安之堂姊也。先生《祭王君錫丈人》云："某始婚姻，公之猶子。允有令德，夭閼莫遂。惟公幼女，嗣執罍篚。"由是推之，通義爲同安之堂姊明矣。但未能究先生再娶之歲月耳。又有《八月二十七日建隆章净舘成一絶》，有"坐待宫人畫詔回"之句。

復以二學士出知定州。《九月十四日東府雨中作示子由》云："去年秋雨時，我在廣陵歸。今年中山去，白首歸無期。”蓋定州之除，必在九月內矣。

到定州任，有《祭韓魏公文》、《書定州學生硯蓋》，作《中山松醪賦》。

是年又作《杜輿子師字說》，及《論子方蟲》，有《夢南軒語》。

紹聖元年甲戌

先生年五十九，知定州。就任，落兩職，追一官，知英州。有《辭宣聖文》。行至渭州，有《乞舟行赴英州狀》云：“帶家屬數人前去，汴泗之間，乘舟泛江，倍道而行。至南康軍，出陸赴任。”

未到任間，再貶寧遠軍節度副使，惠州安置。過虔州，有《記真君籤說》云：“八月二十一日過虔州，與王巖翁同謁祥符宮。”又有《欝孤臺游字韻》詩，與霍守李倬更和數首。又有《初入贛作》，又有《題天竺樂天石刻》：“余年幼時，先君自虔州歸，言天竺有樂天詩。今四十七年矣。”蓋先生年十二，老蘇歸自江南，至是恰四十七年矣。

是年，以十月三日到惠州，寓居嘉祐寺，有《初到惠州》詩。當月十二日，與幼子過同遊白水佛迹，浴於湯池，有古詩。又按，長短句《浣溪沙》序云：“紹聖元年十月十三日，與程鄉令侯晉叔、歸善簿覃汲游大雲寺，野飲松下，設松黃湯，作此闋。余家近釀酒，名曰萬家春。”時有虔州鶴田處士王原子直，不遠千里來訪先生，留七十日而去。至十一月，有《戲贈朝雲》詩。朝雲，先生侍妾也。

又錄三十九歲《潤州道上過除夜》兩絕付過。及有《跋朱表臣藏文忠公帖》。又有《與吳秀才書》。吳乃子野之子，其書云：“過廣州，買得檀香數斤，定居之後，杜門燒香，深念五十九年之非矣。”是年九月，過廣州，訪道士何德順。又有《記仙帖》，又作《雪浪石盆銘》。又就嘉祐寺所居立思無邪齋，有《贊》，乃紹聖元年十月二十日所作也。

二年乙亥

先生年六十，在惠州。有《惠州上元夜》詩，詩云：“去年中山府，老病亦宵興。今年江海上,雲房寄山僧。"以歲月考之,去年甲戌上元,先生知定州,今歲乙亥寓嘉祐僧舍,故有"雲房寄山僧"之句。

是年遷居于合江亭。以先生《別王子直》語觀之:"紹聖元年[10]十月三日始至惠州,寓於嘉祐寺。明年遷於合江之行舘,得江樓豁徹之觀,忘幽谷窈窕之趣。"乃知乙亥歲遷居合江樓明矣。仍有《松(江)〔風〕亭上賦梅花詩》三首,及有"先生行年六十化"之句。

三月四日,同太守詹範器之、柯常林杼、王原頼仙芝同遊白水山。

又有《與陳季常書》云:"到惠州將半年矣。"先生以去年十月三日到惠州,三月恰半年矣。

又有九月二十七日惠州星華舘思無邪齋《書記外(曾)祖程公逸事》[11],又有《朝斗記》、《讀管幼安傳》、《書魯直跋遠景圖》、《北齋校書圖後》。又有爲幼子過《書金光明經後》及《付僧惠誠遊吳中代書》及《祭妹德化縣君文》,有《葬枯骨銘》。時詹守議葬暴骨,先生詩有"江干白骨已銜恩"之句。

三年丙子

先生年六十一,在惠州。有《和陶淵明移居詩》云:"余去歲三月,自水東嘉祐寺遷去合江樓,迨今一年,得歸善後隙地數畝,父老云古白鶴觀也。意欣然居之。"營白鶴新居,始於是矣。詩中乃有"葺(思)〔爲〕無邪齋"之句。先生甲戌寓居嘉祐寺,已有《思無邪贊》矣。乙亥遷合江樓,先有《書程公逸事》于星華館思無邪齋。今丙子欲營新居,又曰"葺爲無邪齋"。雖三年之間,遷居不常,意其思無邪齋之名,亦隨寓而安矣。

當年惠州脩東西新橋,先生助以犀帶,而子由亦以史夫人頃入内所賜金錢數千爲助。及橋成日,先生有詩落之,乃有"嘆我捐腰犀"及有"探囊賴故侯,實錢出金閨"之句。又有曇秀道人來訪先生,而先生題其詩卷云:"予在廣陵,曇秀作詩,予和之。後五年,曇秀來惠州見予。"且先生以壬申知揚州,至是恰五年矣。時吳遠遊、陸道士客於先

生,歲暮以無酒爲嘆。先生《和淵明和張常侍》詩云:"我年六十一,頹
景薄西山。"

是年又有《丙子重九》詩二首及《書東皋子傳後》、《祭寶月大師
文》。七月,朝雲卒,先生有詩悼之,及作《墓誌》。又於惠州栖禪寺大
聖塔葬處作亭覆之,名之六如亭。又,除夜前兩日與吳遠遊有《記食
芋説》。按,先生《和淵明時運》詩"丁丑二月十四日,白鶴峯新居成",
計其營新居之棟宇,必在丙子秋冬之交。有《白鶴峰上梁文》。

四年丁丑

先生年六十二,在惠州。

正月六日,有《題劉景文詩後》。按,先生《和淵明時運》詩云:"丁
丑二月十四日,白鶴峰新居成。"又按,先生《與張天和長官書》云:"賤
累閏月初可到。"又云:"承問賤累,正月末已到贛上矣,閏月上旬到此
也。"又按,先生丙子年《與毛澤民書》云:"長子授韶州仁化令,中冬當
挈家至此。某已買得數畝地,在白鶴峰上,古白鶴觀基也。已令斫木
陶瓦,作屋二十間。"以此考之,先生長子自冬挈家,至閏二月方到惠
州。按《和時運》詩序:"長子邁與予別三年矣,般挈諸孫,萬里遠來,
不能無欣然。"先生長子挈家,必於丁丑閏二月上旬到惠州明矣。所
謂二月十四日新居成,必閏二月也。三月,先生作《三馬圖》及作《陸
道士墓誌》。

五月,先生責授瓊州別駕,昌化軍安置。按,《志林》云:"余在惠
州,忽被命責儋耳。太守方子容自携告身,來弔余曰:'此固前定。吾
妻沈事僧伽甚誠,一夕夢和尚來辭,云當與蘇子瞻同行,後七十二日
有命。今適七十二日矣,豈非前定乎?'遂寄家于惠州,獨與幼子過渡
海。"按,子由作先生《追和淵明詩序》云:"東坡先生謫居儋耳,寘家羅
浮之下,獨與幼子過負擔過海。"又至梧州《寄子由》詩序云:"吾謫雷,
被命即行,了不相知。至梧乃聞其尚在藤也,且夕當追及。"至五月
間,果遇子由於藤州。有《藤州城下夜起望月寄邵道士》詩。自藤出

陸,六月與子由相別。按,先生《和淵明移居詩》序云:"丁丑歲,余謫海南,子由亦謫雷州。五月十一,相遇於藤,同行至雷。六月十一日,相別渡海。"有《雷州》詩八首,有《行瓊州儋耳肩(與)〔興〕坐睡中得句而遇清風急雨故作是詩》,有《古詩》一首。

以七月十三日到儋州,有《儋州謝表》。按,先生《夜夢》詩序云:"七月十三日至儋州,十餘日矣。"按,子由作先生《墓誌》云:"紹聖四年,先生安置昌化,初僦官屋以庇風雨,有司猶謂不可。則買地築室,昌化土人畚土運甓以助之,爲屋三間。"又按,先生《與程全父推官書》云:"初至,僦官屋數椽,近復遭迫逐,不免買地結茆。"又按,先生《與程儒書》云:"近與兒子結茆數椽居之,勞費不貲矣。賴十數學者助作,躬泥水之役。"又云:"新居在軍城南,極湫隘。"以意測之,先生居在軍城南,鄰於天慶觀。以先生《天慶觀乳泉賦》考之:"吾索居儋耳,卜築城南,鄰於司命之宮。"先生又有《桄榔庵銘》云:"東坡居士謫居儋耳,無地可居,偃息於桄榔林中,摘葉書銘,以記其處。"是歲又過海,得子由書律詩一首。

元符元年戊寅

先生年六十三,在儋州。

有《過子上元夜赴郡會守舍作詣字韻》詩,及有《讀晉書隱逸傳》、《嶺南氣候說》、《錄溫嶠問郭文語》。又於九月四日遊天慶觀,有《信道法智說》。是年,吳子野來訪先生,而先生以詩贈之,其序云:"去歲與子野遊逍遙堂,因往西山,叩羅浮道院,宿於西堂。今歲索居儋耳,子野復來相見,作詩贈之。"又有《記筮卦》云:"戊寅十月五日,以久不得子由書,憂不去心。以《周易》筮之,得《渙》六三。"又有《記諸說》云:"海南以藷爲糧,幾米之十六。今歲諸菜不熟,以客舶方至,市有米也。"乃戊寅十月二十一日書。又有戊寅十一月一日《記海漆說》。

二年己卯

先生年六十四,在儋州。

有《己卯正月十三日録盧仝杜子美詩遺懣》。是時久旱無雨,陰曀未快,至上元夜,老書生數人相過,曰:"良月佳夜,先生能一出乎?"先生欣然從之,步城西入僧舍,歷小巷,民夷雜揉,屠沽紛然,歸舍已三鼓矣。歸録其事,爲《己卯夜書》。又有二月望日書《蒼耳説》。又有《儋州》詩二首,有"萬户不禁酒,三年真識翁"之句。先生丁丑來儋,至是將三年矣。是歲閏九月,有瓊州進士姜君弼唐佐自瓊州來儋耳,從先生學。又有《作墨説》及《題程全父詩卷後》,及有《辟穀説》。又有《與姜唐佐簡》云:"已取天慶觀乳泉潑建茶之精者,念非君莫與共之。"又有十月十五日《與姜君簡》。

三年庚辰

先生年六十五歲,在儋州。

人日,聞黄河復,作詩二首。至上元,又和戊寅遣字韻詩,題後云:"戊寅上元,余在儋耳。過子夜出,守舍,作遣字韻詩。今庚辰上元,已再期矣。家在惠州白鶴峯下,過子并婦從余來此。"又有《五穀耗地説》、《記唐村老人言》及《養黄中説》。姜君弼去年閏九月自瓊州來,從先生學,三月,還瓊州,有《跋姜君弼課策》及有書柳子厚《飲酒》、《讀書》二詩,以贈姜君之行。按,子由《欒城集》有《贈姜君》詩序云:"子瞻嘗贈姜君弼兩句詩云:'滄海何曾斷地脉,白袍端爲破天荒。'它日登科,當爲子足之。"必是行以遺之也。

五月,大赦,量移廉州安置。

且先生之在儋也,食芋飲水,著書以爲樂。作《書傳》以推明上古之絶學。又且謙冲下士,情及疏賤,日與諸黎遊,無間也。嘗與軍使張中同訪黎子雲,欲釀錢作屋,名之曰載酒堂矣。又嘗上巳日,尋諸生皆出,獨與老符秀才飲矣。又嘗用過韻與諸生冬至飲酒,有"愁顔解符老,壽耳鬭吳公"之句矣。注云:"符、吳皆坐客。"必老符秀才與吳子野也。又嘗以詩紀"春夢婆"矣。按,趙德麟《侯鯖録》云:"東坡老人在昌化,嘗負大瓢行歌田畝間,所歌者蓋《哨遍》也。儋婦年七十,云:'內翰昔日富貴,一場春夢。'坡然之,里人呼此媼爲'春夢婆'。坡一日被酒獨行,遍至子雲諸黎之舍,作詩云:'符老風流可奈何,朱顏減盡鬢絲多。投梭每困東鄰女,換扇惟逢春夢婆。'是日復見老符秀才,言此春夢婆之實也。"凡此數事,皆先生海外之逸事也。雖三年居儋耳,未知在甚年中,今附于庚辰之歲,庶以備觀閱云耳。又有《儋州與姜君弼書》:"某已得合浦文字。"又有《與少游書》。

自儋之瓊,作《峻靈王廟碑》云:"元符三年,有詔徙廉州,向西而辭。"六月過瓊州作《惠通泉記》。遂渡海,有《過海》詩。又有《烏喙》詩,序云:"余來儋耳,得犬曰烏喙。予遷合浦,過澄邁,泅而濟,戲作是詩。"

渡海到廉州,《謝表》有"許承恩而內徙"之句。在廉州,有《廉州龍眼質味殊絶可敵荔枝》詩,又有《題少游學書》,乃云"庚辰八月二十四日書于合浦清樂軒"。及《記蘇佛兒語》、《別廉守張左藏》詩。此皆在廉州所作之詩也。又有《瓶笙》詩,序云:"庚辰八月二十八日,劉幾仲餞別東坡,中觴聞笙簫聲。"又有《與鄭靖老書》云:"到廉,廉守云公已行矣。《志林》未成,草得《書傳》十三卷。某留此過中秋,或至月末乃行,作木栰下水,歷容、藤至梧,與邁約,般家至梧相會,迨亦至惠矣。"

是歲又有移永州之命。按先生《謝提舉成都府玉局觀表》云:"先自昌化貶所移廉州,又自廉州移舒州節度副使,永州居住。行至英州,復朝奉郎,提舉成都府玉局觀,任便居住。"

經由廣州,有《將至廣州用過字韻寄迨邁二子》詩。時朱行中舍人知廣州,先生有簡與朱行中云:"欲服帽請見,先令咨稟。"廣州少留而行。考先生《題廣慶寺》云:"東坡居士渡海北還,吳子野、何崇道、穎堂通三長老、黃明達、李公弼、林子中自番禺追餞,至清遠峽,同遊廣陵寺。"乃元符三年十一月十五日。自此舟行清遠,見顧秀才,談惠州之美,遂作詩。過英州,拜玉局之除。有《何公橋》詩。過韶州,有

《次韻狄守李倅》詩,及作《九成臺銘》。是年過嶺,作詩二首寄子由,有"七年來往我何堪"之語。蓋先生甲戌責惠州,已而過海,至是爲七年矣。次年正月五日過南安軍,計先生渡嶺必已歲除。

徽宗皇帝建中靖國元年辛巳

先生年六十六,度嶺北歸。作《南華長老題名記》。按,題中載《石鍾山記》云:"建中靖國元年正月五日,自南陵還,過南安軍,舊法掾吳君示舊所作石鍾山銘,爲題其末。"乃知先生首正過南安必矣。又有《過嶺至南安作》一首。

正月到虔州,有《與錢濟明書》云:"某已到虔州,二月十間方離此。"又《和舊所作鬱孤臺詩》。有虔州士人孫志舉從先生游,先生有《和遲韻贈志舉先輩》云:"我從海外歸,喜及崆峒春。"又有《和志舉見贈》云:"洒掃古玉局,香火通帝闥。"又《用前韻謝崔次之見過》云:"自我遷嶺外,七見槐火春。"及發虔州過吉州永和鎮清都觀,有謝道士自言丙子生,求詩,爲賦一首,及爲作《贊》,并寫"清都臺"三字。中途又爲南安軍作《學記》。寫海外所作《天慶觀乳泉賦》。

四月,舟行至豫章、彭蠡之間,遇成國程夫人忌日,迺寫《圓通偈》云:"行當施廬山有道者。"又有《與胡仁脩書》云:"旦夕到儀真,暫令邁一至常。"

五月行至真州,瘴毒大作,病暴下,中止於常州。按,先生《寄朱行中》詩有"至今不貪寶,凜然照塵寰"之句。先生注云:"前一日夢中作此詩寄行中,覺而記之,自不曉。"按,近日曾端伯《百家詩選》,至朱行中事迹云:"東坡夢中寄朱行中一篇,南遷絶筆也。"嗟乎,先生之文,如萬斛泉源,而乃止於夢中寄行中之作,此正絶筆獲麟之義,惜哉!

六月,上表請老,以本官致仕。

七月丁亥,卒於常州。實七月二十八日也。子由作先生《墓誌》云:"先生七月被病,卒於毗陵。吳越之民,相與哭於市,其君子相與弔於家。訃聞於四方，無賢愚皆咨嗟出涕。太學之士數百人，相率飯僧惠林佛舍。"嗚呼，先生文章爲百世之師，而忠義尤爲天下大閑，加之好賢樂善，常若不及，是宜訃聞之日，士民惜哲人之痿，朝野嗟一鑑之逝，皆出於自然之誠，不可以强而致也。

以次年閏六月，葬於汝州郟城縣鈞臺鄉上瑞里。

右王宗稷編次《東坡先生年譜》，其援引多以《大全集》爲據，雖若未盡善，然稽考先生出處大略，用心亦專矣，故爲刊之。

校　補　記

［1］始復三阹　“三”字底本作“之”，據蘇軾《新渠詩并叙》改。

［2］詔郡吏分往屬外決囚　據蘇軾詩集，此句當作“詔郡吏分往屬縣減決囚”。

［3］子瞻通守餘杭　“餘”字底本作“於”，據蘇轍集改。

［4］錢公輔　“輔”字本作“轉”，誤。

［5］河決澶州曹村埽　“埽”字底本作“掃”，誤。

［6］和孔毅甫久旱已其雨三首　此題底本有脱誤，據蘇軾詩集應作“和孔毅甫久旱已而甚雨三首”。

［7］莫嫌五日忽忽守　底本闕“莫”字，據蘇軾詩集補。

［8］與晦老、全翁、元之、敦夫遊南屏寺　據《蘇軾文集》卷七〇《記溫公論茶墨》所載，同遊之人稍異，無“晦老”，而有“醇老”。

［9］十一月　“一”字底本作“二”，據《蘇軾文集》卷七二《徐問真從歐陽公游》改。

［10］紹聖元年　“元”字底本作“三”，據《東坡志林》“別王子直”條改。

［11］書記外曾祖程公逸事　“曾”字底本脱，據《蘇軾文集》卷六十六《題跋》補。

東坡紀年録

［宋］傅　藻　編撰　王水照　點校

公姓蘇，諱軾，字子瞻，一字和仲，眉州眉山縣人也。蘇氏出高陽而蔓延於天下。唐神龍初，長史味道刺眉，一子留眉，眉有蘇氏自此始。公高大父祐、曾大父杲、大父序，三世皆不顯。序三子：曰澹、曰涣、曰洵。洵字明允，公父也。澹、涣皆以文學舉進士，而涣至都官郎中。序以涣官故任大理評事致仕，累贈尚書、職方員外郎。明允少不喜學，年二十有七始發憤讀書，六年而大究六經百家之書。娶大理寺丞程文應之女，生三子：曰景先、曰軾、曰轍。景先早世。嘉祐間，明允與公同其季子由至京師，父子皆知名，時號"三蘇"，而以"老蘇"别其父。歐陽文忠公得老蘇著書二十二篇，以爲荀卿子文也，乃繳進之。召試紫微閣，辭不就，遂除秘書省校書郎。會修纂建隆以來禮書，授霸州文安縣主簿，食其禄。與陳州項城令姚闢同著《太常因革禮》一百卷，書奏未報卒，年五十八。英宗聞而哀之，特贈光禄寺丞。公曾大父以公與子由登朝，贈太子太保，大父贈太子太傅，父贈太子太師，程氏追封成國太夫人。公娶鄉貢進士王方之女，諱弗，亦眉人也，追封通義郡君。繼室以其從女弟諱閏之，字季章，封同安郡君。子三人：長曰邁，雄州防禦推官，知瀛州河間縣；次曰迨，次曰過，皆承務郎。孫男十四人：箪、符、箕、筌、籌、簣、籙、籥、籍、節、笈、篳、篴、竺。公有《東坡集》四十卷、《後集》二十卷、《奏議》一十五卷、《内外制》一十卷。責齊安日，因宫師之學，作《易傳》九卷，又作《論語説》五卷，儋耳又作《書傳》。初，公與子由師其宫師，最好賈誼、陸贄書。後讀《莊子》，以爲得其心。晚讀釋氏書，深有所悟，參之孔、老，博辯無礙，浩然不見其涯也。宫師公慶曆間宦學四方，成國夫人親授公書，問古今成敗，輒能語其要。比冠，學通經史，日數千言。嘉祐二年唱第，錫宴瓊林，與蔣魏公接席情話，約卜居陽羡。初倅錢塘，誘親黨單君眱問田。及移臨汝，自言有田陽羨。建中靖國初，奉祠玉局，留毗陵。居無何，請老而終。公生岷峨，負當世大名，道德、文學、政事，輝映今昔。自居雪堂，遂成求田之計。而《文登謝表》云："買田陽羨，誓畢此生。"乃卒如其言。夫豈偶然者。公之薨也，吳越之民，相與哭於市，君子相與弔於家。訃聞四方，人皆咨嗟出涕。太學士人數百，相率飯僧惠林佛舍。公之於文，得之於天。山谷嘗評云："公文字言語，歷劫贊揚，有不能盡者。"

景祐三年丙子

十二月十九日卯時，公生於眉山縣紗縠行私第。

景祐四年丁丑

寶元元年戊寅

寶元二年己卯

康定元年庚辰

慶曆元年辛巳

慶曆二年壬午　先生七歲

是年，公知讀書。上韓太尉與梅直講書云："某七八歲知讀書。"《祭歐陽文忠公》曰："某自齠亂，以學爲嬉。童子何知，惟公我師。晝誦其文，夜夢見之。"

慶曆三年癸未　先生八歲

是年，公入小學。道士張易簡爲師，見《書陳太初事》。《范文正公文集序》曰："某始總角入鄉校，士有自京師來者，以魯人石守道所作《慶曆聖德詩》示鄉先生。某從旁竊觀，則能誦習其詞。問先生所以頌十一人者何人也。先生曰：'童子何用知之?'某曰：'此天人也邪，則不敢知；若亦人耳，何爲其不可！'先生奇某言，盡以告之，且曰：'韓、范、富、歐陽，此四人者，人傑也。'時雖未盡了，則已私識之矣。"

又曰："以八歲知敬愛公。"

慶曆四年甲申

慶曆五年乙酉

慶曆六年丙戌

慶曆七年丁亥　先生十二歲

是年，公祖父亡。《與曾子固書》云："某逮事祖父，祖父之歿，某年十二矣。"《鍾子翼哀詞》曰："慶曆丁亥，某始年十二，先君宮師歸自江南，曰：'吾南游至虔，有隱君子鍾君與其弟槩從吾游。'"

是年，於所居紗縠行宅隙地中，與羣兒鑿地爲戲，得天石研而用之，且爲之銘。

慶曆八年戊子　先生十三歲

皇祐元年己丑

皇祐二年庚寅

皇祐三年辛卯

皇祐四年壬辰

皇祐五年癸巳

至和元年甲午

至和二年乙未

是年，公至成都。《樂全先生文集序》云："某年二十，以諸生見公成都。公一見待以國士。"作《後正統論》。

嘉祐元年丙申　先生二十一歲

公自蜀舉進士入京。《鳳鳴驛記》云："嘉祐丙申舉進士，過扶風。"《六祖贊》云："嘉祐初舉進士，館於興國寺浴堂，老僧德香之院。"《范文正公文集叙》云："嘉祐元年，始舉進士。"《至京師牛口見月》詩云："忽憶丙申年，京師大雨滂。"

嘉祐二年丁酉　先生二十二歲

春,赴禮部。文忠公知舉,患時文以詭異相高,思欲救之。梅聖俞與其事,得公《論刑賞》,以示文忠公。公驚喜,欲以冠多士。疑曾子固所爲,子固文忠公門下士也,乃置第二。復以《春秋義》第一。文忠公嘗令晁美叔與公定交,謂公必名世,且以書抵聖俞曰:"讀軾書,不覺汗出,快哉,快哉! 老夫當避此人,放出一頭地。"文忠公未嘗以此許人也。公《上梅直講書》云:"今年春,天下之士,羣至于禮部。執事與歐陽公實親試之,誠不自意獲在第二。"殿試中丙科升一甲,章衡爲牓首,賜進士及第。遂上所業及上韓魏公、富鄭公、曾丞相并兩制等書,乞應制舉。《上韓魏公書》曰:"某生二十有二年矣。"《上曾丞相書》云:"某自爲學至于今,十有五年。"《祭文忠公》曰:"十有五年,乃克見公。公爲撫掌,歡笑改容:'此我輩人,餘子莫羣。我老將休,付子斯文。'"四月八日,母成國太夫人亡,訃至,公丁憂歸。

嘉祐三年戊戌

嘉祐四年己亥　先生二十四歲

公服除。冬,侍宮師適楚。《南行前集叙》曰:"己亥之歲,侍行適楚,時十二月八日,江陵驛書。"是年,荆州《上王兵部書》曰:"自蜀至楚,舟行六十日,過郡十一,縣二十有六。"

公由水路至嘉州,入嘉陵江,由瀘、渝、涪、忠、夔等州入峽江。故作《嘉州》、《過宜賓》、《泊斗牛》、《望夫臺》、《仙都觀》、《入峽》、《出峽》等詩。自荆門出陸,由宜城、襄、鄧、唐、許、尉氏至京。故作《浰陽早發》[1]、《漢水》、《竹葉酒》、《留尉氏》、《阮籍嘯臺》、《許州西湖》等詩。

嘉祐五年庚子　先生二十五歲

公正月過唐,作《新渠詩》。過許,見范堯夫。《文正公文集序》曰:"其後過許,始識公之仲子今丞相堯夫。"

是年入都,授河南府福昌簿,不赴。

嘉祐六年辛丑　先生二十六歲

是年應制科，文忠公薦公秘閣。試六論，舊不起草，故文多不工。公始具草，文義燦然，時以爲難。又答制策，復入三等，授大理評事、簽書鳳翔府簽判。詩序有曰："嘉祐六年，予與子由同舉制策，寓懷遠驛，時年二十有六，而子由年二十有三。"《上吳內翰書》云："今年春，天子將求直言之士，而某適來調官京師，舍人楊公不知其不肖，而采其鄙野之文五十篇，奏之於天子，使與明詔之末。"[2]《上呂龍圖書》云："某西蜀之鄙人，幼承家訓，長知義方，粗識名教，遂堅晚節。兩登進士舉，一中茂材科。"

冬，赴鳳翔任。十一月十九日，與子由別於鄭西門之外，作詩。十二月，作《鳳翔八觀》詩，其《石鼓詩》云："冬十二月歲辛丑，我初從政見魯叟。"

嘉祐七年壬寅　先生二十七歲

公在鳳翔。

二月，分決屬縣囚。十三日，出府至寶雞、虢、郿、盩厔四縣。既畢事，因朝謁太平宮，宿於南溪，遂並南山而西，至樓觀、大秦寺、延生觀、仙遊潭。十九日，乃歸。所過作詩。又作《樓觀》等十一題，寄子由。

七月二十四日，禱雨磻溪，宿虢縣。二十五日，渡渭，宿於僧舍。二十六日，至磻溪，自磻溪往陽平。二十七日，至斜谷。（由）〔有〕《下馬磧》、《懷趙薦》及《磻龍寺》等詩。

重九，不與府會，獨遊普門寺僧閣，有懷子由作詩。二十日，微雪，懷子由作詩。

是年，作《喜雨亭記》。又《答趙薦》并《餽歲》等詩，并《子由不赴商州》及《和子由鹽市》等詩。

嘉祐八年癸卯　先生二十八歲

英宗即位。公在鳳翔，覃恩轉大理寺丞。

是年，作《思論》，又作《授經臺》、《調水符》、《往南溪》等詩。

治平元年甲辰　先生二十九歲

公在鳳翔,磨勘轉殿中丞。

冬,任滿還京。至華陰,作詩寄子由。

治平二年乙巳　先生三十歲

公在京師,差判登聞鼓院。

英宗在藩邸,聞公名,欲以唐故事召入翰林。宰相限以近例,召試秘閣。及試二論,皆入三等,除直史館。

五月二十八日,夫人王氏卒。六月六日,殯于京城外。夫人有子邁。

治平三年丙午　先生三十一歲

公在京師。是年,始見范彝叟。《文正公文集序》云:"又六年,始見其叔彝叟京師。"

四月二十五日,丁父宮師憂,奉柩歸蜀。

治平四年丁未　先生三十二歲

神宗即位。九月十五日,題摹本蘭亭記後。

熙寧元年戊申　先生三十三歲

公服除。十月二十六日,作《四菩薩閣記》。

是年,《和子由記園中草木》、《木山引水》、《寄題古東池》、《綠筠堂》等詩。

熙寧二年己酉　先生三十四歲

還朝,差判官誥院,兼尚書祠部。

三月,《送錢藻守婺》詩。

是年,《送任伋倅黃》、《王頤赴建》、《董傳留別》、《安惇西歸》、《醉墨堂》等詩。

熙寧三年庚戌　先生三十五歲

公在京師。

三月,《送劉攽倅海陵》、《曾鞏倅越》詩。

十一月二十日,送章子平出牧鄆州,作詩及叙。

是年,《送吕希道守和》、《文與可守陵》、《王晦夜坐》等詩。

熙寧四年辛亥　先生三十六歲

遷太常博士,攝開封府推官。有能吏聲,以言事議論大不協,乞外任,除通判杭州。

五月,作《張方平赴南京留臺》詩,又《次韻讀杜詩》詩。

七月二日,作《渦口遇風》詩。來陳,和舟中八詩。至陳,同子由過汝陰見歐陽公。作《石屏》、《燕西湖》詩。十六日,記所見,作詩。是月,作《潁州別子由》、《出潁口》、《壽州李少卿出餞》、《濠州七絕》、《泗州塔》、《龜山》、《洪澤遇風》、《廣陵會三同舍》、《遊金山》等詩。

十一月,到杭州,作《寄子由》詩。

臘月,遊孤山訪僧,作詩。又和李杞并自和。

熙寧五年壬子　先生三十七歲

公在杭州。

二月,作《蔡冠卿知饒》詩。

三月二十二日,觀花吉祥寺,作《牡丹記序》并詩。

閏七月,《哭歐陽公於孤山次韻惠思》詩。是月,監試,作《呈試官》、《煎茶》、《催考校》、《榜出後》等詩。

八月十日,夜登望海樓,作詩。十七日,復登,作詩。

重九日,遊西湖及諸寺,所至有詩,及《不赴府會》詩。

十月十日,作《送進士詩序》。冬至日,遊吉祥寺,作詩。後十日復至,作詩。

十二月,以事至湖州。與孫守約:有言及時事者,罰一大盞。作詩云:"若對青山談世事,直須舉白便浮君。"又作《莘老求墨妙亭》詩并記及贈寄等詩、《畫魚歌》。

是年,作《墨寶堂記》,并《和沈立之留別》、《蔡準見邀》、次韻子

165

由、柳子玉等詩。又作送杜子方、陳珪、戚秉道詩。

熙寧六年癸丑　先生三十八歲

公在杭州。

正月九日,作《雜興答鮮于子駿》。上元祥符寺九曲觀燈,作詩。過僧可久房,無燈火,作詩。二十一日,述古邀城外尋春,作詩。二十七日,遊風水洞,作詩。又作李佖留待及和等詩。

五月望,與呂仲甫輩泛湖,留北山,作詩。

八月望,觀潮,作詩。又再遊風水洞,作詩并《臨江仙》。

九月,和劉攽詩。

十二月,與李杞因獵遊孤山,作詩。冬,以事至姑蘇,爲王誨作《仁宗御飛白記》。又作《三瑞堂》詩。

是年,作《和陳述古十月牡丹》、《劉恕見寄》、《錢顗送茶》及《寄孫覺》等詩。除夜,宿常州城外,作詩。

熙寧七年甲寅　先生三十九歲

元日,以事過丹陽,作《寄魯元翰》,又《柳子玉鶴林招隱》,并與子玉、景純唱和等詩。是月,秀州贈錢端公、文長老等詩。二十九日,過毗陵,跋李後主書。

五月作《錢公輔哀詞》,又《次韻周邠》詩。

六月,自常、潤還,所至作詩。

秋,捕蝗,至浮雲嶺,作《懷子由》詩。至於潛,作《贈毛國華》、《野翁亭》、《綠筠軒》、《於潛女》詩。又,同年臨安令劇飲,并所至諸縣有詩。

九月,移知密州。是月,作《勤上人詩集序》。

十月,赴密州早行,馬上作《沁園春》。

十一月三日,到任。

十二月,作《鳧繹先生文集序》。

是年,《常潤道中懷述古》并(合)〔答〕述古詩、《蘇州雨中飲酒》、

《金山飲醉》、《大風留金山》、《留別金山二長老》、《留京口和蘇守王規甫觀燈什》、《次韻孫巨源水車》等詩。自京口還，寄述古作《卜算子》、《行香子》。杭妓迓新守楊元素，寄規甫，作《菩薩蠻》。送述古，赴南都，作《清平樂》、《南鄉子》、《菩薩蠻》、《江神子》。送述古迓元素，作《訴衷情》。述古將去，作《虞美人》。答元素《浣溪沙》。和元素《泛金舡》。移守密，和元素《南鄉子》。再過蘇，贈閭丘公顯，作《浣溪沙》。過吳興，李公擇生子，作《減字木蘭花》。作六客詞，爲《定風波》。別公擇，作《蝶戀花》。赴密過蘇，有問“這回來不來”者，其色淒然，蘇守嘉之，令求詞，作《阮郎歸》。潤州和元素《菩薩蠻》。多景樓與孫巨源相遇，作《採桑子》。送巨源，作《更漏子》。離京口，呈元素，作《醉落魄》、《訴衷情》。得鄉書，作《蝶戀花》。代人寄遠，作《少年遊》。金山送子玉，作《昭君怨》。贈潤守許仲塗，作《減字木蘭花》。別潤守，作《南鄉子》。海州寄巨源，作《永遇樂》。除夜作《贈段屯田》詩，曰：“龍鍾三十九，勞生已強半。”

熙寧八年乙卯　先生四十歲

公在密州。

上元作《蝶戀花》。二十日記夢，作《江神子》。春禱常山得雨，次韻章傳道《喜雨》詩。

首夏，作《官舍即事》詩。四月十一日，作《送劉述》詩。

六月，和李常詩。中夏旱，再禱雩泉，皆應如響，作《雩泉記》、《留別》詩。以旱蝗齋素。方春牡丹盛開，不獲賞。

九月，忽開一朵，雨中特置酒，作《雨中花》。

冬，祭常山回，與同官習射放鷹，作詩。和梅戶曹《會獵鐵溝行》。答喬太博“莫笑銀杯小”并唱和詩。又作《江神子》。

是年作《趙倅成伯家宴贈楊姐》詩，又《成伯室誕辰口號》、《後杞菊賦》。增治城上故臺，名之曰超然，作《記》。又作《大悲閣記》。又於超然臺作《望江南》。送東武令趙晦之歸海州，作《減字木蘭花》。

167

贈晦之吹簫侍兒，作《水龍吟》。

熙寧九年丙辰　先生四十一歲

公在密州，遷祠部員外郎。

正月五日，跋《赤溪山主頌》。七日，書瑯琊篆後。立春日，請成伯主會，作詩。上巳日，流觴於南禪小亭，作《滿江紅》。

四月，作《玉盤盂》詩。

六月，作《山堂銘》。

中秋，歡飲達旦，作《水調歌頭》。

十一月朔，作《李氏山房藏書記》。祭山神，有文。

十二月，移知徐州。別徐州、東武雪中送章傳道、東武道中，皆作《江神子》。除夜留濰州。

熙寧十年丁巳　先生四十二歲

元日早晴。離濰州，作詩。青州道上大雪，作詩。

二月三日，作《送范鎮遊洛》詩并次韻。是月，復與子由會於澶、濮之間，相從赴彭城。到京，作《送范蜀公》詩。

三月一日，與王詵會四照亭，有倩奴者求曲，遂作《洞仙歌》、《喜長春》與之。明日，晉卿送韓幹畫馬，跋以詩。

五月，到徐州。范德孺作滕縣，《文正公集序》曰："其後十一年，與其季德孺同僚于徐。"五月六日，作《寄題司馬君實獨樂園》詩。

六月十一日，保母楊氏卒。

七月十七日，河決。八月十一日，水及徐城。十月五日，水退。作《河復》詩。修城捍水，以活徐人。作黃樓東門之上。二十一日，作《王詵寶繪堂記》。重九，邀仲屯田，爲大水所隔，作詩。是月，作《送李邦直修國史》詩。十月，作《表忠觀碑》。

是年，《答任師中》詩曰："我今四十二，衰髮不滿梳。"過齊，時公擇守齊，席上作《南鄉子》，又作《蝶戀花》別公擇。子由過中秋而別，作《水調歌頭》。又作《書麞公詩後》、《彭城感前約逍遙堂別》、《觀百步溪》詩、《放鶴亭記》。

元豐元年戊午　先生四十三歲

公在徐州。

三月,始識王子高,作《芙蓉城》詩。

春旱,置虎頭石潭中,作《起伏龍行》。謝雨道中,作《浣溪沙》。

四月九日,書鮮于子駿楚辭後。是月,次韻潛師《放魚》詩。

六月,題王禹偁碑陰。

七月望,觀月黃樓,作詩。又作《眉州遠景樓記》。二十二日,作《滕縣公堂記》。

八月,作詩題張方平詩卷末。

九月,王鞏來,先作《定國將見過》詩。定國十日往返,作詩幾百篇,及《登松山》、《答定國見過》、《見寄次韻》、《同泛舟》、《獨眠》、《留別》等詩。九日,黃樓作詩,又次韻定國詩,又作《千秋歲》。晦日,黃樓作《鹿鳴燕》詩并叙。

十月十二日,作《日喻》。望日,觀月黃樓,作詩。

十一月八日,作《雲龍山放鶴亭記》。十九日,作《莊子祠堂記》。

十二月,遣人訪獲石炭,作詩。又答田國博詩。冬,祈雪,出城馬上作詩。

是年,作《登雲龍山》、《石盤》、《遊戲馬臺》、《過張天驥山人》,訪遊園,與梁先左藏、舒煥教授、顏復長道、孫勉、頓起泛舟及唱和。又李公擇唱和,送梁知莫州,送孫、頓、顏、李等詩。又作《陽關詞》。又藏春園贈田楚州小鬟,送顏、梁,作《浣溪沙》。

元豐二年己未　先生四十四歲

人日,獵城南,會者十人,以"身輕一鳥過,槍急萬人呼"爲韻,分得"過"字,又代雷勝"鳥"字詩。十五日,作王鞏之祖懿敏公《真贊》。二十四日,作《思堂記》。晦日,遊桓山,作《記》。會者十人,以"春水滿四澤,夏雲多奇峯"爲韻,分得"澤"字,又代戴道士"四"字詩。

二月,移知湖州。別徐州,作《江神子》。

三月,至南京,馬上作詩。二十七日,作《靈壁張氏園亭記》。是日,作《宿州次韻劉涇》、《泗州孫景山西軒》、《舟中夜起》、《次韻高郵秦太虛》、《去金山五年而復至》、《遊常州無錫惠山》、《賜惠山(贈)〔僧〕惠表》、《秦觀參寥會松江》詩。

四月二十日,到湖州。

五月五日,遍遊諸寺,作詩。是月,過賈收耘老水閣,作詩,又次前韻。耘老小妓號雙荷葉,作詞。

七月七日,作《與可畫篔簹谷偃竹記》。是月,太子中允權監察御史何大正、舒亶、諫議大夫李定,言公作爲詩文,謗訕朝政及中外臣寮,無所畏憚。國子博士李宜之狀亦上。七月二日,崇政殿進呈奉聖旨後批四狀。三日,進呈奉聖旨送御史臺根勘。二十八日,皇甫遵到湖州追攝。過南京,文定張公上劄,范蜀公上書救之。

八月十八日,赴臺獄中,作《寄子由》二詩。時獄吏必欲置之死地,煅煉久之不決。子由請以出身官爵贖之,而上亦終憐之,促具獄。

十二月二十四日,得旨,責檢校尚書水部員外郎黃州團練副使,本州安置。二十九日,受勅。

元豐三年庚申 先生四十五歲

正月,過陳。子由自南都來,三日而別。與文郎逸民飲,作詩。十八日,蔡州道上遇雪,作詩。過新息,示任師中。過淮,作詩。

二月一日,到黃州,寓居定慧院之東。作《初到黃》、《月夜偶出》、《安國寺浴》、《安國尋春》、《海棠土人不知貴》、《二十六日雨中熟睡》、《雨晴後步》、《雨中看牡丹》、《樂著作野步》、《王齊萬寓居》、《竹下開嘯軒》、《杜沂見餉》、《五禽言》等詩。

四月,《上文潞公書》云:"某始就逮赴獄,有一子稍長,徒步相隨,其餘守舍,皆婦女幼稺。至宿州,御史符下,就家取文書,州郡望風,遣吏發卒,圍舡搜取,老幼幾怖死。既去,婦女恚罵曰:'是好著書,書成何所得,而怖我如此!'悉取燒之。比事定,重復尋理,十亡其七八矣。到黃,無所用心,輒復覃思於《易》《論語》,端居深念,若有所得。遂因先子之學,作《易傳》九卷,又自以意作《論語說》五卷。"

五月,子由來齊安,以詩迎之。又作《曉至巴河》《同遊西山》《次韻》等詩。十一夜,夢遊何人家食石芝,明日作詩。是日,遷居臨皋亭,作詩。

九月望,讀《戰國策》,書商君事。二十五日,書杜羔事,贈朱康叔。

十月九日,孟亨之置酒秋風亭,有雙拒霜獨向君猷而開,坐客喜笑,以為非史君莫當此花,作《定風波》,又作《守俉不飲》詩。

十二月二日,作《石氏畫苑記》。十八日,書蒲永昇畫後。是月,《答秦太虛書》曰:"初到黃,廩入既絕,人口不少,私甚憂之。但痛自節儉,日用不得過百五十。每月朔,便取四千五百錢,斷為三十塊,掛屋梁上。平旦用畫叉挑取一塊,却藏去叉。仍以大竹筒別貯用不盡者,以待賓客。此賈耘老法也。"《答李端叔書》云:"得罪以來,深自閉塞。扁舟草屨,放浪山水間,與樵漁雜處,往往為醉人所推罵,輒自喜漸不為人識。"

是年作《勝相院經藏記》。

元豐四年辛酉　先生四十六歲

公在黃州。

正月二十日,往岐亭,郡人潘、古、郭送於女王城。道上見梅花,作詩。

四月八日,飯僧于安國寺,作《應夢羅漢記》。端午,作《少年遊》贈徐君猷。十二日,作《評書唐林夫六家書後》。

六月二十二日,陳季常自岐亭來訪,作詩。

十月二十二日,作《聞捷》詩并叙。是月,姪安節來,作《夜坐》《冬至日贈安節》等詩。安節歸,以伯父送先人詩"人希野店休安枕,路入靈關穩跨驢"之句爲韻,作詩送之。

十二月二日,雨後微雪,君猷攜酒見過,作《浣溪沙》。明日酒醒,大雪,又作。二十五日,大雪始晴,夢人以雪水烹小團茶以獻,夢中作《回文》詩。雪後乾明寺宿。杭州故人信至,作詩。

是年,馬正卿爲於郡中請得故營地數十畝,使得躬耕其中。地既久荒,墾闢之勞,釋(來)〔耒〕而歎,乃作《東坡》八詩。自是始號"東坡居士"。

元豐五年壬戌　先生四十七歲

公在黃州。

正月二日,書歐陽公《黃牛廟》詩後,又作文祭與可及堂兄子正。十七日,夢扁舟渡江,中流回望,栖霞樓中歌樂雜作,舟中人言:"公顯方會客。"覺而異之,乃作《水龍吟》。二十日,與潘、郭二生出郊,記去年是日同至女王城作詩,乃和前韻。又因至汪氏居,作詩。寒食,作《雨》詩,有曰:"我自來黃州,已過三寒食。"徐守分新火,作詩。

春,躬耕東坡,築雪堂居之。擬斜川之遊,以淵明《歸去來詞》櫽括爲《哨遍》。

五月,以怪石供佛印,作《怪石供》詩。

七月六日,與文甫飲家釀白酒,集古人句,作墨(作)〔竹〕詞爲《定風波》。十二日,書伯父中都公啓事後。既望,泛舟於赤壁之下,作《赤壁賦》,又懷古作《念奴嬌》。

九月,彭城曹煥子文將往筠見子由,求詩贈行。重九,涵暉樓作《南鄉子》呈君猷。

十月望,步自雪堂,歸於臨皋,二客從之,過黃泥之坂,復遊赤壁之下,作《赤壁後賦》。

十二月十九,東坡生日也,置酒赤壁磯下,踞高峯,俯鵲巢,酒酣,笛聲起於江上,客有郭、古二生,頗知音,謂坡曰:"笛聲有新意,非俗工也。"使人問之,則進士李委,聞坡生日,作新曲曰《鶴南飛》以獻。

呼之使前,則青巾紫裘,腰笛而已。既奏新曲,又快作數弄,嘹然有穿雲裂石之聲,坐客皆引滿醉倒。委求詩,作一絶句。王郎以詩見慶,次其韻。

元豐六年癸亥　先生四十八歲

公在黃州。

正月二十日,復出東門,用前韻作詩。

二月三日,點燈會客,作詩。上巳日,與二三子出遊,隨所見作數句,明日集爲詩。

七月望,書劉廷式事。二十七日,生小子遯,小名幹兒。

閏八月,作《土琴》詩。居黃三見重九,每歲與君猷會于栖霞樓,君猷將去,念此憫然,故作《醉蓬萊》,又作《好事近》送君猷。

十月望,書唐林夫《筆説》。

十一月十二日,爲張夢得書《昆陽賦》。十九日,書《四箴》。

是年,快哉亭作《水調歌頭》贈張偓佺。

元豐七年甲子　先生四十九歲

正月二十五日,特授汝州團練副使,本州安置。

四月一日,將自黃移汝,留別雪堂鄰里,作《滿庭芳》。

六月,作《黃州安國寺記》。又作《別黃》、《過江行武昌用岐亭韻》、《初入廬山》。二十四日,宿廬山,〔作〕《廬山二勝》、《自興國往筠》、《先寄遲适遠》。

端午,《遊真如》、《別子由至奉新》等詩。

六月九日,作《石鍾山記》,略云:“余自齊安舟行適臨汝,而長子邁將赴饒之德興尉,送之至湖口。”二十三日,舟過蕪湖。

七月二十八日,幼子遯病亡於金陵,作詩哭之,曰:“吾年四十九,羇旅失幼子。”又作《同王勝之遊蔣山》詩。賞心亭送勝之,作《漁家傲》。至真州,再和《蔣山》詩。

十月二十六日,書韓魏公詩後。

十一月晦日，與劉仲達相逢泗上，同遊南山，作《滿庭芳》。

十二月，同泗州太守游南山，過七里灘，作《行香子》。蕭淵東軒，作詩。二十四日，從劉倩叔游南山，作《浣溪沙》。二十八日，浴雍熙塔下，戲作《如夢令》。除夜，黃師是送酥酒，作詩。冬，作《水龍吟》，記子微太白之事。

是年，和李太白《尋陽紫極宮感秋》詩。

元豐八年乙丑 先生五十歲

元日，雪中過淮謁客，作詩。四日，離泗州，表請常州居住，略云："一從吏議，坐廢五年。近蒙恩除汝州，累重道遠，不免舟行。自離黃州，風濤驚恐，舉家重病，一子喪亡。今雖至泗州，而貲用罄竭。去汝尚遠，難於陸行。二十餘口，飢寒朝夕。與其強顏忍恥，干求於衆人，不若歸命投誠，控告於君父。臣有薄田在常州宜興縣，粗給饘粥，欲望聖慈許常州居住。"書朝奏，夕報可。

二月，葬保母楊氏于宋，作《銘》。又作《薦誠院五百羅漢記》、《妙峯亭》詩。蒙恩放歸陽羨，復作《滿庭芳》。至高郵，作《陳處士畫鷹》詩。

七月二十五日，金山〔作〕《贈杜介》詩，又作《妙高臺夢中作》、《與元老》等詩。京口作《王中父哀詞》。至常州作《與孟震遊僧舍》、《贈報恩〔長〕老》、《歸宜興留題竹西寺》等詩。哲宗即位，復朝奉郎。

八月十七日，得旨，除知登州。

九月，書楞伽經後。過密，〔作〕《題高麗亭》、《次韻趙明叔喬禹功》、《和昔年留別》、《超然臺贈密守霍翔》詩。

十月十五日，到登州。二十日，召爲禮部員外郎。作《孫氏萬松堂》[3]、《遺直坊》等詩。晦日，作《海市》詩。過萊州，雪後望三山，作詩。過濟州，作《真相院舍利塔銘》。

十一月七日，書吳道子畫後。是月，到京，供禮部職。

十二月，以七品服入侍延和，賜緋魚，除起居舍人。

元祐元年丙寅　先生五十一歲

公在京師。

正月,除中書舍人。《辭免狀》云:"臣頃自貶所起知登州,到任五日,而召以省郎,到省半月,而擢爲右史。云云。今又冒榮直授,躐等驟遷。非惟其人既難以處,不試而用,尤非所安。"

二月八日,朝退,獨在起居讀《儒林傳》,感申公事,作小詩。

閏二月八日,題子由《日本扇》詩後。四月,作《法堂寺鍾銘》。

九月一日,司馬溫公薨,作《祭文》、《行狀》。

十月十二日,書《黃泥坂辭》遺王晉卿。是月,除翰林學士、知制誥。

十一月,供翰林學士職。尋除侍讀,召入院。九日,考試館職,與聖求會宿玉堂,作《武昌西山》詩。

十二月五日,與狄詠同館北客,書狄武襄事。

元祐二年丁卯　先生五十二歲

公在翰苑。每時各有內制。

九月一日,作《石舍人北使序》。十五日,邇英殿講《論語》終篇,賜御書詩。翌日,進詩,又進《讀故事八說》。十九日,作《祭王宜甫文》。

十二月,作《送喬仝寄賀水部》詩。賀,五代人,得道不死,仝曰:"吾師嘗於密州識君於常山道上,意若喜君。"

是年,作《司馬溫公神道碑》,又作《富鄭公神道碑》,又作《趙清憲公神道碑》。鄭公以元豐六年閏六月二十一日薨于洛陽,至是其子紹庭請于朝,命公撰碑。清獻公以元豐七年八月二十六日薨于杭,至是其子岄請于朝,命公撰碑。又作《贈寫真道士李得素》曰:"五十之年初過二,衰顏記我今如此。"

元祐三年戊辰　先生五十三歲

公在翰苑。每時各有內制。知貢舉,會大雪,士坐庭中,噤不能言。公寬其禁約，而巡鋪内臣過爲凌辱，傷動士心，公奏撻而逐之，士皆悦服。試院次韻魯直畫馬，送李方叔，作詩。

二月八日，夜會于伯時齋舍，書《鬼仙》詩。

三月二十日，同錢穆父遊金明池，始見其《雪中》詩，因次韻。

四月五日，跋宋漢傑畫。

五月一日，與子由同轉對，次韻子由詩。

九月十八日，作《文驥字説》。卧病逾月，請郡不許，復直玉堂。

十一月一日，鑲院。是日苦寒，詔賜官燭、法酒，呈同院，作詩。

十二月六日，書《詩人寫物之功》付過。八日龍興節，侍宴。前一日微雪，與子由、王定國清虚堂小飲，作詩。立春日，賜幡勝，次韻劉貢父詩。

元祐四年己巳　先生五十四歲

上元日，侍宴端門。次韻王晉卿詩。内制止於二月。

二月二十二日，《奏告東太一宫十神大祝文》。是月，三上章乞越州。

三月，得旨，以龍圖閣學士、左朝奉郎知杭州。（公直玉堂，有贈送、次韻、和答之詩，幾數百篇，以歲月未分，先後難辨，姑輒闕之，以俟它日。）

四月十六日，跋邢敦夫賦。十七日，書太宗賜守臣御書扇子後。二十一日，作《范文正公文集叙》，所謂“又十三年乃克爲之”者也。

重九日，和蘇堅《點絳唇》。冬至日，作書《文登渦石遺垂慈堂老人》[4]詩。

是年，作《范蜀公墓誌銘》。蜀公以元祐三年閏十二月薨。又作《去杭十五年復游西湖》、《莫同年雨中飲湖上》、《同秦仲二子游寶山》、《書辨才白雲堂壁》、《文登石遺梅子明》、《參寥得智果院分韻》等詩。又《送子由使契丹》詩云：“單于若問君家世，莫道中朝第一人。”子由過虜，往往有問公安否。子由至涿州，寄詩曰：“誰將家譜到燕都,識底人人問大蘇。莫把聲名動蠻貊,恐妨它日卧江湖。"又次韻子由《涿州》詩。

元祐五年庚午　先生五十五歲

公在杭州。

二月十七日,書《高麗公案》。二十六日,過金文寺,再觀李西臺詩,書其後。二十七日,作《參寥泉銘》。寒食,次韻劉景文、周次元同遊西湖詩。

三月八日,同楊次公過劉景文,題文忠公墨跡。

四月十八日,真覺院賞枇杷,作詩。又和景文韻。

重九日,再和蘇堅前年《點絳唇》韻。又次韻伯固詩。十七日,書《醉道士石》詩。十八日,書朱象先畫後。

十二月八日,作《六一泉銘》。十二日,同景文、義伯、聖從遊七寶寺,題詩竹上。除夜,作《獄空》詩和通守時韻。

是年,作《垂雲花開》、《雜花開盡賞牡丹》、《遊虎丘》、《怡然餉新茶》、《謝曹子方惠茶》、《曹輔寄新芽》、《新茶送程簽之邵》、《登垂雲亭》、《寒碧軒》、《此君軒》、《蒜山亭》、《南漪堂》、《龍井泉》、《過溪亭》、《介亭》、《題蘭蕙》、《紫薇花》、《梅花》等詩。又與劉景文、楊次公、袁公濟、楊公濟、程之邵、林子中、葉教授次韻、和答等詩。又《送張山人歸彭城》、《之邵赴闕》詩。又《仲天貺自眉來》詩。

元祐六年辛未　先生五十六歲

上元,次韻劉景文詩。二十三日,題伯時畫《支遁養馬圖》。

二月三日,作詩并櫻筍餉殊老。九日,被旨再除翰林承旨。次韻劉景文《西湖席上》詩。

三月六日,作《別南北山道人》詩。九日,罷杭守,辭天竺,作詩。十九日,宿吳江,常州太平寺觀牡丹,作詩。

四月,到闕,二日,作《送聰師歸孤山叙》。五月,入院,作《六月朔祭劉氏文》。

177

六月十八日,作《上清宮碑》。二十四日,跋吳君采《琴説》。是月,作《破琴》詩、《東堂次諸公韻》。

閏六月十三日,跋張乖崖書後。

八月十三日,作《茶説》。是月,除龍圖閣學士,知潁州。

九月望,觀月聽琴西湖,作詩。又作《祭歐陽文忠公文》。秋,作《昭靈廟碑》。

十月二十五日,以旱請教授陳師道并男迨迎張龍公,作文。

十一月一日,作《聚星堂雪》詩。禱雨,既應,次景文韻。十日,作《送張龍公文》。十四日,在告獨酌,試滑盞,有懷諸君子,以詩招之。

十二月八日,爲文定張公舉哀於薦福院,文定公以是月二日薨於南都。將屬纊,不問後事,但言伸意子瞻兄弟。二十三日,作《李簡夫詩集序》、《祭辯才文》。

是年,作《感舊別子由》詩,序云:“元祐六年,予自杭召還,寓子由東府,數月復出領汝陰,時予年五十六矣。”又作《趙德麟字説》。又作《泛潁》、《到潁公帑竭》、《禱雨既應》、《潁大夫廟》、《喜景文至》、《屏山贈叔弼》、《雪詩留景文》、《送王竦及季默赴闕》,及與趙景貺、陳履常、劉景文、趙德麟、歐陽季默、叔弼次韻、贈送等詩。生日,景文以古畫松鶴爲壽,且覜佳篇,次韻謝。

元祐七年壬申 先生五十七歲

上元,和履常《雪中觀燈》詩。

二月十五,夜與德麟小酌聚星堂,作《減字木蘭花》。十七日,書柳子厚《瓶賦》後。是月,移知揚州,淮上早發,作詩。

三月上巳日,過濠,與迨、過遊塗山、荆山[5],記所見。次韻王滁州見寄,作詩。十六日,到任。是月,作《韓文公廟碑》。

四月二十七日,跋《醉翁亭記》。是月,次韻徐仲車、德麟湖成見懷詩。無咎以詩相迎,久不暇答,昨日始次其韻。

五月,端午小集石塔,作詩。二十四日,會無咎隨齋,汲泉漬白芙蓉,不復有病暑意,作《減字木蘭花》。

七月,和淵明《飲酒》詩二十首。以土物寄少游,作詩。

八月,作張文定公、滕元發《誌銘》。

九月,以兵部尚書召兼侍讀。郊祀,爲鹵簿使。尋除端明殿學士兼翰林侍讀學士,守禮部尚書。行宿泗間,見張天驥。重九,與定國相遇于宋。至都門,先寄子由,作詩。冬至,作《郊祀慶成》《次韻錢蔣從駕》《郊丘瞻望天光退而相慶作詩》。

元祐八年癸酉　先生五十八歲

元日,立春,次韻秦少游詩。上元,侍飲樓上,呈同列詩。十六日,贈別潁叔詩。

六月,汶公乞詩,用前韻。

八月一日,夫人王氏卒,子過夫人所生。二日,作《祭文》。是月,以二學士知定州。

九月十四日,《東府雨中別子由》詩曰:"庭下梧桐樹,三年三見汝。前年適汝陰,見汝鳴秋雨。去年秋雨時,我自廣陵歸。今年中山去,白首歸無期。"自杭還京,《和子功月石屏》《純父涵星硯》《邂逅德麟》《叔盎畫馬》等詩,及與王定國、蔣潁叔、錢穆父、王晉卿、王仲至、秦少游等次韻詩。

十一月,作《祭韓忠獻公文》,又作《釋迦文佛頌》。

十二月二十三日,到定州。

紹聖元年甲戌　先生五十九歲

立春日小集,作詩呈李端叔。次韻曾仲錫元日見寄。

二月二十日,子由生日,以檀香觀音像及新合印香銀篆盤爲壽,作詩。二十三日,作《松醪賦》。

三月二十日,開園,作詩。

四月十六日,作《北嶽祈雨祝文》。二十日,作《雪浪齋銘》。二十四日,題三國名臣贊。是月,奉命追一官,落兩職,以承議郎知英州。

179

公在定州,作《送王敏仲北使》、《求穆叔遞酒》[6]、《雪浪石》、《沈香石》、《劉醜厮》、《石芝》、《送翟安常赴闕》、《中山松醪寄王引進》、《謝端叔鴛鴦竹石圖》等詩。又,次韻及留別王雄州詩;馬教授,文登人,嘗食石芝詩請同賦;南遷過湯陰,得豆麥粥,作詩;臨城道中作詩,《叙》云:"始予赴中山,連日風埃,未嘗了了見太行也。今將適嶺表,頗以爲恨。過內丘,天氣清徹,西望太行,草木可數,忽悟歎曰:'予南遷其速返乎? 退之衡山之祥也。'"途中寄定武同僚;過杞,贈馬夢得;過高郵,寄孫君乎;過長蘆,贈夫老,次韻聞復;憶中和堂作詩。

六月七日,泊金陵,阻風,蔣山泉老召食,不及往,作詩。九日,阿彌陁像成,奉安于金陵清涼寺,作《贊》并贈和老詩。慈湖夾阻風,作詩。至太平當塗縣,奉告責授寧遠軍節度副使,惠州安置。過南康望湖亭,過廬山下,廬山壽師竹軒,湖口壺中九華,江西江水煎茶,作詩。過廬陵,作《秧馬歌》。

八月七日,入(戀)〔贛〕,過惶恐灘,作詩。九日,評孔文舉、淵明詩。十七日,過虔州,作《鬱孤臺》,訪樂天《天竺寺》詩,《書八境圖》、《廉泉》、《塵外亭》、《贈慈雲老》等詩。過大庾嶺,過韶州南華,望韶石,英州碧落洞,作詩。

九月十三日,遊廣州清遠,《峽山寺》、《舟中寄耘老》、《顧秀才談惠風物》、《浴日亭》、《蒲澗寺》、《發廣州》等詩。二十六日,艤舟泊頭,肩輿于羅浮山,入寶積寺,禮天竺瑞像,作《羅浮題名》及《游羅浮示過》詩。

十月二日,到惠州,寓合江樓,作詩。十三日,與程鄉令侯晉叔、歸善簿(潭)〔譚〕汲游大雲寺,野飲萬家春於松下,設松黃湯,作《浣溪沙》。十八日,遷于嘉祐寺松風亭,作詩。二十日,作《思無邪齋銘》,食檳榔,作詩。

十一月,作《自笑》、《戲朝雲》詩。二十六日,松風亭下梅花盛開,作詩。《造桂酒成》詩,《詹守見和復次韻》。

十二月十二日，與過游白水山佛跡院，浴於湯池，作《記》并《詩》，《和詹守攜酒見過》詩。

紹聖二年乙亥　先生六十歲

公在惠州。

正月十日，《寄鄧道士》詩。十二日，跋王六軍《斫鱠圖》及《遠近景圖》。十三日，書《東皋子傳》後。上元夜，作詩，有曰："前年侍玉輦，端門萬枝燈。"又曰："去年中山守，老病亦宵興。今年江海上，雲房託山僧。亦復舉膏火，松間見層層。"十六日，飲嘉祐寺野人家，作詩。二十四日，《和過羅浮栖禪韻寄邁迨》。二十六日，林嫗家雜花開，作詩。

三月四〔日〕，再遊佛跡巖，歸臥既覺，聞過誦淵明《歸田園居》詩六首，乃悉次其韻，"始，予在廣陵和《飲酒》詩二十首，今復爲此，要當盡和其詩乃已爾"。

九月，書外曾祖程公逸事。十三日，書《桂酒頌》後，云："僕眼五十後頗昏，今復瞭然，天意復令見子由與平生故人耶。"十九日，遷居合江樓。二十九日，攜酒魚過詹史君，食槐葉冷淘，作詩。

四月十一日，初食荔枝，作詩。十三日，再書二十五年前所作《梁處士綠筠亭》詩[7]。

五月二十七日，作《虔州崇慶院藏經記》。

六月九日，書柳子厚《大鑒禪師碑》陰。十二日，酒醒步月，作詩。十九日，跋《大鑒碑》尾。

八月一日，書《金光明經》後。二十七日，書《養生說》。

九月，和淵明《貧士》詩七首，又作《江水》詩，以"殘夜水明樓"爲韻。

十一月一日，菊花始開，和淵明《己酉歲重九》詩。九日，夜夢論神仙道術，作詩。是年，《與陳季常書》略云："自當塗聞命，便遣還骨肉陽羨，獨與幼子過及老雲并二庖婢過嶺。到惠將半年，風土食物不惡,吏民相得甚厚。孔子云:'雖蠻貊之邦行矣。'豈欺我哉!"《與徐得之書》云:"到惠已半年,凡百粗遣。既習其水土風氣,絕俗息念之外,浩然無疑,殊覺安健也。"《與吳子野次韻》等詩。

紹聖三年丙子　先生六十一歲

公在惠州,作《新年》詩。

二月八日,過逍遙堂,作詩。二十一日,飲醉食飽,默坐思無邪齋,兀然如睡,既覺,和淵明《東方有一士》詩。

三月二日,卓契順至惠州,以諸子書來,得書徑還,問其所求,答曰:"契順惟無所求而後來惠州,若有所求當走都下矣。"苦問不已,乃曰:"昔蔡明遠鄱陽一校耳,顏魯公絕糧江淮之間,明遠載米以賙之。魯公憐其意,遺以尺書,天下至今知有明遠也。今契順雖無米與公,然區區萬里之勤,儻可以援明遠之例,得數字乎?"公爲書淵明《歸去來詞》以遺之。五日,作《祭寶月大師文》。

四月八日,卜新居。

五月十七日,作詩示過。二十日,復歸于嘉祐寺。時卜新居于白鶴峯,作《遷居》詩,又和淵明《移居》詩。五月二十七日,過水西買筆,作詩。

六月,作《東西新橋》詩。

七月五日,朝雲亡,作《悼朝雲》詩。遯,朝雲所生。

八月三日,葬於栖禪寺之東麓,爲亭名"六如",作《銘》。重九,作詩曰:"三年瘴海上,越嶠真我家。登山作重九,蠻菊秋未花。"又《補龍山文》。

十一月二十日,記野吏亭。

十二月十一日,記吳子野所示李承晏墨。二十五日,酒盡米竭,和淵明《歲暮和張常侍》詩,有曰:"我年六十一,頹景薄西山。"

紹聖四年丁丑　先生六十二歲

正月六日,題劉景文詩後。

三月十四日,白鶴新居成,自嘉祐寺遷入,和淵明《時運》詩。又作《三馬圖贊》、《新居欲成過翟秀才》、《循惠二守相會》、《二守訪新居》、《新居鑿井》、二十九日作詩。

四月,被命責授瓊州別駕、昌化軍安置。太守方子容自攜告身來,且曰:"此固前定乎,無恨。吾妻沈,素事泗洲僧伽謹甚。一夕,夢和尚告別,問所往,答云:'當與蘇子瞻同行,七十二日當有命。'今適七十二日,豈非前定乎?"《吾謫海南,子由雷州,被命即行,了不相知,至梧聞其尚在藤,旦夕當追及,作詩示之》。

五月十一日,與子由相遇於藤,同行至雷,作《雷州》詩。

六月十一日,與子由相別渡海,和淵明《止酒》詩。行瓊、儋間,坐睡,夢中得句,作詩。過海,得邁書酒,作詩。

七月,至儋州,作《儋耳》詩。十三日,作《夜夢》詩,叙云:"至儋十餘日矣。"初僦官舍居之,有司猶謂不可。買地築室三間於城之南,土人奮土運甓助之,飲鹹食腥,陵暴颶霧,人不堪其憂,公恬然著書為樂。

元符元年戊寅　先生六十三歲

公在儋州。上元,過赴使君召,獨坐有感,作詩。二十三日,書淵明《形影神》詩付過,仍和其韻。

上巳日,與老符飲,作詩。十五日,作《衆妙堂記》。二十日,祭妹夫承議柳仲遠,作文。

五月望,造真一酒成,拜奠北斗,作《朝斗記》及詩、歌。七月十六日,跋淵明《祭文》後。

九月七日,書溫嶠問郭文語。八日,和淵明《九日閑居》詩。九日,次韻魯直《食笋》詩。

冬至日,書《阮籍傳》後。與諸生飲,用過韻。

元符二年己卯　先生六十四歲

公在儋州。

立春日,作《減字木蘭花》。

四月十五日,作《十八羅漢贊》。

中元日,書跋。

九月二十日,嘉魚亭下作《送邵進士》詩。

十二月十七日,夜坐達曉,作詩。二十八日,記所作墨。

是年,和淵明《與殷晉安別》、《王撫軍座上送客》、《答龐參軍》三詩,《送昌化軍使張中》,又作《謫居三適》、《家貧净掃地》、《夜燒松明》、《萬安守約遊岑公洞》等詩。

元符三年庚辰　先生六十五歲

徽宗即位。正月朔,《記養黃中》曰:"歲次庚辰,朔日戊辰,是日辰時,則丙辰也。三辰一戊,四土會焉。丙,土母,而庚其子也。土之富,未有過於斯時。吾當以斯時肇養黃中之法。"又曰:"非謫居嶺外,安得此慶耶?"又(曰)〔作〕《十二日天門冬酒熟》。上元追和戊寅韻,作詩。

二月二十日,書黎子雲道唐村老人言,《過黎君郊居》詩。

三月清明日,聞過誦書,聲節閑美,感念少時,悵然追懷先君宮師之遺意,且念淮德二幼孫,無以自遣,乃和淵明《酬郭主簿》詩。七日,書王光禄《送行詩》後。十五日,書柳子厚《牛賦》後。是月,放魚於城北,作記。

五月,被命移廉州安置,作《峻靈王伏波將軍廟碑》。

六月十七日,過瓊州,作《惠通井記》。太守陸公乞瓊山泉上之亭名與詩,名之曰"洞酌",作詩。又《澄邁驛通潮閣》、《烏觜泗濟》。二十日,渡海,作詩。二十五日,與秦少游相別於海康,作《自雷適廉》、《夜雨宿净行院》、《廉州龍眼》、《留別廉守》、《合浦愈上人》等詩。

七月四日,《記渡合浦》曰:"予自海康適合浦,連日大雨,橋梁盡壞,水無津涯。自興廉净行院下,乘小舟至官寨。聞自此而西皆漲水,無復橋船。或勸乘蜒舟並海即白石。是年六月晦,無月。碇宿大海中,天水相連,星河滿天。起坐四顧太息,曰:'吾何數乘此險也?既濟徐聞,復厄於此乎?'所撰《易》、《書》、《論語》皆以自隨,而世未有別書。拊之而歎曰:'天未欲喪是也,吾儕必濟。'"

八月二十二日,書《瀟仙帖》。二十四日,題合浦清樂軒。是月,被命授舒州團練副使、永州安置。二十八日,劉幾仲餞飲,作《瓶笙》詩。鬱林次韻王守、藤州江上對月[8],將至廣寄邁迨、和廣倅作詩。

十月十四日,過清遠寶林寺,頌禪月十八羅漢。

十一月十五日,吳子野輩追餞於廣慶寺,贈子野詩。是月,被命復朝奉郎,提舉成都府玉局觀,在外軍州任便居住。

十二月十九日,書《南華重辯長老逸事》、《次韻韶守狄、韶倅李、狄守東坡羹》。伯固南華相待,作詩。

建中靖國元年辛巳　先生六十六歲

正月朔,作《九成臺銘》,又作《南華題名記》。五日,過南安,法掾吳君示昔所作《石鍾山記》,復題其後。又作《至南安》詩。九日,作《南安常樂院法藏銘》。再過鬱孤臺,和前韻。又與虔守霍、倅許、南禪湜老唱和詩,又作《鍾子翼哀詞》,又贈孫志舉、呂倚,次韻江晦叔等詩。

二月八日,過龍光,求竹作肩輿,作詩。

三月一日,書宗人養直詩後。四日,作《南安軍學記》。《寒食與劉器之遊南塔寂照堂》、《戲器之同訪玉版師》、《發虔至永和清都觀》、《留別王子直》等詩。過湖口,九華石已為好事者取去,和前韻。

四月四日,艤舟吳城山順濟王祠下,得石砮,作記。八日,艤舟豫章、彭蠡之間。

五月一日,舟行至金陵,作《崇因院觀音頌》、《次韻清涼老》詩。是月至常州,睡起,聞米元章到東園送麥門冬飲,作詩。

六月,以疾告老于朝,以本官致仕。

七月,疾頗革,折簡錢世雄云:"昨夕,齒中出血如蚯蚓者無數。

若專是熱毒，根源不淺。即今諸藥盡却，惟取人參、茯苓、麥門冬瀹湯，渴即飲之。莊生云：'在宥天下，未聞治天下也。'三物可謂在宥矣。此而不愈，則天也。"徑山老惟琳來説偈，答曰："與君皆丙子，各已三萬日。一日一千偈，電往那能詰。大患緣有身，無身則無疾。平生笑摩什，神呪真浪出。"琳問神呪事，索筆書："昔鳩摩羅什病亟，出西域神呪三番，令弟子誦以免難，不及事而終。"併出一帖，云："某嶺海萬里不死，而歸宿田里，有不起之憂，非命也耶！"蓋絕筆於此，後二日殆將屬纊而聞觀先離，琳叩耳大聲云："端明宜勿忘！""西方不無，但箇裏著不得。"世雄云："固先生平時履踐，至此更須着力。"曰："着力即差。"語絕而逝。二十八日，公薨，享年六十六。

崇寧元年閏六月，邁葬公于汝州郟城縣鈞臺鄉上瑞里嵩陽峨眉山，遵公治命也。

公自齠亂知讀書，始入鄉校，便有大志。及游場屋，爲名進士。試館閣，應制科，皆中高等。臨事以正，不能與時卷舒，而名益重，天下翕然宗師之。平生出處遊歷，悲歡感歎，一寓於詩與其雜著。其文集行於世者，不但《東坡集》與《後集》，又有《蘭臺》、《毗陵》、《備成》、《大全》者矣。其間詩文，顛倒錯亂，不可勝紀，覽者病焉。汴陽段仲謀編爲《行紀》，清源黃德粹撰爲《系譜》，一則擇焉而不精，一則語焉而不詳。予於暇日，因二家之述，徧訪公之文集，採其標題與其歲月，芟夷繁亂，翦截浮辭，而質諸名士大夫，以求其當，足以觀公宦游窮達之節，吟詠著作之時，名之曰《東坡紀年録》。又將因此而類公之詩文，使成次序，固有志焉，姑少俟之。

校　補　記

［1］洴陽早發　"陽"字底本作"隔"，據《蘇軾詩集》改。

［2］上吳内翰書……使與明詔之末　此段文字非蘇軾作，而實出自蘇轍《上兩制諸公書》，見《欒城集》卷二十二。

［3］孫氏萬松堂　底本脱"萬"字，據《蘇軾詩集》補。

［4］文登渦石遺垂慈堂老人　底本作"文登石渦遺垂堂老人"，有倒脱之誤，據《蘇軾詩集》補正。

［5］遊塗山荆山　"荆山"字底本作"荆州"，據《蘇軾詩集》改。

［6］求穆叔遞酒　此題底本頗多减省，原題作"和錢穆父送别并求頓遞酒"。

［7］再書二十五年前所作梁處士綠筠亭詩　"二十五年"，底本作"五十年"，據《蘇軾文集》卷六十八《題跋·書綠筠亭詩》改。

［8］藤州江上對月　"上"底本作"下"，據《蘇軾詩集》改。

歷代文話提要選刊

《四六話》二卷　　（宋）王銍撰

　　王銍，字性之，汝陰（今安徽阜陽）人。南渡後，寓居剡中，自稱汝陰老民。學問該博，"尤長於國朝故事"（陸游《老學庵筆記》卷六），嘗撰《七朝國史》，未及半，爲秦檜所阻，不克成書。有《雪溪集》、《補侍兒小名錄》、《默記》等。傳見《宋史》卷三二〇。

　　此書成於宣和四年（1122）。宋歐陽修、蘇軾等承唐代韓、柳古文運動之餘緒，倡復古文，文運丕變；然駢偶四六之文仍未廢棄，至北宋末迄於南宋，駢文反有轉盛之勢。評述四六之專書應運而生，本書即爲最早者。其重點在評述宋代表啓之文。《四庫全書總目》卷一九五批評本書"但較勝負於一聯一字之間。至周必大等，承其餘波，轉加細密。終宋之世，惟以隷事切合爲工，組織繁碎，而文格日卑，皆銍等之論導之也"。所言雖亦有理，但此書於駢文藝術之推闡入微處，亦時時而有。如論四六之用事，有伐材、伐山之分："伐材語者，如已成之柱桷，略加繩削而已；伐山語者，則搜山開荒，自我取之。"即取材生熟有別，且重於生熟之相對互濟。論屬對，以有"襯"者相稱始能見其工妙，即對偶之語詞內容與詞性必求上下相襯，以收烘托、工穩之效。他如"四六須只當人可用，他處不可使，方爲有工"，"四六貴出新意，然用景太多而氣格低弱，則類俳矣"，均可謂知言。其上卷之末，載其父王萃《爲滕甫所作辨謗乞郡劄子》，並謂"手簡尚在，今乃誤印在東坡市本文內"，《四庫全書總目》亦云可糾蘇集之誤。實此文與蘇軾《代滕甫辨謗乞郡狀》（見東坡七集本《奏議集》卷一五）僅前小半相同，後半幅全異，並非全是一文。兩文關涉，尚待考索，不能遽斷蘇集爲誤。

　　本書有明弘治十四年（1501）無錫華珵刊本（收入《百川學海》）、《四庫全書》本。另亦見涵芬樓本（商務印書館 1927 年版）《説郛》卷七九，題云《王公四六話》三卷，實所鈔僅二十三條。今據《百川學海》本録入。

《四六談麈》一卷 （宋）謝伋撰

　　謝伋,字景思,上蔡(今河南汝南)人。參知政事謝克家之子,理學家謝良佐之從孫(書中所稱"逍遙公"即謝良佐)。紹興初,侍父寓居黄巖,自號藥寮居士(又稱靈石山藥寮)。官至太常少卿。平生事迹略見葉適《謝景思集序》(《水心文集》卷一二)、《宋史》卷四二八。有《藥寮叢稿》。

　　此書成於紹興十一年(1140)。謝氏繼王銍《四六話》之後,論四六多以命意遣詞分工拙,尤重於剪裁,指明"四六之工,在於剪裁"。並謂四六施於制誥表奏文檄,原爲便於宣讀。"宣和間,多用全文長句爲對,習尚之久,至今未能全變。前輩無此體也。"又云:"若全句對全句,亦何以見工?"頗能切中當時四六之弊。至其摘取名言雋語以爲例證,亦自有獨見,多有與王銍不同處。且保留不少罕見資料。如李清照祭其夫趙明誠文之斷句,即賴此書而存,後始爲《苕溪漁隱叢話·後集》卷四○、《詩話總龜·後集》卷四八、《菊坡叢話》卷二五等引用。宋費袞《梁谿漫志》卷五《〈四六談麈〉差誤》條,曾指出本書記陳去非草《故相義陽公起復制》,因用語不當而貼麻自改,實乃"有旨令綦處厚貼麻,去非曾待罪,非令其自貼改也";又謂逍遙公(謝良佐)曾於崇寧元年入黨籍,非本書所記"初不入黨籍"云云,是謝氏所載,亦偶有差舛。

　　此書有《百川學海》本、《四庫全書》本、《學津討原》本、《學海類編》本、《叢書集成》本。各本所收條目多寡不一,《百川學海》本最爲完備,共六十八條,他本爲五十七條(或作五十六條),且文字訛誤亦少。今即據以錄入。

《文則》一卷　（宋）陳騤撰

　　陳騤(1128—1203)，字叔進，台州臨海（今屬浙江）人。紹興二十四年(1154)進士第一，秦檜當國，以其孫秦塤居其上。光宗時，任參知政事。寧宗時，知樞密院事兼參知政事，與權臣韓侂胄不合而罷官，提舉洞霄宫。嘉泰三年(1203)卒，年七十六。有《南宋館閣録》、《續録》、《古學鈎玄》等。傳見《宋史》卷三九三。

　　本書爲我國最早之專論辭章學的專著，成書於孝宗乾道六年(1170)。書名“文則”，乃旨在探求並總結“古人之文”的寫作法則，使學子從徒知“諷誦”進而知其文“味”。内容豐富，一是研究文體起源，以“序”、“説”、“問”、“記”等十四種文體，均出於六經等經典，指出“文士題命篇章，悉有所本”。二是結合文體辨析文章風格。如以《左傳》爲例，别爲八體而論其風格各異。大抵崇尚簡約含蓄、自然協和之風格。三是系統論述修辭問題，此爲全書重點。對比喻、援引、重複、交錯等二十多種修辭格，均有獨到之分析與首創之功，尤於比喻之分類，多達十種（直喻、隱喻、類喻、詰喻、對喻、博喻、簡喻、詳喻、引喻、虚喻），或有分類標準未能統一之病，但分門别類，剖析毫芒，實爲建立科學修辭學之先導，不宜以“太瑣太拘”、“舍大而求細”責之（《四庫全書總目》卷一九五）。全書采用闡析與例證相結合之方法，所取例證又多爲古文範例，此亦爲後世同類著作所取徑。

　　此書版本甚多，有元至正十一年(1351)劉貞金陵刊本、至正十九年(1359)陶宗儀刊本、明弘治二年(1489)山陰陳哲刊本、明萬曆甬東屠本畯刊本、萬曆繡水沈氏刊本（《寶顏堂秘笈》所收）、明末刊本、清順治四年（1647）李際期刊本、日本享保十三年（1728）刊本、文淵閣《四庫全書》本、嘉慶二十二年（1817）《台州叢書》本。又有人民文學出版社 1960 年校點本、書目文獻出版社 1988 年注釋本。諸本或分上、下二卷，或不分卷。今據《台州叢書》本錄入，但取消其分卷，並參考人民文學出版社本。

《朱子語類·論文》一卷　（宋）朱熹撰

　　朱熹(1130—1200)，字元晦，號晦庵，別稱紫陽，徽州婺源（今屬江西）人，生於南劍州尤溪，後徙居建陽考亭（今均屬福建）。紹興十八年(1148)進士，授泉州同安主簿。累官知南康軍、提舉浙東茶鹽公事、提點江西刑獄公事、知漳州、潭州。寧宗時任煥章閣待制兼侍講，立朝僅四十天。以韓侂胄用事，免職還鄉；又被劾"偽學"之罪，後致仕。著作豐富，有《四書章句集注》、《楚辭集注》、《詩集傳》等二十餘種，文集有《晦庵集》。傳見《宋史》卷四二九。

　　《朱子語類》共一百四十卷。其卷一三九題爲"論文上"（卷一四〇"論文下"爲論詩)，集中表現朱熹之古文理論與批評鑑裁，思深體大，爲理學家文論之代表，今予收入本書。朱氏論文以理學爲本，堅持道學本體論，主張"道者文之根本，文者道之枝葉"，"這文皆是從道中流出，豈有文反能貫道之理？"但他又精研古今文章，於文之藝術特質、寫作技巧乃至爲文者的思想學養準備等，涵咏玩索，體察精深，對唐宋古文大家的風格特色均有準確概括，對曾鞏文章之表彰，尤具個人審美選擇傾向。

　　《朱子語類》最早由黎靖德所編，集合九十七家所記之朱熹語録，初刊於南宋咸淳六年(1270)。今存版本甚多，有明成化本、萬曆本、清康熙本、同治本、光緒本。中華書局 1986 年出版之點校本，以光緒本爲底本。經核對，文淵閣《四庫全書》本實比光緒本爲優，今即據以録入，並參考中華書局本。

《習學記言序目·皇朝文鑑》
四卷　　（宋）葉適撰

　　葉適（1150—1223），字正則，自號水心居士，温州永嘉（今浙江温州）人。淳熙進士。歷官知蘄州、權吏部侍郎、知建康府兼沿江制置使、寶文閣待制兼江淮制置使。開禧北伐，支持韓侂胄用兵，立有戰功。韓侂胄敗誅，葉氏被劾奪職奉祠，還鄉講學。有《水心文集》等。傳見《宋史》卷四三四。

　　葉氏爲南宋永嘉學派之巨擘。《宋元學案·水心學案序録》云："乾、淳諸老既没，學術之會，總爲朱、陸二派，而水心斷斷其間，遂稱鼎足。"其學直承薛季宣、陳傅良之功利説，而發展爲"實事實功"之論。《習學記言序目》五十卷，乃其晚年之讀書札記，輯録經史百家，闡説己意，條列成篇。議論創闢，多異先儒。今録其卷四七至五〇之讀《皇朝文鑑》部分，雖主要從政治、學術、倫理角度評論《文鑑》所收之宋人詩文，但他並重文藻，於文章之事亦多有卓識。如駁周必大《序》以"偉"、"博"、"古"、"達"來概括北宋百餘年文章發展歷程，與實況不符；論"記"體，"至歐、曾、王、蘇，始盡其變態"；論蘇軾爲"古今論議之傑"，"用一語，立一意，架虛行危，縱橫倏忽"，極其騰挪跌宕之妙等，均中肯敏鋭。惟貶斥曾鞏，"文與識皆未達於大道"，則與朱熹之推崇曾鞏異趣。

　　此書初刊於嘉定十六年（1223）。今有瞿氏明抄本、葉氏清初抄本、光緒瑞安黃體芳刊本、1928 年永嘉黃群校本（即《敬鄉樓叢書》本）。今據光緒本録入，並參考中華書局 1977 年校點本。

《餘師録》四卷　　（宋）王正德撰

　　王正德，正史無傳。據書前《餘師録原序》"紹熙四年（1192）冬至日，海陵（今江蘇泰州）王正德引"，則當爲南宋光宗時人。

　　王氏早年有志於文，一生未爲世用。晚年家居，時人多往問"爲文正法"，疲於應對。因選輯前人論文之語而成此書，以代口述，"使歸而求之有餘師"，故名《餘師録》。所選名家從陳後山、皇甫湜直至韓子蒼、洪邁共五十五家，上自三國（魏文帝曹丕），下至宋代，未按時代先後，有失體例。然或采取書信序跋之論文者（如李泰伯《答李觀書》、洪邁《楚東酬倡序》），或截取成書之片斷（如劉知幾《史通》、顔之推《顔氏家訓》），或迻録碑銘傳志之資料，"去取之間，頗爲不苟"（《四庫全書總目》卷一九五），大抵著眼於論文章之取尚、利病、作法、要素及其功能效用等材料，尚稱精當。所取雖多爲習見之篇章，但當時遺籍後不盡傳者，亦往往而有。有的篇章在文字上有校勘之助，但徵引亦時有小誤。此種采集衆説、不加論斷的編纂方式，亦爲後世文話之常用體裁。

　　此書不見宋代公私書目著録，久無傳本。《四庫全書總目》云："惟載於《永樂大典》中，首尾雖完具，而不分卷數。"文淵閣《四庫全書》本約略篇頁，釐爲四卷；並考其訛缺，注於句下。今即據以録入。此外尚有墨海金壺本（收清嘉慶十四年〔1810〕張海鵬刻本）、《守山閣叢書》本（收道光年間刻本）等。

《過庭録》一卷　　（宋）樓昉撰

樓昉，字暘叔，號迂齋，鄞（今浙江寧波）人。紹熙四年（1193）進士，累官從事郎、宗正寺簿、守興化軍。從吕祖謙學，並師法吕氏《古文關鍵》，編選《崇古文訣》（一名《迂齋古文標注》），篇目增多，發明亦精，學者便之。教授鄉里，從學者數百人。有《中興小傳》、《宋十朝綱目》、《東漢詔令》等。

此書僅十一條，似非完帙。零錦碎玉，均稱精當。説助辭虚字有助“文字之妙”，柳宗元與《國語》之離合，《史記》“有俠氣”，作游士、游俠傳“分外精神”，論文章結構需“一節高如一節”，“須留最好者在後面”及論四六對句應“縷貫脈聯，文從字順”等，堪稱卓識，啓沃人心。

宋范公偁、清宋翔鳳等亦有《過庭録》，名同實異。樓氏此書僅見《説郛》卷四九，涵芬樓本，商務印書館 1927 年版。已收入上海古籍出版社 1988 年《説郛三種》本。今即據以録入。

《懷古録》一卷　　（宋）陳模撰

陳模，字子宏，廬陵（今江西吉安）人。生當南宋後期。師從熊晉仲，與時億、張塤交游，似以布衣終身。

此書成於宋理宗寶祐二年甲寅（1254）。書首有曾原一（字子實）寶祐三年乙卯（1255）序，謂淳祐八年戊申（1248）曾與陳模相會於洪州（今江西南昌），共同評説李商隱、杜甫詩；九年後再會，得見《懷古録》，稱其"上下古今，文章關紐，人物臧否，一一區析探索，不見真是非不止也"。此書共三卷，大抵上卷論詩，中卷論樂府，下卷論文，亦間有内容交叉處。作者以"率本敷明先正之所以言，時或參之己見"爲宗旨，頗多有得之見。在下卷論文方面，所涉甚廣。如論文風之平淡與頓挫，論行文先後之輕重緩急，論虛字"也"、"者"之妙用，論文字之繁簡等，均有精當之言。在對諸家評論中，尤稱道歐陽修，甚至認爲歐文優於韓、柳文："蓋韓、柳以其做作，有迹可尋，而歐文則自然之中有許多〔佳〕處，故難學。"可見對其鄉賢推崇之高。

《懷古録》僅存明鈔本，收在《説集》叢鈔之中，今藏中國科學院圖書館。另有傅增湘校鈔本，今藏北京國家圖書館，亦同出一源。中華書局 1993 年鄭必俊《懷古録校注》本即以明鈔本爲底本，今據以收録卷下部分，並重加整理。

《荆溪林下偶談》四卷　　（宋）吴子良撰

　　吴子良（1197—1256），字明輔，號荆溪，台州臨海（今屬浙江）人。寶慶二年（1226）進士。累官湖南轉運副使、太府少卿。寶祐四年（1256），因忤史嵩之、鄭清之而罷職，尋卒。著有《荆溪集》，已佚。傳見《宋史翼》卷二九。

　　此書原無撰者名氏，《四庫全書總目》卷一九五據《南溪詩話》等材料考出其作者爲吴子良，可以信從。吴氏先從陳耆卿（篔窗）學，後又登葉適之門，書中對二人敬禮有加，推崇備至，其文論思想尤與葉氏一脈相承。

　　此書乃兼評詩文之作。其論文者，範圍甚廣，自《尚書》、《孟子》及於韓、柳、歐、蘇、葉諸人之文，均有評賞鑑裁。於北宋推重歐氏，“本朝四六以歐公爲第一”，其古文則兼擅“和平之言難工”與“感慨之詞易好”之長；於南宋則以葉適爲翹楚，“水心篇篇法言，句句莊語”，其多篇墓誌文“隨其資質，與之形貌”，各具面目，絕不雷同。其論爲文要素乃理、氣、法，論韓愈《獲麟解》、柳宗元《游黄溪記》句式仿《史記》，論“四六與古文同一關鍵”，論作文難而爲人所深識更難，論“好罵爲文章大病”，論唐人雜説仿於《孟子》齊人乞墦一段，以及指責詞科習氣等，均能自抒卓識，《四庫全書總目》評其“所見頗多精確”，符合實際。

　　此書曾被後人分裂爲二：論文者輯爲《木筆雜鈔》二卷，論詩者輯爲《吴氏詩話》二卷，均收入曹溶《學海類編》中。《四庫全書總目》

並録三書,且予辨明。尤謂《木筆雜鈔》摘鈔成書,"別標新名,又僞撰小序弁於首,蓋姦黠書賈所爲,曹溶不辨而收之耳"(卷一二七)。

此書有明抄本、明萬曆繡水沈氏刊本(即《寶顏堂秘笈》續集本)、明末刊本(殘本,曾爲吳興嘉業堂所藏)、藝海樓抄本(亦曾藏於嘉業堂,見《嘉業堂藏書志》卷四)及《四庫全書》本。今據明萬曆繡水沈氏刊本録入。該刊本校訂者郁嘉慶云:"(此書)昔分爲八卷,今作四卷。"而四庫館臣云:"(明人)士粦(姚士粦)所合併。"

《黃氏日抄·讀文集》
十卷　　（宋）黃震撰

　　黃震(1213—1280)，字東發，號於越，慈溪(今屬浙江)人。寶祐四年(1256)進士。爲史館檢閱，出判廣德軍，知撫州，後移浙東提舉常平。爲學宗尚朱熹，門人私諡文潔先生。有《古今紀要》、《黃氏日抄》等。傳見《宋史》卷四三八。

　　《黃氏日抄》共九十五卷，爲其讀經史子集諸書之筆記。今選録卷五九至六八《讀文集》者十卷，分別對韓愈、柳宗元、歐陽修、蘇軾、曾鞏、王安石、黃庭堅、汪藻、范成大、葉適等十家文集，予以摘抄，斷以己意，亦有僅録名言雋語而不加評騭者。黃氏稽經考史，一折衷於朱子，然亦不拘門户。大抵推崇韓愈"明聖道，以六經之文爲諸儒之倡"，功不下孟子；而斥柳宗元"不根於道"、"是非多謬於聖人"，尤對王安石之治術，詆之甚力。但就文論文，則多平允精粹之語。認爲柳氏記志人物、摹寫山水，"峻潔精奇，如明珠夜光，見輒奪目"，又指出"柳碑多排句"，一似"韓、柳未出時文體"，實可窺見駢、散之間相磨相融之複雜關係。於王安石，亦謂"荆公之文多澹靖"，"記志極其精彩，仿佛昌黎"。於歐、蘇之爲人爲文，並予揄揚，以爲本朝文明之盛，歐、蘇之"文章"，正與伊洛之"義理"相垺。評析中亦多體會有得之見。本書又有輯佚、校勘之助。今人孔凡禮《范成大佚著輯存》(中華書局1983年)即從本書《范石湖文》卷輯得大量佚文。且范氏全集已佚，亦可從《日抄》中窺知其編次與概貌。

　　此書有元至元三年(1337)沈選序本、耕餘樓刊本、乾隆三十二年
(1767)新安汪佩鍔藝暉閣重刻宋本、《四庫全書》本。今據乾隆三十
二年汪氏本録入，並以《四庫》本參校。

《玉海·辭學指南》四卷　　(宋) 王應麟撰

　　王應麟(1223—1296)，字伯厚，號深寧居士，又號厚齋，慶元鄞縣(今屬浙江寧波)人。淳熙元年(1241)進士。時學風空虛固陋，王氏發憤致力於典章制度之學。正直敢言，屢忤權臣，數遭罷斥。官至禮部尚書兼給事中。後辭官回鄉，專事著述二十年。宋亡不出。所著多達二十餘種，約六百餘卷，有《困學紀聞》等。文集《深寧集》久佚。傳見《宋史》卷四三八。

　　此書附刻於王氏大型類書《玉海》之末(卷二〇一至二〇四)，實爲專書。書名"辭學"，指"詞科"之學。宋時把貢舉科目宏詞科、詞學兼茂科、博學宏詞科三種統稱爲"詞科"。紹聖元年置宏詞科，考試章表、戒諭、露布、檄書等十種文體。大觀四年改爲詞學兼茂科，加試制、詔，不試檄書。紹興三年始改爲博學宏詞科，考制、誥、詔、表等十二種文體。嘉熙二年，又改稱爲詞學科。至王氏之世，唯存博學宏詞一科。王氏此書專爲應試詞科而編著，對各種文體的探討，頗爲精細。王氏本人於寶祐四年丙辰(1256)考中博學宏詞科，對此道更體會深切。自序云："朱文公謂是科習諂諛夸大之辭，競駢儷刻雕之巧，當稍更文體，以深厚簡嚴爲主。然則學者必涵泳六經之文，以培其本云。"他著眼於應試角度，闡釋各類文體命名之義，並尋根溯源，輔以例證，指點作法，示以門徑、法式。還保存不少宋時詞科之史料，亦頗可參酌。

此書有元至元本。又有元刊明修清康熙補刻本、成都志古堂本、《四庫全書》本、浙江書局本。今即據浙江書局本（江蘇古籍出版社1987年影印本）録入。

《論學繩尺·行文要法》
一卷　　（宋）魏天應撰

　　魏天應，號梅墅，建安（今福建建甌）人。生當宋元之交。受業於謝枋得，其《送疊翁老師北行和韻》有"綱常正要身扶植，出處端爲世重輕"句，崇尚氣節。

　　《論學繩尺》一書由魏天應編選，林子長箋注，選録南宋科舉中選之文一百五十六篇，釐爲十卷，每兩篇爲一格，共七十八格，反映出宋南渡以後，場屋策論的程式漸嚴，試官執定格以衡文，舉子亦循定格以求售，書名"繩尺"即由於此。其所論述破題、接題、小講、大講之類，實開後世八股文之先聲，可見八股文之源流所自。卷首爲"行文要法"一卷（《四庫全書》本作《論學繩尺論訣》），輯録吕祖謙以下宋人論文之語，多有超出科舉程式而涉及一般文章寫作理論、技巧者，頗可參酌。其中不少内容今已不見他書，較爲可貴。

　　此書原由南宋建陽書肆所刊，歲久殘缺。明天順時福建按察僉事、提督學校游明（1413—1472）訪得舊本，重爲校補，以《校正重刊單篇批點論學繩尺》之書名刊行（一名《批點分格類意句解論學繩尺》）。原刊本罕見，僅存復旦大學、北京大學圖書館等處。亦有《四庫全書》本。今據復旦大學所藏明刊本録入《行文要法》部分，並録明人何喬新序文（此序前半部分，明刊本原缺，已據嘉靖元年刊《椒丘文集》補）和游明原序（此序《四庫全書》本缺）。又，此明刊本之目録，與正文之内容、格式不盡相同，悉照原貌，不作改動。

《浩然齋雅談評文》一卷　　(宋)周密撰

　　周密(1232—1298),字公謹,號草窗、蘋洲、四水潛夫、弁陽老人等,濟南(今屬山東)人。南渡後,流寓吳興。曾官義烏令。宋亡不仕。居杭州,與謝翱、鄧牧相往還,抗節自守。善詞,工麗精巧,亦有感慨時事之作,與王沂孫、張炎等共結詞社。著述豐富,有《草窗韻語》、《蘋洲漁笛譜》、《草窗詞》、《武林舊事》、《齊東野語》、《癸辛雜識》等。

　　《浩然齋雅談》原無傳本,僅散見於《永樂大典》中,由清四庫館臣輯録編成,"以考證經史、評論文章爲上卷,以詩話爲中卷,以詞話爲下卷"(《四庫全書總目》卷一九五)。中卷詩話由日本梁川星巖、菅老山二人別出刊爲《浩然齋詩話》(後近藤元粹又改稱《弁陽詩話》,刊入《螢雪軒叢書》中);下卷詞話以《浩然齋詞話》爲名收入唐圭璋《詞話叢編》。今録上卷論文者入本書。

　　此卷體近説部,以搜集遺聞逸事爲主,兼及評騭文章優劣,所記均有價值。如記陳振孫謂蘇洵《辨姦論》兼諷二程,李清照於紹興十三年癸亥代撰《端午帖子詞》爲秦檜所惡,陸游致仕之制誥,考其作者乃周密外祖而非他人,皆有助史事辨證;而論蘇軾、劉敞等好以人體喻治國之類,則多涉作文之法。然於訓詁考據非其所長,如首條解《易·井》"井谷射鮒",以"鮒"爲"鯽","不知《説文》鯽字本訓爲烏鰂,後世乃藉以名鮒;羅願《爾雅翼》辨之已明"(《四庫全書總目》)。

　　《浩然齋雅談》有《四庫全書》本、武英殿聚珍版本、《懺花盦叢書》本、《叢書集成》本等。別有盧文弨校本。今據《四庫》本録入，其中案語爲四庫館臣所加。

《文章精義》一卷　　（元）李淦撰

　　李淦，字耆卿，朱熹再傳弟子，學者尊爲性學先生。建昌南城（今屬江西撫州）人。常見作“李涂”，實誤，此據元代程鉅夫《故國子助教李性學墓碑》（《雪樓集》卷二〇）。入元曾任國子助教，卒於官。

　　此書爲李淦門生于欽向其問學聽講之筆記，並由于欽於元至順三年（1332）初刻行世。于欽，《新元史》卷一九六有傳，謂于氏卒於至順四年（1333），時年五十，則其生年爲元至元二十一年（1284）。據本書于欽所作跋尾，他從李淦聽講時，年“十八九”，並予“隨筆之於簡帙”，則當在大德六年（1302）左右。由此推斷，此書不僅初刊在元代，且筆録成稿亦在元代。李淦爲宋元間人，但此書應成書於元，一般將其列入南宋，實不確。

　　作者學出朱子，論文多本六經，標舉“聖賢明道經世之書，雖非爲作文設，而千萬世文章從是出焉”。強調“做大文字，須放胸襟如太虛始得”，立論甚高。而尤擅於作文之精深法則的探求，如論文章四難，貴自然平正，倡辭理俱到，均見允當；對文章布局結構，提出需有“間架”，“間錯而不斷”，“起句發意最好”等，亦屬體會有得之見。其論諸家文章特色，更多鞭辟入裏之語，從比較角度分析諸家文風，尤爲嫻熟精彩，如“韓如海，柳如泉，歐如瀾，蘇如潮”等（後人又演變爲“韓潮蘇海”）。論二程與朱熹優劣，既謂“晦庵先生治經明理，宗二程而密於二程”，又謂“二程一句撒開，做得晦庵千句萬句；晦庵千句萬句，挈斂來只作得二程一句”，即學術上朱優於程，文字上則反之，持論不拘門户之見，更爲難能可貴。

此書有元至順三年(1332)于欽刊本、文淵閣《四庫全書》本，又有人民文學出版社 1960 年本。今據元刊本録入，並參考人民文學出版社本。

《修辭鑑衡評文》一卷　　（元）王構撰

　　王構（1245—1310）字肯堂，號安野，又號瓠山，東平（今屬山東）人。幼師李謙，頗受當時"東平學"之薰習。曾任翰林國史院編修。被稱爲"學問該博，文章典雅"（《元史》本傳）。有文集三十卷，已佚。傳見《元史》卷一六四。

　　作者於大德九年（1305）任濟南路總管時，爲授門生劉起宗而出示所編此書。書名"修辭"，實泛指辭章之學。書共二卷，卷一論詩，卷二論文，末附論四六。輯錄宋人詩話及文集、雜記而成，"所以教爲文與詩之術也"（王理《修辭鑑衡序》）。全書共二百零一條，卷一爲一百一十三條，卷二爲八十八條。除"結語"一條爲王構所論外，均爲宋人評詩論文之語。王氏選材頗爲精當，並設置"詩以意爲主"、"古文有三等"等標題（卷一有四十七題，卷二有四十九題），眉目釐然；有的同一標題下撮輯數條言論（如"用事"等），亦堪比照參酌。《四庫全書總目》卷一九六云：此書"所録雖多習見之語，而去取頗爲精核"，"具有鑑裁"，推爲"談藝家之指南"，不爲無因。論文部分，多選録文主傳道明心、多學、多作、養氣之文人修養，以意爲主、力求創新以及謀篇、修辭、風格等方面之言論。通觀全書，雖爲指導初學者而編纂，而實已略具宋人詩文理論、批評之大要。

　　此書具有重要之輯佚、校勘價值。全書引用宋人著作四十六種，其中詩話二十二種，文集、雜記二十四種，有不少現已亡佚或僅存節本者，如《詩憲》、《蒲氏漫齋録》、《周小隱詩話》、《孫氏詩譜》、《麗澤文

212

説》(此書引用八條)等。郭紹虞《宋詩話輯佚》從此書中輯得大量佚文,如《王直方詩話》採得十六條(此書稱名爲《詩文發源》,近人或誤將《詩文發源》作爲《修辭鑑衡》之別名,不確);此書引《童蒙訓》多至三十四條(上卷八條,下卷二十六條),亦爲郭氏所輯録。即或尚存之書,亦有佚文可採。此書卷二引《吕氏家塾記》兩條,實爲北宋人吕希哲之《吕氏雜記》。

此書今存影元抄本(日本静嘉堂文庫)、元至順四年集慶路儒學刊本(臺灣“中央圖書館”;又見葉德輝所輯《麗廔叢書》、《郋園全書》)、《四庫全書》本、《指海》本(又見《叢書集成》初編本)。另《文學津梁》選收此書卷二論文部分,爲一卷本。今據《四庫全書》本録入卷二論文部分。

《文章歐冶（文筌）》八卷附《古文矜式》等 　　(元)陳繹曾撰

　　陳繹曾，字伯敷，號汶陽左客，原籍處州(今浙江麗水)，後僑居吳興。至順中(1330年左右)官國子監助教。先從父執戴表元受學，後師從敖繼翁(字君善)。許有壬《薦吳炳陳繹曾》(《至正集》卷七五)評云："江南陳繹曾，博學能文，懷才抱藝，挺身自拔乎流俗，立志尚友乎古人。"著作除《文章歐冶》、《文説》外，還有書法論著《翰林要訣》等。傳附見於《元史》卷一九〇《陳旅傳》。

　　《文章歐冶》國內罕見，現通行者爲日本元禄元年(1688)伊藤長胤刊本，包括《古文譜》七卷、附録《四六附説》。另又收入《楚辭譜》、《漢賦譜》、《唐賦附説》、《古文矜式》、《詩譜》五種。其中《古文矜式》和《詩譜》曾單行別出而被著録於公私書目。

　　此書原名《文筌》。陳氏於至順三年(1332)作《文筌序》云："夫筌所以得魚器也，魚得則筌忘矣。文將以見道也，豈其以筆札而害道哉！"揭示命名之由和著書之旨。把此書改名《文章歐冶》者殆是明人朱權，見其所刻《文章歐冶》(今藏山東省圖書館)，其序後有行書"神"字等特別標識(後明周弘祖所撰《古今書刻》上編，載各直省所刊書籍，在"江西弋陽王府"下也有《文章歐冶》一書)。改名者在《文章歐冶序》中云："汶陽陳繹曾演先聖之未發，泄英華之秘藏，撰爲是書，名曰《文筌》，可謂奇也；然出乎才學，見乎製作規模，又可謂宏遠矣。"又云：爲使後學"知夫文章體制有如此法度，庶不失其規矩也。更其名曰《文章歐冶》"。説明改名之由及此書主要價值在於從寫作規範、法度上闡發"蕴奥精微之旨"。

此書涉及古文、駢文、賦、詩等多種門類,對文學本體、修養、創作、鑒賞、文體、風格悉有論列,視野開闊,框架完整,論述詳備細密,多有體悟有得之見。如《古文譜》論爲文之道,大抵由辨體以定型範,養心以涵内情,積學以明道理,研閲以廣見識,秉術以習技巧。而於具體寫作技巧,更細析有抱題十四法、用筆九十法、造句十四法、下字四法、用事十八法、描寫七法、叙事十一法、議論七法、養氣八法、起端八法、結尾九法等,名目繁多,極盡條列化之能事,雖不免有强立名目、瑣碎固陋之弊,但亦見用心細密、抉剔入微之處。

本書有日本元禄元年(1688)京都刻本(又見長澤規矩也所編《和刻本漢籍隨筆集》第十六輯),此本乃據朝鮮光州刊本(刊於 1550 年,明嘉靖二十九年)重刊。光州刊本之刊行者爲全羅道監司南宫淑、大司諫尹春年等,且有尹春年少量注釋。國内僅存兩本,除山東省圖書館所藏明初朱權刻本外,另一清抄本藏於華東師範大學圖書館(現已收入《四庫全書存目叢書》集部第 416 册、《續修四庫全書》集部第 1713 册)。此書亦增附於《新刊諸儒奥論策學統宗》之前(藏臺灣"中央圖書館")。今據和刻本録入,並以華東師大抄本參校。

《文説》一卷 （元）陳繹曾撰

　　《文説》爲陳繹曾答陳儼（陳文靖公，元翰林學士）之問而作，實亦適應元仁宗延祐年間恢復科舉、指導舉子應試之需。先論爲文之法，計分養氣、抱題、明體、分間、立意、用事、造語、下字八項分別論析；後論爲學之法，有科舉讀書法，指出研讀需分四步驟：先粗看，次分段，次分節，再次揣摩文章作法，並對讀經讀史讀文均有具體指點。大抵崇奉朱熹之説，因其著述時已懸爲功令準的，不可違拗；但又能突破程式畦畛，而深入把握寫作技巧。如論抱題法，列舉開題、合題、括題、影題、反題、救題、引題、蹙題、衍題、招題十端，雖不免分類過細卻能開拓思路，活躍文情。

　　本書有《四庫全書》本（上海圖書館藏清抄本，即爲《四庫》底本）。周鍾游輯入《文學津梁》（1916 年），不如《四庫》本，今即據《四庫》本錄入。

《金石例》十卷　（元）潘昂霄撰

潘昂霄，字景樑（一作梁），號蒼崖，濟南（今屬山東）人。雄文博學，爲時推重，學者稱蒼崖先生。官至翰林侍讀學士，出入翰苑達二十餘年。卒謚文僖。有《蒼崖類稿》（已佚）、《河源記》等。

《金石例》一書乃其子潘詡於至正五年（1345）所初刊，八年（1348）王思明重刊。作者本“文章以體制爲先”之宗旨，卷一至卷五論述碑碣銘志之起源、功能，而於貴賤、品級、塋墓、羊虎、德政、神道、家廟、賜碑等制度，詳予辨析；卷六至卷八，則以韓愈所撰碑誌爲實例，提綱舉要，條分類聚，而於家世、宗族、職名、妻子、死葬日月等之記述，歸納義例，總結作法、用語，標爲程式，以爲後世準的，矯正當時虛浮猥碎之文弊，並成爲我國第一部研究碑板文體之專著。但於立例之義理較少闡發，分疏亦有失細瑣，並有不必例而例之者。如上代兄弟宗族姻黨之有書有不書，不過以其著名不著名而隨意確定，初無定例，不必强以立例。故亦開後人繼續研討之風，如清黃宗羲《金石要例》、郭麐《金石例補》等，近人繆荃孫撰有《札記》一卷附刻於潘氏此書之後。卷九則雜論其他文體，計有制、誥、詔等十三類，涉及頗廣；卷一〇則爲史院凡例，作者久歷翰院，於朝廷各類文書，知之甚稔，此卷舉二十七條以示例。後兩卷與《金石例》書名不符。

此書有元刻本、明刻本、清《金石三例》本、《四庫全書》本、《式訓堂叢書》本、《隨盫徐氏叢書》本。今據乾隆二十年校刊《金石三例》本錄入。

《作義要訣》一卷　　（元）倪士毅撰

　　倪士毅（1303—1348），字仲弘，歙縣（今屬安徽）人。師從陳櫟（字壽翁，號定宇）。隱居祁門山，潛心講學，學者稱爲道川先生。有《重訂四書輯釋》等。

　　宋熙寧時更科舉之法，罷詩賦而改以經義論策試士。元時取士，經義亦爲必試科目。此書即爲舉業者應對該科而編撰。倪氏參酌曹涇（宏齋）等説，分列“論冒題”、“原題”、“講題”、“結題”四則，逐次指明寫作要領，以供初學者揣摩模擬，熟習程式，實明清時八股之濫觴。所論未及文章之根本，但某些見解，如措辭“長而轉換新意，不害其爲長；短而曲折意盡，不害其爲短”。又云“務高則多涉乎僻，欲新則類入於怪。晦則讀之使人厭，淺則讀之使人輕。下字惡夫俗，而造作太過，則語澀；立意惡夫同，而搜索太甚，則理背”等，不爲無益，亦見時文與古文之法自有相通之處。其“總論”提醒初學者對其所論，應“即類推之，以心體之，自求其意於外，而得胸中之活法，乃有實工夫耳”。並非拘於程式，可謂導示有方。

　　此書有《四庫全書》本、《十萬卷樓叢書》本、《叢書集成》本。亦有附刻於元陳悦道《書義斷法》之後者。今據《十萬卷樓叢書》本録入。

《東坡文談録》一卷　　（元）陳秀明撰

　　陳秀明（《四庫全書總目》作秀民），字庶子，四明（今浙江寧波）人。初官武岡城步巡檢，擢知常熟州。後爲張士誠參軍，歷浙江行中書省參知政事、翰林學士。除編《東坡文談録》外，尚有《東坡詩話録》三卷行世。

　　此書雜採諸家評論蘇軾文章之語，兼及遺聞逸事，大抵爲人所習見。亦有蘇軾自評其文之資料。隨意採輯，體例不純，且未能每條皆注出處。但作爲蘇文彙評專書，尚屬首創。所引書目，惟《燕石齋補》一書，世罕傳本。

　　此書有《學海類編》本、《叢書集成》本。今據《學海類編》本録入。

《文原》一卷　（明）宋濂撰

　　宋濂（1310—1381），字景濂，號潛溪，又號玄真子。其先金華潛溪人，至濂，乃遷浦江（今屬浙江）。元時，師從吳萊、柳貫、黄溍，隱居著書。入明，詔修《元史》，命充總裁官。累官至翰林學士承旨、知制誥。爲明“開國文臣之首”（錢謙益《列朝詩集小傳》本傳）。有《宋學士全集》、《浦陽人物記》等。傳見《明史》卷一二八。

　　宋濂生當元、明易代之際，社會動蕩，文風凋敝，因力主“以道爲文”，以經世致用爲文章根本。此卷分上、下兩篇，前有小引，後加按語。上篇推闡文章本源，乃是“天地自然之文”，繼推及“有關民用及一切彌綸範圍之具，悉囿乎文”；然若“無以紀載之，則不能以行遠，始托諸詞翰以昭其文”，則於詞翰文采並不抹煞，但仍有“本末”、“體用”之原則區別。下卷論文章寫作，首重寫作者之“養氣”，“人能養氣，則情深而文明，氣盛而化神，當與天地同功也”。凡此前人均有論述，非其創見，然正適應明初文治教化之要求。其指摘文弊處却有己見，提出“四瑕”、“八冥”、“九蠹”諸端，力斥擬古板滯之病，對以後唐宋派有所啓示。

　　此書有《學海類編》本、《叢書集成》本。又有清鈔本（丁丙跋），藏南京圖書館。今據《學海類編》本録入。

《文式》二卷 （明）曾鼎撰

　　曾鼎，字元友，更字有實，泰和（今江西吉安）人。元末曾任濂溪書院山長。明洪武初，被聘任教社學。好學能詩，兼工八分書法及邵雍《易》學。傳見《明史》卷二九六。

　　據本書作者自序，他早年游學四方，從先輩處得《文場式要》一書，繼又得《古今文章精義》（李淦），以爲深得"作文之法"。後又獲趙撝謙所編《學範》，該書共分《教範》、《讀範》、《點範》、《作範》、《書範》、《雜範》六門，其中《作範》亦論作詩文之法。曾鼎於是交互參訂，編成《文式》二卷。

　　此書上卷以採録《作範》爲主，前半論文，後半論詩，並引用陳繹曾《文説》（全文）、陳騤《文則》、嚴羽《滄浪詩話》、皎然《辨體一十九字》等論文説詩之語，頗有與今本文字相異者，可供校勘。不少材料較爲少見，如《詩則》、《詩家一指》等。其間時有趙撝謙（趙曰）、曾鼎本人（曾曰）之不少按語，亦見精當之處，如上卷末趙氏論情景交融之各種情況，甚爲細緻。下卷則録李淦《文章精義》（全文）、吕祖謙《古文關鍵》導語、蘇伯衡《述文法》三種。《述文法》一書，今頗罕覯，賴此書猶存若干精彩片斷。

　　此書有明嘉靖八年高仲芳刻本，藏於廣東省社會科學院。今據日本内閣文庫所藏舊鈔本録入。國家圖書館藏有《文式》明刻殘本，已收入《續修四庫全書》第 1713 册，誤題作"陳繹曾撰"。今即以此書參校，所缺部分則以陳繹曾《文説》補校。

221

《文章辨體序説》 （明）吳訥撰

　　吳訥（1372—1457），字敏德，又字克敏，號思庵，常熟（今屬江蘇）人。歷仕成祖永樂、仁宗洪熙、宣宗宣德、英宗正統四朝。官至南京左副都御史。剛介有爲，博極群書。有《小學集解》等。傳見《明史》卷一五八。

　　《文章辨體》爲詩文選集，採録明初以前詩文，分體編輯，凡五十五卷。正集五十卷，所列文體凡五十（《四庫全書總目》作四十九體），大抵以宋真德秀《文章正宗》爲藍本；外集五卷，列文體凡九（《四庫全書總目》作五體），爲駢偶詞曲之類。書前有《凡例》八則，説明編選宗旨“文章以體制爲先”，故以文體區分爲編纂原則，亦是分卷根據；“作文以關世教爲主”，則選文著重於内容之明道致用；又主文體“正變”之説，以古相尚，推崇古樸，但又録入“四六對偶及律詩、歌曲五卷，名曰外集”，雖不無軒輊之意，然能選入“詞”作，“以著文辭世變”，頗超拔當時一般選集之上，可謂卓識。《四庫全書總目》卷一九一斥其“收入詞曲，已爲泛濫”，實非公允。書前又有《諸儒總論作文法》，備舉古賢論文之語。次爲各體目録，均作序説，對五十九類文體之命名意義及其源流、分類、作法等，詳予闡述。今人抽出序説及《凡例》、《諸儒總論作文法》等，別爲一書，命以《文章辨體序説》行世，成爲明代文體論之總結性專著。此後徐師曾《文體明辨》、賀復徵《文章辨體彙選》等均受吳氏之直接影響。

　　此書有明天順八年（1464）本、嘉靖三十四年（1555）本。人民文學出版社1962年于北山校點本，校勘精細。今據明嘉靖本録入，並吸取人民文學出版社本之校點成果。

《四友齋説・論文》
一卷　　（明）何良俊撰

　　何良俊(1506—1573)，字元朗，號柘湖居士，松江華亭(今上海松江)人。與弟良傅並負俊才，時人以二陸方之。篤學勤奮，"二十年不下樓"(《明史》本傳)，博洽多聞。嘉靖中以歲貢生入國學，特授翰林院孔目。有《何氏語林》、《何翰林集》。傳見《明史》卷二八七。

　　《四友齋叢説》三十八卷，作者自序云："四友齋者，何子宴息處也。""四友云者，莊子、維摩詰、白太傅與何子而四也。"此書爲筆記雜著，卷二三乃論文專卷，今録入。(從此書有關内容析出而成專書者甚多，如《四友齋書論》、《四友齋畫論》，見於《美術叢書》；《四友齋曲説》見於《新曲苑》等。)此卷論文之作共四十九條，於所見所聞，隨筆記録，不加詮次。既論析古人文章，自春秋以迄唐宋，中對漢時秦嘉妻徐淑之文，特予表彰，對黃庭堅文評析多達四條、引用其言論四條，似有偏嗜；亦於當朝文家多所評騭，如謂"今人作文，動輒便言《史》、《漢》，夫《史》、《漢》何可以易言哉！"指明七子"文必秦漢"之説爲徒托空言，於本朝人持論頗嚴。既大量輯採前賢論文之精言雋語，如李華、蕭穎士、蘇軾等，亦迻録本朝散文作品，如全文鈔載沈周(石田)《化鬚疏》文，贊爲"用事妥切，鑄詞深古"，"今世後進""動輒即談《史》、《漢》，然豈能有此一字耶？"鋒芒所向仍爲七子末流。

　　此書初刻於隆慶三年(1569)，爲三十卷本；重刻於萬曆七年(1579)，爲三十八卷本，即中華書局 1959 年排印本。今據萬曆本録入。

223

《文體明辨序説》 （明）徐師曾撰

徐師曾（1517？—1580？），字伯魯，號魯庵，吳江（今屬江蘇）人。嘉靖三十二年（1553）進士，選庶吉士，歷吏科給事中。世宗殺戮諫臣，嚴嵩當權，遂乞告歸，杜門著述。享年六十四歲。有《禮記集注》、《今文周易演義》等。

《文體明辨》共八十四卷，凡正集六十一卷，文章綱領一卷，目録六卷，附録十四卷，附録目録二卷。據徐氏萬曆元年（1573）自序，其書"大抵以同郡常熟吳文恪公訥所纂《文章辨體》爲主而損益之"，既秉承吳訥論文"以體制爲先"的宗旨及其編選凡例，强調"文章之有體裁，猶宮室之有制度，器皿之有法式"，不能"率意爲之"；又認爲"自秦、漢而下，文愈盛；文愈盛，故類愈增；類愈增，故體愈衆；體愈衆，故辯當愈嚴"，因對吳書之"品類多闕，取舍失衷"予以調整。吳書共分五十九類，此書擴之爲一百三十六類，或新增，或細分，如"論"細分爲"論"、"説"、"原"；"論"又再分爲"理論"、"政論"、"經論"、"史論"、"文論"、"諷論"、"寓論"、"設論"等八品，確有"其取類也肆，其辯析也精"（趙夢麟序）之優長。然亦不免失之瑣細。徐氏的辯體意識也更爲自覺，他明確提出，其書"唯假文以辯體，非立體而選文"，選文乃爲便於辯體，不同於一般的文章選集。徐氏對吳訥之正變説，亦有因有革。雖亦同有尚古復古的正統觀念，但在具體處理時却較尊重實際。如對近體詩（律詩），吳書貶入外集，此書進入正編，並説明此乃文體流變之客觀事實。綜觀此書，卷帙浩繁，條分縷析，多有發明，是明代繼

《文章辨體》之後另一部文體論總結性專著。今人抽出序説及《文章綱領》等，別爲一書，命以《文體明辨序説》行世。

此書有明萬曆八年（1580）吳江董氏壽檜堂刊本，萬曆十九年（1591）吳江刊本，八書堂刊本，日本寬文三年京都刊本。人民文學出版社 1962 年羅根澤校點本，校勘精細。今據明萬曆本録入，並吸取人民文學出版社本之校點成果。

《文章一貫》二卷　　（明）高琦撰

　　高琦，號格庵，山東武城人。嘉靖五年（1526）進士。餘不詳。

　　此書采取"輯"而不作之編纂方式，但已非散漫無序、雜録前賢論文之語而已，而能依編者之文論思想加以歸類編次，頗成系統，在文話同類著述中尚屬首次。間亦有高氏少量按語，參以己意，如"引用"末"有逐段引證者"一段、"譬喻"末"譬喻忌稠叠"兩段等。高氏認爲："意不立則罔，氣不充則萎，篇章句字不整則淆"，因於上卷設"立意"、"氣象"、"篇法"、"章法"、"句法"、"字法"六目；進而又云："吾於是立起端以肇之，叙事以揄之，議論以廣之，引用以實之，譬喻以起之，含蓄以深之，形容以彰之，過接以維之，繳結以完之。"因於下卷設"起端"、"叙事"、"議論"、"引用"、"譬喻"、"含蓄"、"形容"、"過接"、"繳緒（結?）"九目。大抵上卷爲綜論，下卷爲具體作法，規模燦然，逐層推演，指示學者途轍，頗寓"執一貫萬"之旨趣。選材亦稱嚴謹，且同類資料彙集一處，足資相互參證。取材豐贍，頗多罕覯者，如《蒲氏漫齋語録》、《場屋準繩》等書，林執善、吳琮、吳鎰、鄒道鄉、歐陽起鳴及李福堂等論文之語，皆有可圈可點處。

　　此書首題"同窗時庵吳守素同集"，則吳守素當爲助編者。據程默（煙谿）序、程然（晴谿）跋，知此書初刊於嘉靖六年（1527），即高琦中進士之次年。但國內久無傳本。日本東京成簣堂文庫藏有朝鮮銅活字本。又有寬永二十一年（1644）四月京都風月宗智刊本（已收入長澤規矩也《和刻本漢籍隨筆集》第十六輯）。今據寬永和刻本録入，並據成簣堂文庫藏本校改數字。

《論學須知》一卷　　(明) 莊元臣撰

　　莊元臣,字忠甫(一作忠原),自號方壺子,歸安(今浙江湖州)人。又自署松陵(今江蘇蘇州)人。隆慶二年(1568)進士。有《莊忠甫雜著》二十八種,又編有《三才考略》。

　　此書爲其《莊忠甫雜著》之一,書前並題《曼衍齋草》。莊氏認爲"文,心聲也","天下之至文""本乎自然",原乃無思無飾之文;然後世却病於"不能思"、"不能飾",因而應求"思之之方"與"飾之之術"。此書以《孟子》、韓愈及蘇氏父子之文爲典範,而尤推崇蘇文。提出爲文有四要訣,即"意"、"章法"、"句法"、"字法",以"立意欲婉而高,章法欲圓而神,句法欲亮而健,字法欲精而確"爲文章理想之境,並分節一一予以闡發。如論立意,應力避"庸"、"悖"、"迂"、"稚"、"浮"、"陋"之弊,對立意與擇題關係詳予搜討,分拗題立意、拗俗立意、輕題立意、題外尋意、就題立意、借題寓意、設難以盡意、牽客以伴主等十五類,雖或有以時文之法説古文之傾向,然於文章學理論與批評均有所豐富與深入。因"動引蘇文爲證據",亦可視作蘇軾散文研究之專書,其書罕覯,尚未引起學蘇者重視。

　　此書僅有《莊忠甫雜著》本(清永言齋抄本,藏北京國家圖書館)。今即據以録入。

《行文須知》一卷　（明）莊元臣撰

　　此書亦爲《莊忠甫雜著》之一種，乃論應舉時文之作。莊氏另編有《三才考略》十二卷，分區樂律、學校、兵制等十二門類，采輯事料，亦備科舉答策之用（參見《四庫全書總目》卷一三八類書類存目）；然本書著重於時文寫作之義理、技巧之闡揚，兩書相輔而行。莊氏論作時文，首舉格、意、調、詞四端。“格”如屋之間架，有翕張、步驟、奇正、伸縮、呼吸、起伏之變，“格定然後可以成文”；“意”如屋之有材，“格既定，必須意到，乃可成文”，應以“衍題”、“發題”之法以盡“意”；“調”如室之隔節段落，爲文者格定意到“又必須調遣有法”，使之“前後有倫，呼應有勢，起伏有情，開闔有節，乃臻妙境”；“詞”如室之綵繪，主張修詞之法，“貴大雅，貴清空，貴華麗，貴爽愷，貴溜亮，貴潔掉”。本書又對八股之種種節目，如破題、承題、起講、提頭、虛股等，均設專節，輔以本朝程墨中式範文加以具體論析，自謂“剖析關竅，若陰陽黑白”，“用心亦勤拙矣”。然終不足以言文章獨抒己意之根本。結尾論“平淡、精神、圓融”三妙，意欲爲時文樹規立式，所論卻頗見靈活，稍可藥思澀筆膠之病。

　　此書僅有《莊忠甫雜著》本（清永言齋抄本，藏北京國家圖書館）。今即據以錄入。

《文訣》一卷 （明）莊元臣撰

　　此書亦爲《莊忠甫雜著》之一種，由論文章之隨筆五十六則所組成。莊氏信筆而書，並無一定體例，但多體悟有得之見。如論文章極詣應爲"無意立言之言"，尤在脱略"文章習氣"："凡文字所以不能妙入古人地位者，正爲處身在文章習氣中"，主張純出自然，絶無"拘束括閡之病"。論爲文者之寫作準備在於"積"與"養"："積其事與詞，更在積其識；養其精與神，更在養其氣。論文之功能，貴在實用"，而非"掇拾華藻以爲觀美"。論文風之奇特與平易關係，主張"於易簡中求神奇，不當於難險中求新特"，從奇、易統一中求奇。論向古賢學習，"無務初之早同，而務求終之不異，乃稱善學"。强調不求形似，反對亦步亦趨，刻板模擬。因而文亦以有識爲尚："文而無識，謂之字林，不可謂之文。"嚴斥"剿人涕唾"而"貴發人之所不知"，均有針砭當時文弊之意。間亦論及時文，認爲"擬題選文，是今世士子一大弊"，提醒士子作時文，要"去得'時'字習氣，乃爲上乘"。對時文心懷保留。全書大抵名言雋語，絡繹不絶，識見不俗。但亦有强調過當之處。如莊氏於文章風格，推崇閑雅舒緩，貶斥縱橫凌厲，以至指責《戰國策》雖非不佳，"終有干戈之氣，識者見之，當與妖孽並觀"，失之偏激。

　　此書僅有《莊忠甫雜著》本（清永言齋抄本，藏北京國家圖書館）。今即據以録入。

《杜氏文譜》三卷　　（明）杜浚撰

　　杜浚字深伯，號逸休生，自署晉陵（西晉置，今江蘇常州）人。餘不詳。

　　此書爲輯録名家文論之彙鈔本，然在編排上亦成系統。卷一通論詩文特徵。先録陸機《文賦》，後接以《文法》、《詩文體制》，論述詩文體裁之起源、要素與作用。卷二分八節專論文章作法。以元代陳繹曾之文論著作《文式》（見《文章歐冶》所附《古文矜式》）、《文説》爲本，從前書中採摭“培養”、“入境”兩節，論述寫作前之準備；從後書中摘取“抱題”、“立意”、“用事”、“造語”、“下字”等五節，闡述寫作中題意、文辭各環節之技法。末尾選鈔陳騤《文則》中“取喻法”一節，專談比喻。卷三評賞古文，“文則”爲總評古文寫作之得失，“文評”則分論經、史、諸子及歷代諸家文章之優劣、特點。此兩節均主要採自李淦《文章精義》，兼取呂祖謙《古文關鍵》、蘇伯衡《述文法》、陳騤《文則》等評語。此書所選取之諸家，與曾鼎所編之《文式》，多有重合，尤重視元代陳繹曾和宋元間人李淦之論述，則可窺見明代古文評論與研究之特定風尚。

　　此書《澹生堂藏書目·文式文評》著録，無卷數，亦未署撰人姓名。僅見明刊杜氏家刻《杜氏四譜》本，藏於雲南大學圖書館。今即據以録入。

230

《文章緣起注》 （梁）任昉撰 （明）陳懋仁注

　　任昉(460—508)字彥昇,樂安博昌(今山東博興東南)人。歷仕宋、齊、梁三朝。梁時曾任御史中丞、秘書監、新安太守等職。長於表奏箋序等文,時有"沈(約)詩任筆"之稱。明人輯有《任彥昇集》。傳見《梁書》卷一四、《南史》卷五九。

　　陳懋仁,字無功,嘉興(今屬浙江)人。明萬曆、天啓、崇禎時在世。曾官泉州府經歷。有《泉南雜誌》、《年號韻編》、《析酲漫録》、《庶物異名疏》、《藕居士詩話》等。

　　《隋書·經籍志》集部總集類載有梁任昉《文章始》一卷,且注以"亡"字。至《舊唐書·經籍志》、《新唐書·藝文志》則載任昉《文章始》一卷,張績補。故任昉原書在隋時已佚,今傳《文章緣起》殆爲張績所補之本。宋王得臣《麈史》卷中《論文》云:"梁任昉集秦漢以來文章名之始,目曰《文章緣起》,自詩、賦、《離騷》至於藝,約八十五題,可謂博矣。"所言書名、内容,與今本大致吻合(今本作八十四題,"約"上無"藝"),則今本或保存宋以來原貌。其卷首小引稱"六經素有歌、詩、誄、箴、銘之類"云云,嚴可均《全梁文》等均定此小引爲任昉所作,明確標示諸體文章均起源於六經之基本觀念。此觀念既是任氏同時或前此文論家之共識,且於後世影響深遠。此書對八十四種文體,逐一追溯其所從出及演變,並輔以實例,爲我國較早的文體論專書。篳路藍縷,功不可没。但亦有分體失當、探源錯舛之處。如把表與讓表、騷與反騷强分爲二體,謂挽歌起於魏繆襲,不知此前早有《薤露》、

231

《蒿里》等。"論"在先秦已有，如《荀子》之有《禮論》、《樂論》，《莊子》之有《齊物論》，而此書謂始於漢王褒《四子講德論》。陳懋仁之注，對文體命名之義及具體作品例證，均有所增補，但疏漏仍多。他又作《續文章緣起》。後清人方熊有補注之作，亦未臻完善。

此書有《學海類編》本、《叢書集成》本。今據《學海類編》本録入。

《續文章緣起》　（明）陳懋仁撰

　　陳懋仁作《文章緣起注》後又作此書。謝廷授序云：文學在發展進程中，"極其變而其體始備，體既備而其文始工"，任昉之《文章緣起》叙文體之"緣起"，"備其體者也"，陳氏此書則"極其變者也"，即爲任書之賡續。然此書所論文體，起於梁代以前者不少，則應視爲任書之"補"（如"制，秦始皇以命爲制"）；而如"麻，始於唐玄宗"之類，在梁代之後，則爲任書之"續"。此書在任書八十四題外，增列詩文之類六十五題，詩類四十五題，有二言詩、八言詩、三良詩、四愁詩直至咏史；文類二十題，有制、敕、麻、章直至尺牘。其叙例一仍任書，論每體必言其始，考其源，説明命名之義，注明作者、作品。如："斷，漢議郎蔡邕作《獨斷》。斷者，義之證也，引其義而證其事也。"然文體概念本指文類，即體裁，主要爲作品之結構形式及其特定功能，具有某種穩定性與規範性，此書將咏史（題材）、《三良詩》、《四愁詩》（單篇作品）作爲文類闌入，頗致混淆。

　　此書有《學海類編》本、《叢書集成》本。今據《學海類編》本録入。

《古今文評》一卷　（明）王守謙撰

王守謙，字道光，靈璧（今屬安徽宿州）人。生平不詳。書中提及"天啓間長組吳師"云云，則當爲明末人。

此書歷評自先秦直至明代的各朝文章，主張"文章之氣格，因乎世代，不能不異者也；文章之精粹，本乎性靈，不能不同者也"，尤推重莊子、司馬遷、蘇軾三家之文：莊子"挾飛仙之才，吐丹砂之口，故能翻空摘奇，蓋天地間何可無此一派議論，胸中何可無此一段見解"；極贊《史記》之"叙事"、"議論"，"窮工極變，雖子長亦不知其所以然"；對蘇軾文，更評爲"如晴空鳥迹，水面風痕，有天地以來，一人而已"。對本朝文章評述尤爲詳明，其主旨實爲揭露前後七子之末流弊端，推許歐蘇。因而日本平君舒（仲緩）校印此書，目的在於藉以抨擊日本當時之"古文辭派"，其《古今文評序》中引用王守謙之語，指斥"古文辭派"爲"文妖"："採掇《左》、《史》幾字，摹擬畢肖，優孟之衣冠，幻詭日僻，此文之妖。"平君舒之一《序》一《跋》，對認識此書在日本之影響，頗有價值，故亦收錄。

此書國內未見，有和刻本，即享保十三年（1728）九月京都奎文館刻本，亦見於長澤規矩也編《和刻本漢籍隨筆集》第十七册，昭和五十二年（1979）出版。今即據以錄入。

《書文式·文式》二卷 　　(明) 左培撰

　　左培,字因生,自署宛陵(西漢置,今安徽宣城)人。本書有章世純、詹應鵬兩序。章氏,《明史》卷二八八有傳,卒於明亡(甲申,1644年)之年;應氏,萬曆四十四年(丙辰,1616)進士,書中收其論文之語一則,是知左氏亦爲明末人。餘不詳。

　　《書文式》包括《書式》二卷、《文式》二卷,分別論述書法和時文。今僅録取《文式》二卷。上卷輯録明代中舉者之論文言論,自王鏊、唐順之、湯顯祖、許獬直至陳泰來、鍾震陽共六十人語七十八則。諸人中舉時間,從成化十一年乙未至崇禎四年辛未。左氏對明末時文之沉淪深致不滿:"貌以王、唐、湯、許之名而心艷,律以成(化)、弘(治)、隆(慶)、萬(曆)之法而神泄,不愚則狂也。"故有總結明代八股名家經驗以樹型範之意。所録諸家均爲場屋勝者,中多甘苦之言,頗有通於古文寫作之處,實不爲舉業所囿。如周宗建論《莊子》"殆哉,岌乎天下"句,不如《孟子》"天下殆哉,岌乎!"《阿房宮賦》"使天下之人,不敢言而敢怒",勝於"敢怒不敢言"之常語,體察頗細。甚有貶斥時文之弊者,更堪參酌。如引馬君常語:"夫人與其沉湎濡首於時藝,毋寧言經、子也。但恨今之言經、子者,猶然沉湎濡首於時藝者耳。"時藝之盛,影響經、子之學逸出正途,繼又指出:"至於舍經、子而求之秦漢,又求之八大家,是無本之學也。"則對前後七子、唐宋派均持異論。諸家之語,散見各處,且有罕覿者,編者搜討之功,亦應肯定。下卷乃左氏自撰,論述八股作法,於大題、小題、股法、調法及章、

235

篇、句、字等法，指其大要，避其煩瑣。然八股爲聖賢立言之性質，縱然百般揣摩，亦徒勞心力；但“規矩之極，則巧自生”等語，仍有啓迪意義。

本書國内久佚。有日本享保三年（1718）京都刊本。今即據以録入。

《金石要例附論文管見》
二卷　（清）黄宗羲撰

　　黄宗羲(1610—1695)，字太冲，號梨洲，餘姚（今屬浙江）人。重氣節，輕生死，爲東林子弟之領袖，反對魏忠賢閹黨。清兵南下，起兵抗擊，依魯王於海上，終至失敗。奉母返里，潛心著述，拒不出仕。師從劉宗周，博綜百家，見解卓異，爲浙東學派巨擘，被稱爲南雷先生。有《明夷待訪録》、《明儒學案》、《南雷文案》、《南雷文定》、《南雷詩曆》等。傳見《清史稿》卷四八〇。

　　黄氏自序，此書乃"所以補蒼崖之缺也"，即爲增補元潘昂霄《金石例》而作。爲例共三十六則，自"書合葬例"至"銘法例"，均有發明。《四庫全書總目》卷一九六稱其"考據較潘書爲密"，甚爲公允。然亦有小失，如比干《銅盤銘》，出於王俅《嘯堂集古録》，乃宋人僞作，黄氏不察，據爲較早"有韻之銘"之書證。此書後附《論文管見》九則，語簡意深，多精粹之見。論宗經，力斥以經文填塞爲文，而應"融聖人之意而出之"；論貴情，"文以理爲主，然而情不至，則亦理之郛廓耳"，以"情"爲"理"之核心；論去陳言，"每一題必有庸人思路共集之處，纏繞筆端，剥去一層，方有至理可言"，而非僅求之於字句之間，識見高出常人一頭；還主張古今之體應師法而絶不應擬古、亦步亦趨，均針對明末以來文弊而發。

　　此書有《金石三例》本、《四庫全書》本、《借月山房彙鈔》本、《式訓堂叢書》本、《昭代叢書》本、《叢書集成》本。今據《四庫》本録入。

《日知録論文》一卷　　（清）顧炎武撰

顧炎武(1613—1682)，初名絳，字寧人，號亭林，自署蔣山傭，崑山(今屬江蘇)人。早年參加復社。清兵南下，起兵抗擊。後長期遊學北方，布衣終身，客死山西曲沃。一生志高行潔，提出"保天下者，匹夫之賤與有責焉"之名言。崇尚實學，博極群書，精於考證，開啓清代樸學之風。著述宏富，後人輯有《亭林遺書》。傳見《清史稿》卷四八一。

《日知録》博大精深，爲顧氏三十年心力所注。其卷一九專論文，今録入。此卷首謂"文須有益於天下"，把文章之用世功能置於最重要地位，並以此作爲衡文評藝之標準，貶責怪誕、無稽、剿襲、諛佞之文，肯定"直斥其人"之"直言"，力戒"志狀不可妄作"等。但又力主"修辭"之必要性與重要性，對當時"從語録入門"、"多不善於修辭"之風，深致不滿；又指責"近代文章之病，全在模仿"，均爲中肯之言。論文之繁簡，尤具通識。認爲文之繁簡本身，無所謂優劣，應視"辭達"與否爲定，並舉《孟子》、《左傳》等以繁取勝者多例説明之，辯而有力。顧氏論文，頗能抉幽闡微，而又犖确不刊，信而可據。

《日知録》顧氏生前所刊僅八卷本，未曾廣傳；康熙中，門人潘耒始據手稿本刻成三十二卷行世，有康熙三十四年潘氏遂初堂刊本。道光初，黄汝成纂爲《日知録集釋》三十二卷，採輯九十餘家之説，有道光十四年嘉定黄氏西谿草廬刊本，數年後又予修訂重刊。上海古籍出版社 1985 年《日知録集釋(外七種)》曾予影印。《四庫全書》之

《日知録》，其卷一九最末之“古文未正之隱”則，原共五條，前四條均
與異族入主中原有關，被四庫館臣視爲違礙而無理删去。今據道光
本《日知録集釋》録入，不收注文。

《救文格論》一卷　(清)顧炎武撰

　　此書共十則，專論史書之義例。如"論史家之誤"則，指出《漢書》表、志之誤，有一卷之中兩見復出者，《元史》列傳又有一人作兩傳者；"論古人不以甲子名歲"則，指出自漢以前，皆以"焉逢"、"困敦"等名歲，此古法至東漢以降而漸變。他如"追紀日月之法"、"月日不必順序"、"必以日月繫年"乃至一日分十二時始見於杜氏《左傳注》等，或發覆揭隱，或糾謬正誤，條條精核，語無虛發，爲治史治文者所宜參證。《四庫全書總目》卷一二六云："考毛先舒《漢書》，有與炎武札，稱'承示《救文格論》、《考古》、《日知》二録'云云，則炎武原有此書別行於世，後乃編入《日知録》中。"此十則今大都見於《日知録》卷二〇，然原當別爲一書行世。

　　此書最早收入吳震方《説鈴》前集，有康熙四十四年(1705)刊本。又有《古今説部叢書》本。今據康熙《説鈴》本録入。

《夕堂永日緒論外編》

一卷　（清）王夫之撰

王夫之(1619—1692)，字而農，號薑齋，又號夕堂，湖南衡陽人。明崇禎時舉人。南明桂王朝任行人司行人。後退居家鄉石船山著書授徒，學者稱船山先生。志節皎然，學殖深博，於經史百家研究均有創獲，著述多達一百餘種。後人輯有《船山遺書》等。傳見《清史稿》卷四八〇。

《夕堂永日緒論外編》以論時文爲主，然又不爲時文所限，涉及文章寫作和作家作品評論等多方面，內容頗豐。王氏強調爲學爲文均應經世致用，文則必以意爲主："內極才情，外周物理，言必有意，意必繇衷"，始能成"大家"。推重"法"、"脈"，"一篇載一意，一意則自一氣，首尾順成，謂之成章"，視作品應爲一完整而充滿生氣之有機體。反對"填砌"，主張"修辭立誠，下一字即關生死"；而掊擊"死法"，則不遺餘力，對流俗盛推之"虛起實承"、"反起正倒"、"前鈎後鎖"等時文訣竅，嚴予指責；從推究時文作法走到對"經義害道"、"講章之毒盈天下"的尖銳批判。并排詆王(鏊)、唐(順之)、歸(有光)等時文名家，而獨賞顧憲成爲"有制藝以來無可匹敵"。於唐宋八大家中，則推崇歐陽修，對蘇洵、曾鞏、王安石等皆有貶詞。是書容有偏激之處，然詞鋒犀利，目光如炬，於散文藝術之底蘊，頗有自得之見。

此書有清同治四年(1865)曾國荃刊《船山遺書》本。岳麓書社之《船山全書》本廣收王氏著作，最稱完備。今據同治本録入。

《論學三説·文説》

一卷　　（清）黃與堅撰

　　黃與堅，字庭表，號忍庵，江蘇太倉人。順治十六年(1659)進士。曾官翰林院編修，與修《明史》。擅詩文，爲"婁東十子"之一。有《忍庵集》。傳見《清史稿》卷四八四。

　　《論學三説》分《理説》、《文説》、《詩説》三説，今録入《文説》部分，共十一條。黃氏論文，以秦漢爲依歸而貶抑唐宋八家"亦疵纇不少"；然又指責明七子"欲以秦漢凌而上之"而終至無功。論爲文之法，則崇尚理詞皆"潔"，行文曲折有波瀾，論"擒題"闡發作文必應扣緊主題，論行世之文與傳世之文之區別，均有可取。涉語不多，然往往自述爲文論文經歷，頗親切有味。

　　此書有《學海類編》本、《婁東雜著竹集》本、《國朝名人著述叢編》本、《叢書集成》本。今據《學海類編》本録入。

《伯子論文》一卷 　（清）魏際瑞撰

　　魏際瑞(1620—1677)，原名祥，字善伯，號伯子，江西寧都人。明末諸生。入清爲貢生。客浙撫范承謨之幕，未幾卒。與弟禧、禮俱有文名，並稱"寧都三魏"；又與彭士望、林時益、李騰蛟等交游切磋，時號"易堂九子"。有《魏伯子集》、《五雜俎》等。傳見《清史稿》卷四八四。

　　魏氏之詩文以才情勝，其論文亦以主情爲旨歸："詩文不外情、事、景，而三者情爲本。"並謂文貴有"本心"、"良心"。又云："不深原道情，則不可以爲體；不更歷世情，則不可以爲用。"則其"情"又以哲理爲體、閱歷爲用。又云："文有自然之情，有當然之理。情著爲狀，理著爲法，是斷然而不容穿鑿者也。"則情與理既有區別而又應兼融互攝。但又強調"貴識"、"貴議論"："文章首貴識，次貴議論。然有識，則議論自生；有議論，則詞章不能自已。""識"與"議論"、"詞章"環環相生，是統一的。又主張入於法而能出於法，尤認爲"規矩"與"變化"在終極意義上乃是一體："由規矩者，熟於規矩，能生變化。不由規矩者，巧力精到，亦生變化，自合規矩。"此乃其獨識，與一般提倡在"法"之基礎上神明變化者不同。其弟魏禧爲此卷作跋，於此點特予拈出："他人俱從規矩生神明，吾兄是從神明生規矩也。"(見《魏伯子文集》卷四)他如論繁簡之是非，能超乎字句多寡、篇幅長短之外；論平奇之優劣，亦能透過文章表層之奇異或平易，而以其"氣體"如何而判定，均能抉剔藝術底蘊，辨證靈動，不滯不粘。

　　此卷乃是《魏伯子文集》卷四《雜著·與子弟論文》（見《寧都三魏全集》，易堂原版），由張潮抽出別爲一書。另有《昭代叢書》本、《文學津梁》本。今據《昭代叢書》本（道光十三年刊）録入。

《日録論文》一卷 　　（清）魏禧撰

　　魏禧（1624—1680），字冰（凝）叔，一字叔子，號裕齋，江西寧都人。明末諸生。明亡後隱居翠微峰，所居名句庭，學者稱爲句庭先生。與兄祥（際瑞）、弟禮並稱"寧都三魏"，亦是"易堂九子"之一。有《魏叔子文集》、《詩集》、《日録》等。傳見《清史稿》卷四八四。

　　魏禧之文，凌厲雄傑，奇辟警動，在"寧都三魏"中成就最高；其論文强調"積理"與"練識"，以明理適用爲尚。此卷論文之語，乃張潮從魏禧文集及雜録中所摘輯者，偏重於從切身甘苦中闡發爲文之法。如論首尾照應之法，有千變萬化；轉接之法，除常見之"提法"外，又拈出"駐法"：即"於字句未轉時，情勢先轉，少駐而後下，則頓挫沉鬱之意生。"並指出"戒五病"："作論有三不必，二不可。前人所已言，衆人所易知，摘拾小事無關係處，此三不必作也。巧文刻深以攻前賢之短，而不中要害；取新出異以翻昔人之案，而不切情實，此二不可作也。"又提示"去七弊"，其中如"其旨可原本先聖先儒，不可每一開口，輒以聖人大儒爲開場話頭"，頗爲大膽。此書"爲作文者指迷"，"爲改文者立法"（張潮《題辭》），而又能善譬巧喻，闡説透闢中肯，歷評唐宋八家之特點，尤見酣暢："退之如崇山大海，孕育靈怪"；"子厚如幽巖怪壑，鳥叫猿啼"；"永叔如秋山平遠，春谷倩麗，園亭林沼，悉可圖畫"；"東坡如長江大河，時或疏爲清渠，瀦爲池沼"等。並指出學步八家，應力避其短："學子厚，易失之小；學永叔，易失之平；學東坡，易失

245

之衍；學子固，易失之滯；學介甫，易失之枯；學子由，易失之蔓。"老吏斷獄，一字定讞。

此書有《昭代叢書》本、《文學津梁》本。今據《昭代叢書》本（道光十三年刊）録入。

《論文偶記》一卷　　（清）劉大櫆撰

劉大櫆(1698—1779)，字耕南，又字才甫，號海峰，安徽桐城（今樅陽縣境内）人。兩舉副貢生，曾爲黟縣教諭。受知於方苞，姚鼐又從其游，世稱方、劉、姚爲桐城“三祖”。有《海峰文集》、《詩集》。傳見《清史稿》卷四八五。

此書共三十一則，以“神氣、音節、字句”爲主要命題，尤以“神氣”爲其古文理論之核心。“義理、書卷、經濟”只是“行文之實”，即文之内容、材料；而“行文之道”即如何行文端賴於“神氣”。又論“神氣”由“音節”、“字句”藉以表現，但三者則有“最精”、“稍粗”、“最粗”之分。其論不僅超越方苞斷斷於“義理”之説，且姚鼐之“神、理、氣、味爲精，格、律、聲、色爲粗”説，曾國藩之“經濟”説，亦受其直接影響，以聲求神氣更是後世桐城文論之家法。劉氏又論文之所貴，有“貴奇”、“貴高”、“貴大”、“貴遠”乃至“貴品藻”等十二“貴”，從意境風格論角度加深“神氣”説之内涵，且突出“貴品藻”，表現其文論偏重於藝術、審美之特點。

此書有《遜敏堂叢書》本（道光二十七年宜黄黄氏木活字本）。亦載於光緒十四年桐城大有堂書局本《劉海峰文集》卷首。又有人民文學出版社 1959 年本。今據《遜敏堂叢書》本録入。

《文説三則》一卷　　（清）焦循撰

　　焦循（1763—1820），字理堂，江蘇甘泉（今揚州）人。嘉慶六年（1801）舉人。應禮部試不第，遂閉門著書，於經無所不治，尤長《易》學。著有《易章句》、《易通釋》、《孟子正義》等。亦治戲曲學，有《曲考》（已佚）、《劇説》、《花部農譚》。其文學習柳宗元，有《雕菰集》。傳見《清史稿》卷四八二。

　　《文説三則》分論古文的質與文、達與深博、簡與繁三題，認爲古文並非僅是散行“質言”，而是素蓄深厚基礎上的“自然成文”；辭達必須與深、博結合，纔能通變窮源；對古文的繁簡之争，主張應統一在深博根柢之上，不能片面求簡。

　　《文説三則》見於《雕菰集》卷一〇。有《文選樓叢書》本、《文學山房叢書》本、道光四年刻本。今據道光本收録。

248

《初月樓古文緒論》一卷

（清）吳德旋撰　（清）呂璜整理

　　吳德旋(1767—1840)，字仲倫，江蘇宜興人。諸生。初與張惠言同學古文，後師事姚鼐，文名頗著，惲敬、陸繼輅等皆推重之。詩亦高澹絶俗。有《初月樓文鈔》、《續鈔》、《詩鈔》等。傳見《清史稿》卷四八五。

　　呂璜(1778—1838)，字禮北，號月滄，廣西永福人。嘉慶十六年(1811)進士，官浙江西塘海防同知。曾學古文於吳德旋。晚居鄉里，以古文名。有《月滄文集》。

　　道光八年(1828)吳德旋向呂璜講授古文，呂璜記錄整理而成此書。共六十則，以研討古文作法、歷評古今文家爲内容。吳氏論文，秉承桐城一派，主張立志須高，取法乎上。嚴於“古文”文體規範，“古文之體，忌小説，忌語録，忌詩話，忌時文，忌尺牘。此五者不去，非古文也”。爲文不可率易，倡“清雕琢”之説。以“古淡”爲文品極致，推崇“清氣澄澈中，自然古雅有風神”之風格。其所評諸家，有《孟子》、《老子》、《列子》、《莊子》直至清朝方苞、劉大櫆、姚鼐等五十家，其評語寥寥數言，却均精當，如評王安石云：“古來博洽而不爲積書所累者，莫如王介甫。渠作文直不屑用前人一字，此所以高。其削盡膚庸，一氣轉折處，最當玩。”而於清代文家，持論反較前代爲嚴，如評方苞云：“方望溪直接震川矣，然謹嚴而少妙遠之趣，如人家房屋，門廳院落厢厨，無一不備，但不見書齋別業，若園亭池沼，尤不可得也。”

此書有《別下齋叢書》本、《常州先哲遺書後編》本，二者皆與《初月樓論書隨筆》同刊。又有《花雨樓叢鈔》本、《文學津梁》本、《叢書集成》本、《四部備要》本。另有人民文學出版社 1959 年本。今據《常州先哲遺書後編》本録入。

《睿吾樓文話》十六卷　　（清）葉元塏撰

　　葉元塏,字晏爽,號琴樓,慈溪(今屬浙江)人。與姚燮等人交游,當爲道光間人。

　　此書以"輯"而不"作"爲編纂方式,但比之前人(如張鎡《仕學規範》、王正德《餘師録》等),採輯範圍大大擴展,尤從明清文集之書信、序跋中取材更多,全書達數十萬字,爲同類著作中篇幅最大、資料最豐之一種。不僅可爲學者免去翻檢之勞,且有不少稀見之書籍,如章望之《延漏録》、潘府《南山素言》、李季可《松窗百説》、崔銑《松窗寤言》、鄭瑗《井觀瑣言》等。去取之間亦有眼光,所選大都爲論文有得之言,如卷九全文收入黄宗羲《論文管見》九條,條條俱有獨識。迻録原文,短者全録,長者節要,大致允當。唯全書隨見隨録,未有明確體例,每卷略分時代先後,全書則無統一次序,不爲無憾。然作者編纂此書仍有意圖,即在舉世沉溺時文之際,提倡古文,强調古文之法,"知文有不變之法,並知文有至變之法,而蘄至於不失法"(葉元垣序);而在"法"上時文與古文可以相通。作者自序云:"不知時文之佳者,皆從古文來也。"卷七引白湖三伯父語:"嘗謂不窮經、史,不可以作詩、古文;不能爲詩、古文,亦斷不能作好時文。"亦反映時論之一斑。此書卷一至卷一三均爲博綜諸家論文之言,卷一四則載吴訥《文章辨體》序説之節文,不取詩類,僅取文類,自"喻告"至"祭文"三十多體,文字有所不同,亦不取原書"戒"、"七體"等體,故今仍録入本書。唯卷一五、一六全録潘昂霄

《金石例》卷六至卷八《韓文公銘志括例》及黄宗羲《金石要例》全文。本書前已録入潘、黄二書，因予删去。

　　此書有道光十三年（1833）鶴皋葉氏刊本。今即據以録入。

《藝概·文概》一卷　　（清）劉熙載撰

　　劉熙載(1813—1881)，字伯雨，號融齋，晚號寤崖子，江蘇興化人。道光二十四年(1844)進士，改翰林庶吉士，後授編修。曾官廣東提學使。晚年主講龍門書院。學問淹博，兼綜漢、宋。有《古桐書屋六種》（又稱《劉氏六種》）、《古桐書屋續刻三種》等。傳見《清史稿》卷四八○。

　　《藝概》編定於同治十二年(1873)，已在劉氏晚年。共六卷，《文概》爲卷一（其他五卷爲《詩概》、《賦概》、《詞曲概》、《書概》、《經義概》）。取名爲“概”，乃“舉此以概乎彼，舉少以概乎多”（自序）之意，即用簡練之語評文，以收“觸類引伸”、舉一反三之效。《文概》共三百三十九則。首爲通論，標舉文之大要，認爲“六經”奠定文之範圍，後世“百家騰躍，終入環內”。通論僅三條，卻以此“統攝”全書。次爲文評，歷評自《左傳》、《國策》、《國語》直至南宋朱熹、陳亮、陸九淵諸家，不及元明清。叙次一依時代順序，或單評，或合評（諸家合評或斷代總評），直可以“散文史綱”目之。劉氏亦有史家眼光，不僅評析獨具卓識，於各家風格、特色從歷史演變中概括準確，運用比較方法更爲嫻熟；且時時表達其宏觀判斷。如“秦文雄奇，漢文醇厚”，“東漢文浸入排麗，是以難企西京”等。最後則論爲文之法，提出經有五體、理法兼顧及叙事、剪裁諸法等，亦多鞭辟入裏之語，洵爲文評著作中之佳構。此種著述形式，看似逐條並列而已，實有內在理路，與一般文話之散漫隨意者不同。

　　此書有同治十二年《古桐書屋六種》初刻本、《文學津梁》本、1935年雙溪黃氏濟忠堂刊本等。今據同治初刻本録入。

《游藝約言》一卷　(清) 劉熙載撰

　　此書爲劉熙載卒後由門生所刊刻，與《制藝書存》、《古桐書屋劄記》合編爲《古桐書屋續刻三種》。此書共一百四十餘條，不加詮次，但亦以簡潔概括之語論述文、詩與書法，與《藝概》著述風格一致，而其内容則可相互發明，或有《藝概》未言或言之未盡處。著者在此書中，强調文與詩、書均應尚"真"，"須以無欲而静爲主"；又云："文之理法通於詩，詩之情志通於文。作詩必詩，作文必文，非知詩文者也。"文、詩各以偏重"理法"、"情志"爲特徵，但可互攝相通，肯定"破體爲文"之必然性。進而論及文、詩與其他藝術之融貫："琴家諸手法，'吟'爲最妙，爲其不盡也。詩文亦均以之。"藝術視野頗爲宏通、開闊。其專論文章時，則首舉文應"本於心性"，"文，心學也"；又主張文以"深造自得"爲貴："深造，人之盡也；自得，天之道也。"論文之結構，"不外乎始、中、終"，三者互爲呼應，纔能合成整體效應，不能"執本句本字以論得失"，此與《文概》之"水之發源、波瀾、歸宿，所以示文之始、中、終"，兩者一致；而《文概》以"飛"評《莊子》，稱其"得'飛'之機者"，此書多處言"飛"，而"《莊子》之文如空中捉鳥，捉不住則飛去"云云，更有所發揮。其他如論文之"奥衍"，用詞之"繁簡"等，兩書均互爲表裹，可以並讀。

　　此書有《古桐書屋續刻三種》本，刊於光緒十三年(1887)。今即據以録入。

《盇山談藝録》一卷　　（清）顧雲撰

顧雲(1845—1906)，字子鵬，亦作子朋，號石公，別署江東顧五，江蘇上元(今屬江蘇南京)人。因所居有盇山(盇，即鉢字)，即以名室。縣學生。師從薛時雨(號桑根)。後游吉林，因著《遼陽聞見録》。任宜興訓導、常州教授。有《盇山文録》、《詩録》。

此書共一百則。前十三則綜論爲文之大要，以"示厥途轍"(見《自序》)，提出"氣"、"筆"、"骨"、"意度"、"取勢"、"遠致"、"有情"、"自然"等一系列概念、範疇，主張"文之體勢在氣，而意態在筆"，"骨力貴沉，骨勢貴聳"；爲文如大河奔騰却又需波瀾迴旋，是謂"意度"；又如"善畫者必多留不盡處，使人得於筆墨之外"，是謂"遠致"等等，精要中的，頗堪玩索。中七十四則，歷評自《尚書》《左傳》經唐宋直至清代魏源、曾國藩諸家，標長刊短，於本朝各家持論更較嚴峻。如論姚鼐時，認爲桐城立派之説實不能成立："愚謂文之有派，猶道之有統，皆季世内不足而外自張者爲之"，純屬虛張聲勢、自我標榜之舉；而周孔之道，漢唐之文，即"無所爲統，亦無所爲派"，却自有其崇高地位。此説雖不無偏激，然擊中時弊。尤斥桐城末流"務詡爲正宗，以彈壓天下之文章家焉，似亦可以不必"，直言讜論，作擲地聲。末十三則論文戒、文弊，使後學者能"範厥步趨"，勿逾正規。如嚴責八股："文至近世，一衰於今文(時文)，再衰於以今文爲文。"即便在世風日下之晚清，此言亦稱有膽有識。著者云："獨矯變之筆，橫逸之氣，序次造乎神妙，而味之無盡者，今猶未見。"於感嘆中寓其散文之審美追求。

此書有宣統二年(1910)兩江法政學堂刊本。今即據以録入。

《春覺齋論文》　林紓撰

　　林紓(1852—1924)，字琴南，號畏廬、冷紅生，福建閩縣（今屬福建福州）人。光緒朝舉人，任教於京師大學堂。早年主張維新變法，晚年反對新文化運動甚力。擅詩、文、畫，於古文造詣尤深。與桐城派吳汝綸、馬其昶、姚永概交游甚密，爲桐城派之後期代表人物。曾依靠他人口述，用古文翻譯《巴黎茶花女遺事》，爲近代翻譯文學之先聲；繼又譯出歐美小説一百數十種，影響很大。著有《畏廬文集》、《續集》、《三集》等。傳見《清史稿》卷四八六。

　　此書原是著者在京師大學堂授課之講義，1913 年 6 月起曾在《平報》上連載，未竟；1916 年始由北京都門印書局出版。全書分爲述旨、流別論、應知八則、論文十六忌、用筆八則、用字四法六部分，爲林氏古文理論最具代表性著作。林氏自稱“吾非桐城弟子”（《慎宜軒文集序》），反對他人把他列入桐城一派（《方望溪選集序》）；然身處新舊文化激烈衝突之世，他不謀派而不免派入其中，其古文理論是桐城文論之精華與糟粕的繼承與發展，顯示出複雜矛盾之面貌。既强調文之根本在“發明義理”，此其乃從曾國藩之“經濟”、姚鼐之“考據”退回到桐城始祖方苞之初衷，故從本體論言，新意較少。但其藝術論則不爲桐城所拘，形成獨特體系。“應知八則”乃其精粹所在。從“意境”爲“文之母”即文之藝術核心出發，經“識度”，即“審擇至精”與“範圍不越”之素質修養爲基本保證，追求“氣勢”、“聲調”、“筋脈”、“風趣”、“情韻”等藝術要素，而達於“神味”，“論文而及於神味，文之能事畢矣"，構成完整有序的藝術理論體系。"論文十六忌"則從反面加以助證。"用筆八則"、"用字四法"探究具體寫作技法，頗多著者沉潛多年之獨得之秘，其過奇過細處亦正是求精求深所造成。作爲桐城派之殿軍，林氏在本書中對傳統古文理論之總結，達到最高水平。

此書有 1916 年北京都門印書局本。1921 年商務印書館再版（易名爲《畏廬論文》）。又有人民文學出版社 1959 年本。今據北京都門印書局本録入。

《韓柳文研究法》　林紓撰

　　馬其昶序此書云：林紓"於《史》、《漢》及唐宋大家文誦之數十年，說其義，玩其辭，醰醰乎其有味也"。對原作沉酣求索，如味醇酒，正是林氏論文每中肯綮之前提。是書不分卷，首列《韓文研究法》，次列《柳文研究法》，雖云"研究法"，實爲論析、評騭韓、柳文之專著。林氏論韓文，贊其"能詳人之所略，又略人之所詳。常人恒設之籬樊，學韓則障礙爲之空；常人流滑之口吻，學韓則結習爲之除"，認同李漢"摧陷廓清"、蘇洵"抑絕蔽掩，不使自露"之評，而對秦觀謂韓文取徑於莊、列、蘇秦、張儀，則予駁難。繼則逐一評論韓文名篇共六十七篇，於韓集雜著、書啓、序、祭文、碑誌等類均有所取。其論柳文，贊同劉禹錫"雄深雅健，似司馬子長"之見，而非難方苞對柳氏之"醜詆之詞"。然後逐一評論柳文名篇共七十二篇，於柳集雅詩歌曲、古賦、論、議辯等類皆多涉及。所論均稱精當，且每以韓、柳同類之文相比較，評判優劣，更品味各自特色，在整體評價上則不予軒輊，並爲古文大家。親切言說，娓娓動人，"傾困竭廩，唯恐其言之不盡"（馬其昶序），爲學韓學柳者導示門徑。

　　此書有商務印書館 1914 年本，並多次重印。今即據以錄入。

《文微》 林紓撰

　　林紓於 1917 年末至 1920 年 4 月在北京組織古文講習會，其弟子朱義胄（悟園）依據 1919 年之聽講筆記，整理而成此書。全書分爲十章，共二百八十條。前通則、明體、籀誦、造作、衡鑒五章，爲論文之大綱，涉及古文之一般理論、辨體、閱讀、寫作、評賞等問題；周秦文評、漢魏文評等後五章，則分別論析具體作家作品。其論文宗旨與《春覺齋論文》等一致，互爲表裏，可資參證。黄侃在書端《題辭》云："自彦和已後，世非無談文之專書，而統紀不明，倫類不析，求如是書之籠圈條貫，蓋已稀矣。"對其理論性、系統性、條理性均評價極高。

　　此書成於林氏生前，林氏殁後始於 1925 年 6 月由陶子麟刊行。今即據以録入。

《涵芬樓文談》 吳曾祺撰

吳曾祺(1852—1929)，字翼亭，侯官(今福建福州)人。光緒末，寓居上海懌園，利用近旁商務印書館涵芬樓藏書，編成《涵芬樓古今文鈔》。曾任商務印書館編輯、福州圖書館館長。有《漪香山館文集》。

吳氏於1910年自序中，既表示服膺《文心雕龍》之"極論文章之秘"，又深佩韓愈之"文體一變，而論文以氣爲主"，意欲追踵前賢，力探爲文之道，尤於"縱橫馳騁之勢，精微要眇之思，演迤淡宕之觀，沉鬱頓拙之旨"，三致意焉。全書仿《文心雕龍》之例，分爲宗經、治史、讀子、誦騷直至設問、欣賞共四十篇，體系頗嚴，結構甚密。末附雜說三十五則。又附《文體芻言》一卷，依姚鼐《古文辭類纂》，分十三大類文體予以論析，子目達二百一十三類之多。吳氏論文，首舉文必宗經之說，雖沿承舊章，發明無多，然主張以子、史爲輔經之必要文籍，突出《史記》、前後《漢書》及老、莊、荀、揚等，不爲無見。推《騷》爲辭章學之淵源，而古文家於此亦有所得，尤具識見。論駢散二體，謂"古之爲文者，本無所謂駢散之分"，"大凡學駢體者，不可不知散體；學散體者，不可不通駢體。二者不惟不相背，且互相爲用"，提倡古文而非斤斤於駢散之辨，視野頗廣。對文章作法、技巧，於辨體、修辭、運筆、設喻、徵故、省文等，更詳予探究。其強調修辭不妨"自我作古"，戞戞獨創；注重文采，嚴斥"理不勝詞"之類，允稱深知於文者。然因力主嚴辨文體，"凛然不可侵犯"，而認同前人對《醉翁亭記》、《岳陽樓記》等指責,不知"破體爲文"實乃文體自身演變之必然,未可厚非。

此書有商務印書館宣統三年(1911)本。今即據以録入。

《石遺室論文》五卷　陳衍撰

　　陳衍(1856—1937)，字叔伊，號石遺，福建侯官(今屬福建福州)人。光緒八年(1882)舉人。主張維新，爲《戊戌變法榷議》十條。後入張之洞幕，任官報局總編纂。爲學部主事、京師大學堂教習。晚年寓居蘇州，任無錫國學專修學校教授。崇尚宋詩而不墨守盛唐，爲"同光體"詩派之理論批評家。有《石遺室文集》、《詩集》、《詩話》等，並編選《近代詩鈔》、《宋詩精華録》等。

　　《石遺室論文》原爲作者在無錫國專授課之講義，共五卷，依次論述上古至周秦、兩漢、三國六朝、唐、宋之文章發展過程，重點在作家作品之品評與論析。以《尚書》爲"古文"之祖，後世史書之本紀、志、書，文學中之記載、告語體裁均源於此書，次即論列《左傳》、《禮記》之記載藝術，稍示内在理路。全書雖以評論個别作家爲主，間亦注意其歷史關聯，如奏議策論類，將晁錯、董仲舒、陸贄、王安石、蘇軾等作縱向比較，於寫作手法多有發明。卷五論宋文篇幅較少，僅止歐蘇，似未完稿；然"世稱歐陽公爲'六一風神'，而莫詳其所自出"，爲較早明確記載"六一風神"重要概念者(吕思勉於 1929 年出版之《宋代文學》亦有"所謂'六一風神'也"之語)，頗堪注意。

　　此書作爲"無錫國學專修學校叢書之十四"，於 1936 年由無錫民生印書館出版。今即據以録入。

《文學研究法》四卷　姚永樸撰

姚永樸（1862—1939），字仲實，號素園，晚號蛻私老人，安徽桐城人。光緒二十年（1894）中順天鄉試。歷任廣東起鳳書院、山東高等學堂、京師法政學堂、京師大學堂教職。民國初，繼任北京大學教授，清史館纂修。治經三十餘年，以宋儒爲宗，兼及諸家，不主門户，著述頗豐。有《尚書誼略》、《蛻私軒易説》、《論語解注合編》、《十三經舉要》、《史學研究法》等。

桐城姚氏，家學淵深。作者爲姚範（薑塢）五世孫、姚鼐（惜抱）四世侄孫、姚瑩（石甫）之孫。其“論文大旨，本之薑塢、惜抱兩先哲”（張瑋《序》），於文之根本，强調“明道”、“經世”；文之範圍，不外經史子集四類，而其要尤在子、史，而説理、述情、叙事三者，“經”均兼備，是乃子、史之源；文之綱領，則在“義法”，以義爲經，以法爲緯；文之門類，本之姚鼐《古文辭類纂》、曾國藩《經史百家雜鈔》之主張，予以推闡，損益補充，眉目朗然；文之要素，亦宗姚鼐之説，定爲神理、氣味、格律、聲色四端，分節詳予論説。最後强調學文之道爲“熟讀”、“精思”、“久爲之”，亦源自姚鼐之見。全書體例仿之《文心雕龍》，頗具系統性、理論性。因恪守姚氏家法，創新開拓稍遜；然對文章寫作藝術之具體探求，却不以桐城自域，仍有獨立見解，當爲桐城後期文論代表性著作之一。

此書原爲作者在北京大學授課之講義，寫成於民國三年（1914）。有民國五年（1916）十一月商務印書館再版本。又有黄山書社1989年標點本。今據商務印書館本録入。

《漢文典·文章典》四卷　　來裕恂撰

　　來裕恂(1873—1962),字雨生,號匏園,浙江蕭山人。早年肄業於杭州詁經精舍,師從俞樾。後赴日本攻讀,並考察教育狀況。歸國後曾入光復會。又任蕭山縣誌館編纂。並在杭州女子甲種職業學校等校任教。五十年代後任浙江文史館館員、蕭山縣政協常委等職。

　　作者鑒於當時外人所撰文字、文章學著作,往往脱離漢字、漢文的民族特點,"非徒淺近,抑多訛舛"(《漢文典自序》),乃發憤作此書。共七卷,《文字典》三卷,《文章典》四卷。《文字典》論述文字源流及字、詞用法,《文章典》則研究文章作法與體制,其中包括字法、句法、章法、篇法;文章風格、結構;各種文體特徵以及中國文章的發展過程、文弊和文章之基本原理等。内容廣博,且頗具系統,爲二十世紀初之重要文章學著作之一。作者長於分析,細緻周詳,如論章法之起承轉結,"起法"有十種,"承法"有十二種,"轉法"有十種,"結法"有十六種,剖析毫芒,窮形極相。但行文簡約,實例較少,於義理未能充分展開。

　　此書始著於光緒三十年(1904)夏,歷時二年乃成。光緒三十二年由商務印書館出版。又有《漢文典注釋》本,南開大學 1993 年出版。今據商務本録入其《文章典》四卷。

《文章學》二卷　唐恩溥撰

　　唐恩溥(1877—1961)，字天如，廣東新會人。師從馮伯緝(熙猷)，光緒二十九年(1903)與其師同時中鄉試，傳爲美談。曾任吳佩孚部秘書長。晚年寓居香港。曾任清史館纂修，有《清史·地理志》、《列傳》諸稿。

　　此書原爲著者在清末(1910年前)於兩廣高級工業學堂之國文講義，共兩篇(卷)。上篇"文章源流"，自三代周秦、中經兩漢魏晉南北朝、下迄唐宋而元明清，歷述文章之沿革嬗變，大家、宗派間之承響接流，起伏盛衰，叙次條貫明晰，力求總結出以周秦諸子、兩漢百家、唐宋八家爲主幹之文章正途。持論雖平穩而頗尊"正統"，較少新見。下篇"學文緒論"，於作文之道，條分縷析，取精用宏，語簡義要，多有發前人未發之處。其大旨分八端：識字、法度、凡例、家數、師古人、辨宗派、知體制，最後詳論文之十弊，正説反説，互爲經緯。如駁朱熹先模仿前人，"學之既久，自然純熟"之説，爲未探本之論；主張善學古人者，應"貌異而心同"，而非"貌同而心異"。對宋代理學家二程、真德秀等文論思想，抨擊甚力，指爲"囿於一曲之見"，"腐"而非"奇"："使當周秦之世，而以宋儒語録置於其間，且在淘汰之列。"又肯定文之抒情功能，認爲："情至而文亦至焉。讀其文而無可以移人之情者，必其中刳然無物者也。"均可取資。此書上篇論史爲縱，下篇論法爲横，其觀點亦有相互映發、參證處。如論桐城派，上篇從流變角度肯定其"一時之極盛"；下篇則著眼立派利弊，指出其"私立門户，互相標榜，詡師承以震流俗，以爲自私自利之計"，讖之爲"以古人之子孫而爲祖父"。此乃傳統舊學營壘中之不滿桐城者，與新文化運動之批判"桐城謬種"，其同異之辨，甚堪思索。

　　此書寫成五十餘年後，始於 1961 年 9 月由香港白沙文化教育基金會出版。今即據以錄入。

《桐城文學淵源考》十三卷　　劉聲木撰

　　劉聲木(1878—1959),原名體信,字述之,改名聲木,字十枝,室名直介堂,廬江(今屬安徽合肥)人。學識淹博,精金石、古物之學,著述頗豐。有《直介堂叢刻》,收正編十種(包括《桐城文學淵源考》、《桐城文學撰述考》、《望溪文集再續補遺》等)、續編五種。

　　此書爲桐城派作者傳記資料之彙編。上溯明代歸有光、唐順之,自方苞、劉大櫆、姚鼐以下,則以一師爲一卷,凡其門人與私淑者皆予列入,每一作者均記錄其名氏、生平、著作數項,且注明材料來源。既具梳理師承淵源之“學案”性質,又起到“索引”作用。此書正編十三卷,收錄六百四十九人;《補遺》十三卷,收錄九百九十九人,其中二百二十五人爲正編所已有,但在内容上有所增補;新增者達五百七十四人。兩共合計一千二百二十三人。編者孜孜矻矻,勤於搜討,編成此一展示桐城文派全貌(包括陽湖、湘鄉兩派)之有用工具書,功不可没。但亦有收取泛濫、分門別户失當之病。

　　正編約成於 1919 年,編者又以“十年之力”作成《補遺》,於 1929 年 5 月完稿,同年刻入《直介堂叢刻》。今以《直介堂叢刻》本爲底本,將正編、《補遺》予以合編,俾便讀者檢索(此取黄山書社 1989 年本之整理方式)。原列《引用書目》、《補遺引用書目》已删。

《論文雜記》 劉師培撰

　　劉師培(1884—1919)，字申叔，號左盦，江蘇儀徵人。1902 年中本省鄉試舉人。1903 年至上海，結交章炳麟，傾向革命。1907 年亡命日本，入同盟會，爲《民報》撰稿人。返國後，竟投入清兩江總督端方幕下。袁世凱圖謀稱帝，劉又爲"籌安會六君子"之一以助之。1917 年任北京大學教授，兩年後病逝，年三十六歲。後人輯有《劉申叔先生遺書》七十四種。

　　《論文雜記》乃論文章之法與文體之著作。劉氏論文，一如其論經學，均建基於文字訓詁等小學之上，認爲論文"不根於小學，此作文所由無秩序也"，由字法而及於句法、章法、筆法。論及文章之歷史流變，又把歷代作家均分別歸屬於先秦諸子之"九流十家"之中。又本其鄉人阮元之說，嚴文筆之辨，以駢文爲文體正宗，認爲"飾"乃"文"之本質特性，"'文'訓爲'飾'，乃英華外發，秩然有章之謂也"，從而把韓、柳以來古文逐出"文"之領域。但又主張"修俗語"與"用古文"，即白話與文言同時并存，肯定文學語言進化演變之合理性。

　　《論文雜記》原分載於《國粹學報》第 1 至 10 期(1905 年 2 月 23 日至 11 月 16 日)。有樸社 1928 年單行本。又有《劉申叔先生遺書》本，於 1936 年寧武南氏校印。今即據以錄入。

《文説》 劉師培撰

　　《文説》取法於《文心雕龍》，分《析字》、《記事》、《和聲》、《耀采》、《宗騷》五篇。作者論文從"析字"始，發揮並論證阮元"小學爲文章始基"之觀點。《記事篇》提出"蓋文以記事，故事外無文"之説，對"後世之文"記事失實處，分"寓言"、"虛設"、"訛誤"一一加以指摘。《和聲》、《耀采》兩篇，則推論本源，循名責實，闡述作者"駢文之一體，實爲文類之正宗"之基本思想。《宗騷篇》則推崇《楚辭》爲"駢體之先聲，文章之極則"，其中隱含《易》、《書》、《詩》、《禮》、《樂》、《春秋》之多種遺義，又取經於儒、道、墨、縱橫、法、小説諸家，"擷六藝之精英，括九流之奧旨"，把《楚辭》推爲極致。雖不免牽强，却表現作者自成一家之文學史觀。

　　《文説》最早發表於《國粹學報》第 11 至 15 期(1905 年 12 月 16日至 1906 年 4 月 13 日)。又有《劉申叔先生遺書》本，於 1936 年寧武南氏校印。今即據以録入。

《漢魏六朝專家文研究》 劉師培撰

　　劉師培學識淹博，研究中國文學範圍甚廣，尤對魏晉六朝所謂"中古"文學注力頗多，其《中國中古文學史》（1917）即是全面系統之斷代文學史名著；本書則著重於"專家文"研究，頗可互相發明。本書共分二十一節。《緒論》、《各家總論》兩節，概述分期、文體分類、諸家特色，大處落墨，語多精要；《論謀篇之術》以下，則結合具體作家作品，闡述文章創作論問題。作者把文章構成分爲"命意"、"謀篇"、"用筆"、"造詞"、"煉句"等"五級"，並就此提出不少精辟見解，如論"謀篇者，先定格局之謂也"，要有所割愛又有不能割愛者；又論文章之轉折與貫串、音節、生與死、神似與形似、主觀與客觀、文與質、顯與晦、實寫與虛寫、整與潔、繁與簡、輕滑與蹇澀，辯證周匝，勝義叠出。又善於從歷史淵源上考察文章之演化發展，如各家文章與經、子關係（陸機與《國語》、任昉與《左傳》、賈誼與《韓非子》等）、文章變化與文體遷訛、與時代地理以及批評標準之古與今等，均表現出別具一格之文學史觀念，足資參考。

　　此書原係作者在北京大學（1917—1919）之講義，後由門人羅常培於 1941 至 1944 年據筆記整理，作爲"左盦文論之四"（其他三種爲《群經諸子》、《中國中古文學史》、《文心雕龍及文選》），於 1945 年由獨立出版社出版。又有 1946 年南京再版本。香港中文大學新亞書院、臺灣中華書局亦分別於 1966 年、1969 年影印。今即據獨立出版社南京再版本録入。